KB109936

# 불멸의 이순신 7

## 백의종군

불멸의
이순신

김탁환 장편소설

백의종군

7

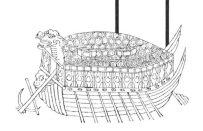

민음사

# 차례

7권
백의종군

# 一、 눈물의 시인은 검을 들고

병신년(1596년) 팔월.

허균은 술에 취한 채 솔부엉이 우는 밤길을 걷고 있었다. 대취한 듯 달을 손가락질하며 웃기도 하고 신갈나무에 기대어 노래를 부르기도 했다. 그러다가 뒤가 급한 강아지처럼 담벼락으로 쪼르르르 달려가 삼색나팔꽃 위로 구토를 했다. 청석교(淸石橋)를 오르다가 다리 난간에 서서 달빛에 어린 개천을 내려다보았다. 둥근 달이 흐물흐물 형체를 바꾸더니 방긋 웃는 어린 계집아이 얼굴이 수면에 어렸다.

"설경아!"

양손을 허우적거리며 딸 이름을 불렀다. 당장 집으로 달려가 딸을 가슴에 품고 볼을 부비고 싶었다. 계집아이 얼굴이 지워지더니, 이번에는 갸름한 턱에 오뚝한 콧날이 눈에 띄는 여인이 떠올랐다.

"부, 부인!"

사별한 아내 김 씨가 웃고 있었다. 허균은 죽을힘을 다해 그 발그레한 양 볼을 쓰다듬기 위해 몸을 앞으로 기울였다. 손을 내밀자 달빛에 휩싸인 아내 김 씨도 미소로 화답했다.

"나요, 나!"

몸이 난간에서 스르르 밀리는가 싶더니 허균은 곧장 개천으로 곤두박질쳤다. 풍덩 소리와 함께 개천 바닥에 머리를 부딪쳤다. 김씨의 맑은 얼굴이 어둠 속으로 사라졌다.

얼마나 시간이 흘렀을까. 허균은 천천히 눈을 떴다. 머리가 지끈지끈 아파 왔다. 이마를 둘둘 만 무명천이 꽉 죄어 불쾌감을 더했다.

"미친놈! 자기가 무슨 이태백이라고."

어둠 속에 반짝이는 사내 눈이 있었다. 겨우 고개를 돌려 오른쪽을 살피니 촬촬촬 물 흐르는 소리와 함께 개천이 보였다. 조금 전에 곤두박질친 곳을 눈대중으로 가늠했다. 지금 누워 있는 곳은 청석교 다리 밑이 분명했다. 사내는 여기서 노숙하던 비렁뱅이인가.

"아예 몸으로 도망시(悼亡詩. 아내 죽음을 슬퍼하여 남편이 지은 시)를 쓰는구먼. 자네 목숨을 두 번이나 구해 주었으니 한뒤 술을 사야 할 걸세."

말끝이 조금씩 올라가다가 갑자기 떨어지는 낯익은 억양이다.

"스, 스승님!"

"허어. 이제야 날 알아보는구면. 목뼈라도 부러지지 않았나 걱정했지."

비렁뱅이 사내는 강릉에서 목숨을 구해 주고 바람처럼 사라진 손곡 이달이었다. 큰절이라도 올려 예의를 갖추고 싶었지만 허리가 삐끗했는지 몸을 가눌 수 없었다.

"가만있어. 저렇게 높은 곳에서 떨어졌는데 성할 리가 있겠나? 우선 젖은 몸을 따뜻하게 널 곳으로 가세. 자네 집은 예서 한참이니, 어디가 좋겠는가?"

"괜……찮습니다."

"단보! 괜한 고집을 부리지 말게. 내가 이래봬도 그동안 힘깨나 길렀다네. 자네 하나 업는 일은 아무것도 아니야. 자, 어서 업히게."

이달은 허균을 조심조심 일으켜 세운 후 거뜬하게 업었다. 술과 여자에 취해 비실대던 약골 모습은 자취도 없었다. 풀어헤친 가슴으로 드러난 검붉은 근육이 차돌멩이처럼 단단했다. 웃통을 벗고 나서면 들일에 이력이 붙은 농사꾼으로 오해할 정도였다. 누가 이 사람을 당대 으뜸가는 눈물의 시인이라고 하겠는가.


"나리, 이게 무슨 일이에요?"

청향이 버선발로 마당까지 달려 나왔다. 이달이 입맛을 쩝 다시며 짧게 평했다.

"난초로다!"

청향은 두 사람을 풍악 소리 아득히 들리는 별채로 안내했다. 이달이 아랫목에 편안히 누우라고 누차 권했으나 허균은 한사코 거절한 후 베개에 등을 기대고 비스듬히 앉았다. 청향이 피투성이 허균과 땟국이 줄줄 흐르는 이달을 번갈아 쳐다보았다. 허균이 얼굴을 찡그리며 말했다.

"뭘 그렇게 보고만 있는 겐가? 어서 가서 술상이나 봐 오게."

"상처가 깊어요. 우선 치료부터 해야……."

"난 아무렇지도 않아. 밤길이 어두워 낙상한 것뿐이니 걱정 말게."

청향이 이달 눈치를 살폈다. 이달은 흘러내리는 땀을 손으로 훔치며 고개를 끄덕였다. 청향이 마른안주, 장김치, 빈대떡을 올린 주안상을 내오고 상처를 치료하는 동안 이달은 윗목에서 묵묵히 술잔을 기울였다. 청향은 정성을 다해 허균 얼굴과 목덜미에 난 상처를 닦아내고 깨끗한 천으로 머리를 다시 동여맸다. 그러곤 귓속말로 물었다.

"뉘신지요?"

허균이 답했다.

"손곡 선생이시네."

"아! 그럼 저분이 바로……."

청향은 벌린 입을 다물지 못했다. 허균에게서 이미 손곡 이달이 쓴 눈부신 시를 전해 들은 바 있었다. 한없이 애잔하고 촉촉한, 그러면서도 가슴 깊이 불의에 대한 분노와 경멸이 숨어 있는 시들. 청향은 옷매무새를 고친 후 이달 앞으로 가서 큰절을 했다.

"청향이옵니다."

이달이 술잔을 비운 후 혼잣말처럼 뇌까렸다.

"난초에 맑은 향기라! 좋구나, 좋아."

"존함은 익히 들어 알고 있사옵니다. 꼭 한 번 뵙고 싶었는데 오늘 그 소원을 이루었군요."

"그런가? 단보가 내 이야기를 했나 보군. 자, 그럼 우선 술부터 한 잔 따르게."

이달이 술잔을 청향 가슴팍까지 쭉 디밀었다. 손톱 밑에는 검은 때가 끼었고 갈라진 손등에는 피가 배어 나왔다. 청향이 정성껏 술을 따랐다.

"단보가 날 뭐라고 하던가?"

"이백, 두보와 견주어도 아깝지 않은 당대 제일 시인이라 하셨어요."

이달이 술잔을 단숨에 비우고 청향에게 건넸다.

"또 뭐라 하던가?"

청향이 술잔을 받은 후 고개를 돌려 입술에 갖다 댔다. 그런 뒤 다시 이달에게 술을 따르며 답했다.

"문(文)에도 밝으시고 도의와 풍류를 아는 분이라 하셨어요."

"식인(食人)을 즐기는 놈이란 소린 하지 않던가?"

"예?"

"허허허!"

술을 따르던 청향이 손을 파르르 떨었다. 이달은 땀 냄새가 풀풀 나는 가슴을 들이밀며 다시 말했다.

"이래봬도 사람을 열아홉이나 먹었다네."

"……"

청향은 이달 눈을 똑바로 쳐다보았다. 보통 여자 같으면 기겁을 해서 뒤로 물러났을 터인데 청향은 숨을 고르며 꿈쩍도 하지 않았다.

"소첩에게 시를 가르쳐 주실 수 없사옵니까?"

이달이 유쾌한 웃음을 터뜨렸다.

"허허허. 시를 가르쳐 달라? 그러다가 내가 널 잡아먹으면 어찌하려고?"

"소첩은 그리 쉽게 잡히지 않을 것이옵니다."

"허허, 참으로 당돌한 계집이로고."

눈을 감은 채 두 사람 대화를 듣고 있던 허균이 끼어들었다.

"그만 나가 있게."

청향이 주안상을 허균 앞으로 옮겨 놓은 뒤 물러났다. 취기가 오른 이달은 몸이 건들건들 흔들렸다.

"계집 보는 눈은 여전하군. 눈에 넣어도 아프지 않겠어."

허균이 말머리를 돌렸다.

"그동안 어디에 계셨습니까? 강릉으로 몇 번이나 사람을 보냈지만 찾을 수 없었습니다."

"그랬는가? 괜한 수고를 했군. 산천 구경이나 하며 떠도는 폐인을 찾긴 왜 찾아?"

허균은 자기 앞에 놓인 술잔에 술을 따랐다.

"어디서 오시는 길입니까?"

"충청도 구경을 좀 했지. 홍산(鴻山)에서 어제 올라왔네."

"홍산이라고요?"

허균 목소리가 커졌다. 이달이 말없이 술잔을 비웠다. 유난히 길게만 느껴지는 침묵이었다.

"설마 이몽학(李夢鶴)을 따라다닌 건 아니시겠죠?"

이달은 얼굴에 웃음이 머금었다.

"왜 아니겠는가! 처음부터 끝까지 이몽학과 함께했다네. 지난 달 육일 홍산에서 궐기한 후, 칠일 정산(定山), 팔일 청양(靑陽), 구일 대흥(大興)을 휩쓸 때도 함께 있었지. 십일 홍주(洪州)를 에워쌌을 때도, 덕산(德山) 근처에서 이몽학이 자살할 때도 곁에 있었어. 믿어지지 않는가? 이런 놀음이야 나보단 단보 자네가 더 잘 알지 않는가? 『수호전』을 수도 없이 읽었으니 그 절실함을 짐작할 걸세. 자네도 같은 꿈을 품고 있는 게 아닌가?"

"스승님! 역적은 능지처참할 뿐만 아니라 삼족을 멸합니다. 신중하셔야지요. 겨우 닷새 만에 끝날 일에 몸을 던져서는 아니 됩니다."

"허허허, 속 편한 소리만 하는구면. 처음엔 작은 불씨 하나로 시작하는 법이야. 불씨들이 모여 순식간에 벌판을 불태우리라 믿으며 말일세. 이몽학은 기세가 대단했지. 단숨에 5,000명도 넘는 장정들이 모여들었으니까. 한현(韓絢)이 약속대로 내포(內浦)에서 밀고 내려왔다면, 그래서 홍주를 함락시키기만 했다면 일은 걷잡을 수 없을 만큼 커졌을 거야. 거사도 성공할 가능성이 컸지."

이달은 눈을 감고 홍주 일을 회상했다.

"역도들이 관군들 수급을 취했다는 것이 사실입니까? 목 없는 강시(僵尸. 한데 엎드려져 죽은 시체)들이 정산, 청양, 대흥에 즐비하다는 소문이 무성합니다."

이달은 쓴웃음을 삼켰다.

"우릴 완전히 오랑캐 취급하는군. 난을 일으킨 이몽학과 한현이 이끌던 무리는 대부분 관군이나 의병이었네. 정산, 청양, 대흥이 하루 만에 함락되었다는 것이 뭘 뜻하겠나? 내 장담하네만 전투다운 전투는 홍주에 이르기까지 단 한 차례도 없었네. 서로 안면이 있고 마음이 통하는데 싸울 이유가 없지. 이몽학이 일성(一聲) 연설을 하면 방금까지 관군이었던 장정들이 고스란히 합류했다네. 손을 본 사람들은 악명 높은 몇몇 벼슬아치뿐이야. 오히려 이몽학이 죽은 후, 반란을 진압한 관군들이 각 고을을 돌며 살육을 자행했지. 애매한 백성들까지 죄다 끌려 나와 매 맞아 죽고 칼에 찔려 죽고 때로는 반병신이 되어 시름시름 앓다가 죽었어."

"도대체 왜 이몽학 편에 서신 겁니까?"

이달이 정색을 하며 대답했다.

"단보! 그동안 조선 팔도를 돌아다니며 전쟁이 남긴 흔적을 똑똑히 보았네. 수많은 백성들이 의병이 되어 변변한 무기도 하나 없이 전쟁터로 나가는 동안 각 고을 수령들은 대부분 산에 숨었지. 헌데 왜군이 부산까지 물러나고 전쟁이 소강 상태로 접어들면서 가당치도 않은 일들이 벌어진 게야. 피 흘려 싸운 백성들은 끼니를 잇지 못해 굶어 죽고 병들어 죽는데, 고을 수령들은 어명을 등에 업고 백성에게서 마지막 남은 고혈마저 모조리 빼앗아 갔지. 선봉에서 싸운 군졸들에게 돌아갈 상도 모조리 가로챘어. 벼슬아치들은 전쟁 전보다 더 악독하게 백성을 괴롭히고 있네. 거리에는 이런 말까지 떠돌지. '고을 수령이나 왜군이나 다를 바가 하나도 없다!' 이 나라 조선에는 절망뿐이네. 한숨과 비탄과 좌절뿐이야. 왜군이 물러간다손 쳐도 이 나라는 오래가지 못할 걸세. 민심이 조정에 등을 돌리고 있어. 이몽학이 군사를 일으킨 것은 이 절망을 뛰어넘으려는 몸부림이었다네."

이달은 쉼 없이 뜨거운 말들을 쏟아 놓았다. 허균은 스승에게 이토록 뜨거운 분노가 숨어 있었던 줄 몰랐다.

"이몽학은 홍산에 속한 군졸이었다고 들었습니다만."

"그 사람도 나처럼 서출(庶出)이라네. 자넨 이 나라에서 서출이 어떤 대접을 받는지 아는가? 서출은 아무것도 할 수 없어. 뛰어난 재주가 있어도 숨죽이며 살아야 하지. 양반네들 눈에 잘못 띄었다간 의심 받고 치도곤을 당하기 십상이야. 이몽학은 나처럼 술과 계집질로 인생을 보내기에는 너무나도 곧은 인간이었어. 무수한 전공을 세웠지만 끝내 장수로 임명되지 못했네. 천첩(賤妾) 자식이 거둔 전공은 고스란히 양처(良妻) 자식에게 돌아갔지. 이몽학은 그걸 견디지 못했던 게야."

'천첩 자식!'

그제야 허균은 이달이 이몽학 군에 동참한 까닭을 알 수 있었다. 이달이 방랑으로 한살이를 보낸 것도 서출인 탓에 조정에서 그 뛰어난 재주를 쓰고자 하지 않았기 때문이다. 호부호형(呼父呼

兄)도 못하는 운명. 이달은 이몽학을 자기 분신으로 여겼으리라. 전쟁이 입힌 상흔조차 치유하지 못하는 나라를 뒤집어엎고 백성을 위한 나라. 출신으로 사람의 장래를 가로막지 않는 나라를 만들고 싶었으리라.

"요행히 목숨을 건지셨군요."

"단보! 자네가 무슨 소릴 하려는 건지 아네. 인육을 먹은 놈이 무슨 반란이냐고 따지고 싶겠지. 괜한 자격지심이 아니냐고 비웃을 수도 있고. 하나 이보게. 강릉에서 함께 살았던 그 화전민들도 모두 이번 거사에 참여했다네. 양식을 찾아 팔도를 떠돌다가 그때 마침 충청도로 간 건 우연이지만, 이몽학을 따른 것은 결코 우연이 아니네. 그런 생각이 들더군. '인육을 먹었기에 이 세상을 바꾸려는 것이다. 다시는 나처럼 추한 인간이 나오지 않도록 하기 위해서……' 절망도 단단해지면 힘이 되는 법이야."

"시는 어찌하셨습니까?"

허균은 이 섬세한 스승이 전쟁을 겪으며 지은 시들을 읽고 싶었다. 식인에서 반역까지, 인생 극단을 모두 체험한 스승이기에 완전히 새롭고 놀라운 시들이 나올 것만 같았다. 이달은 그 마음을 넘겨짚은 듯 낮게 읊조렸다.

"몇 편 끼적거리기는 했지. 강릉에 있을 땐 꼭 이 모든 일들을 시로 담겠다고 다짐까지 했네. 후후후. 참으로 끈질긴 집착이었어. 생명을 이어 가는 것만큼이나 지독한 바람. 끊을 수 없는 족쇄와도 같은 바람. 하나 식인 무리가 반란에 동참하는 걸 보면서 그 바람을 끊어 버렸다네. 시란 붓끝에서 나오는 것이 아니야.

거사에 참가한 식인 무리들 각자가 시 한 편이었네. 그 몸뚱어리 하나하나에 무수한 기억과 노래와 바람이 쌓여 있었지. 그리고 그 무리는 매순간 전혀 새로운 시를 지었네. 그건 결코 글로 옮길 수 없지. 꺼칠꺼칠한 손, 칼에 찔린 상처, 시커멓게 썩어 들어가는 발가락 하나하나가 모두 시라네. 자, 눈을 크게 뜨고 날 자세히 살피게. 자넨 지금 내가 만든 시를 고스란히 보고 있어. 알겠는가? 이게 바로 시야."

"이몽학을 비롯한 반란군 우두머리는 모두 죽었습니다. 나머지 사람들은 어찌 되었나요?"

"뿔뿔이 흩어졌다네. 나와 함께 움직였던 화전민도 절반은 죽었고 나머지 사람들은 전라도 쪽으로 내려갔지."

"왜 함께 가지 않으셨는지요?"

허균이 집요하게 물고 늘어졌다. 자기 몸이 곧 시요, 식인 무리들이 곧 시라고 주장하는 스승이 걸어갈 길을 알고 싶었다. 스승은 아직도 반란을 꿈꾸고 있는가. 아니면 허무에 휩싸여 다시 예전 그 자리로, 방랑 시인으로 돌아왔는가. 이달은 농담처럼 받아넘겼다.

"단보, 자넬 보러 왔다네."

"……"

허균은 이달 얼굴을 뚫어지게 쏘아보았다.

"확인하고 싶어서였네. 삶에 미련이 남아서라고 해야겠군. 조금이라도 희망이 있다면 그 빛을 움켜쥐고 살아갈 수도 있지 않겠나? 하나 강릉이나 홍주 혹은 다른 마을에서 내가 본 절망이 돌이킬 수 없는 사실이라면 그땐……"

"그땐 어쩌시렵니까?"

이달이 천장을 올려다보며 대답했다.

"자네 형 뒤를 따르는 수도 있지. 금강산 신선 노릇도 나쁘지는 않으이."

'자살하겠다는 뜻! 막아야 한다.'

허균은 이달의 초췌한 얼굴과 가슴, 배와 두 다리를 차례차례 훑어 내렸다.

"그 절망이 사실인지 아닌지를 어떻게 알 수 있습니까?"

이달은 남아 있는 술을 완전히 비운 다음 선선히 답을 주었다.

"아주 쉬운 일이야. 누가 전쟁 책임을 지는가를 보면 돼. 그 책임을 백성이 지면 백성이 품은 절망은 사실인 걸세. 그 책임을 왕실과 조정에서 지겠다고 나선다면 희망이 있는 게지."

"아직도 전쟁이 완전히 끝난 것은 아니지 않습니까?"

이달은 한심하다는 듯이 혀를 찼다.

"쯧쯧, 그딴 걸 끝까지 봐야 아는가? 일이 벌어지기 전에는 항상 조짐이란 게 있는 법일세. 칼날이 어디로 향하는가만 확인하면 돼. 오래전부터 하삼도에는 이런 소문이 돌고 있네. 한양 조정이 전쟁에서 큰 공을 세운 의병장과 백성들 신망을 얻는 장수를 죄다 죽일 거라고 말일세. 저렇게 공이 큰 사람도 벌을 받는데 이름 없는 민초들이 무슨 불만을 가지겠는가. 두려움을 백성에게 심고 책임 전가를 하려는 게지. 벌써 그 덫에 한 사람이 걸려들었구먼."

"김……덕령을 말씀하시는 겝니까?"

의병장 김덕령은 이몽학과 역적모의를 했다는 혐의를 받고 있었다. 한양으로 끌려온 한현이 거병을 모의한 장수로 김덕령 이름을 들었던 것이다. 팔월 일일 진주에서 한양으로 압송된 김덕령은 며칠째 의금부에서 문초를 받고 있었다. 들리는 소문으로는 자기 죄를 극구 부인한다고 했다.

"그래, 자네도 잘 아는군. 우선 김덕령이겠지. 그 다음엔 곽재우일 것이고, 또 그 다음엔 도원수 권율과 수군 통제사 이순신도 무사하지 못할 걸세. 의금옥에 갇혀 있는 김덕령이 처형된다면 다음은 불을 보듯 뻔한 일이지. 이 나라는 끝없는 절망으로 떨어지는 걸세. 그 어떤 희망도 없지. 백성은 아무 말도 않지만 모든 걸 알고 있다네. 이 전쟁이 누구로부터 비롯했는가를. 그리고 이건 나라도 뭣도 아니란 것을. 내 말, 알아듣겠는가?"

# 二,
## 의병장은 억울한 죽음을 맞다

선조는 영의정 류성룡을 편전으로 불렀다. 죄인의 자백을 받아 내지 못하고 시일만 끄는 것을 나무라기 위함이었다. 추국청(推鞫廳)을 설치하고 죄인을 신문한 지도 벌써 스무 날이 지났다.

팔월 사일에는 선조가 직접 나서서 김덕령을 친국(親鞫. 임금이 직접 신문함)했다. 그때 일만 생각하면 아직도 화가 치밀었다. 용상에 오른 후 지금까지 도끼눈을 뜨고 얼굴을 쳐다보는 자는 만난 적이 없었다. 감히 누가 용안을 함부로 노려본단 말인가. 그러나 김덕령은 풀어헤친 머리칼 사이로 두 눈을 번뜩이며 선조 입에서 쏟아지는 힐책에 빠짐없이 반발했다.

"너는 언제부터 이몽학, 한현과 함께 반란을 모의했느냐?"

"그런 적 없사옵니다."

선조가 다시 청문(清問. 왕의 질문)을 이었다.

21

"이미 한현이 모든 것을 이실직고했느니라. 역적들 문서에 거명된 김(金), 최(崔), 홍(洪)은 너 김덕령과 네 부장(副將) 최담령(崔聃齡), 홍계남(洪季男)을 가리키는 것이 아니냐?"

"아니옵니다. 신은 억울하옵니다. 풍전등화에 처한 나라를 구하고자 의병을 일으킨 지 사 년이옵니다. 그동안 신은 오랑캐를 완전히 쓸어버리는 것만을 염원하였사옵니다. 반란이라니, 당치도 않사옵니다."

옥음이 높아졌다.

"당치도 않다? 과인 말이 틀렸다는 것인가?"

"역적들이 저희 세력을 과장하여 사람들을 규합하려고 신 이름을 판 것이옵니다. 역적들은 신뿐만 아니라 의병장 곽재우, 경상좌병사 고언백, 병조 판서 이덕형까지 끌어넣었습니다. 그분들이 모두 역도라면 이 나라에 역도 아닌 사람이 어디 있겠사옵니까? 통촉하시옵소서."

인두로 허벅지를 지지고 무거운 돌로 무릎을 짓이겨도 김덕령은 끝까지 눈을 치켜뜬 채 자기 죄를 부인했다. 친국을 하기 전까지는 선조도 김덕령이 반란에 참여했다는 데 반신반의했다. 그러나 걸걸한 음성과 짙은 눈썹, 도끼눈에서 뿜어 나오는 광채를 직접 보는 순간 김덕령을 무죄 방면할 수 없다는 사실을 깨달았다. 이 사건을 유야무야 덮으면 김덕령은 고난 받는 민중에게 영웅이 될 것이고, 선조 자신은 그 영웅을 핍박한 무능한 군왕이 되는 것이다. 하삼도 의병장 중에서 민심을 가장 많이 얻은 장수가 김덕령과 곽재우 아닌가. 곽재우가 신출귀몰한 전술로 왜군들에게 타격을 가한다면, 김덕령은 힘과 용기로 왜군들을 정면에서 쳐부수었다.

'아무 죄도 밝히지 못하고 방면해 놓으면 김덕령은 울분을 토하며 정말 반란을 일으킬지도 모른다. 의금부까지 압송한 이상, 최소한 역도들과 사전 교감이 있었음을 자복받아야 한다. 세상에 나설 수 없게 만들어야 한다. 왕실 위엄을 만천하에 알려야 한다.'

"영의정 입시이옵니다."

"들라 하라."

류성룡은 보름이 넘도록 위관(委官. 조사관)으로 김덕령을 신문해서인지 무척 피곤해 보였다. 윤두수. 정탁 등과 번갈아 위관을 맡았지만, 아직 서른 살도 채 되지 않은 김덕령에게서 뿜어 나오는 패기에 맞서기가 쉽지 않았다. 선조는 고개를 숙인 채 침묵하는 류성룡을 물끄러미 쳐다보았다. 더 이상 시간을 끌면 백성들 의심만 더할 뿐이다. 선조는 위관들을 호되게 꾸짖어 며칠 내에 결판을 낼 작정이었다.

"죄를 자복하였는가?"

류성룡이 단정하게 답했다.

"어제까지 다섯 차례에 걸쳐 죄인을 심문하였사오나 여전히 무죄를 주장하고 있사옵니다."

선조가 말머리를 돌렸다.

"영상!"

"예. 전하!"

"송강(松江, 정철의 호)이 죽은 지 얼마나 됐지?"

류성룡은 눈을 끔벅거리며 잠시 시간을 벌었다.

'송강 정철은 왜 갑자기 찾으시는 걸까.'

"햇수로 삼 년이옵니다."

"삼 년이라? 벌써 그렇게나 나달이 지났는가? 송강은 참으로 대단한 사람이었지. 정여립이 난을 일으켰을 때 단숨에 역도들을 잡아들이고 죄를 추궁하여 자복을 받아 내지 않았는가? 그때 송강은 하삼도에 역심을 품은 자들이 아직 남아 있으니 마저 색출하자고 했지. 참으로 혜안이 아닐 수 없었어. 송강은 오늘과 같은 일이 터질 줄 미리 예측하고 있었던 게야. 그때 앞장서서 반대한 이가 바로 영상이지?"

류성룡 이마에 땀이 송골송골 맺혔다. 당시 정철은 전라도 사람을 잡아들이는 것에 그치지 않고 숨어 있는 역도를 찾는다는 명목으로 퇴계 학통을 이어받은 영남 사림 전체를 들쑤시려 했다. 류성룡은 스승을 욕보이려는 송강을 앞장서서 반대할 수밖에 없었다.

"송강 뜻에 따랐다면 도학이 기틀을 갖추기 시작한 이 나라 전체가 흔들릴 수도 있었사옵니다."

"사림을 키우는 것보다 왕실 안위가 더 중요하다. 율곡과 퇴계가 아무리 뛰어나도 과인 신하가 아닌가? 영상은 과인보다 퇴계를 더 따르는구나."

"전하!"

"송강이 그립구나. 송강이 이 일을 맡았다면 지금처럼 차일피일 미루지는 않았으리라. 벌써 역도를 가려내어 사건을 마무리하고 강무(講武, 한 해 두 번 임금이 주장하여 장수와 군사와 백성들을 모아 사냥하며 무예를 닦던 일)나 나갔을 것이야."

류성룡이 머리를 조아렸다.

"신을 벌하여 주시옵소서."

"역도들은 단 한 놈도 살려 둘 수 없다. 김덕령은 물론이고 곽재우에게도 죄를 물을 것이야. 말이 좋아 의병이지, 언제라도 반란을 일으킬 수 있는 자들이다. 무기가 있고 군사들이 있고 군량미가 있지 않으냐? 도원수나 병마사 군령도 제멋대로 무시해 왔다. 특히 김덕령은 그 오만방자함이 하늘에 닿았어. 결단코 과인은 김덕령을 살려 두지 않겠다. 그자를 죽여서 지금도 역심을 품고 있는 정여립과 이몽학 잔당들에게 본보기로 삼으리라. 도대체 도원수 권율과 삼도 수군 통제사 이순신은 무얼 하고 있는 것이냐? 진작 부산을 쳤더라면 의병장들이 딴마음을 품지 않았을 것이다. 하삼도에서 반란이 일어나는 데는 권율과 이순신 책임도 크다."

"두 사람은 모두 이 나라 근간(根幹)을 이루는 장수이옵니다."

"자고로 병기(兵器)는 흉기(凶器)라고 했다. 장수는 바로 그 흉기를 다루는 자들이다. 아무리 큰 전공을 세웠다고 해도 반역을 도모하면 능지처참을 면할 길이 없다. 혹 위관들이 지난날 김덕령이 세운 전공을 참작하여 대하(大何, 무거운 형벌)를 피하려는 것은 아닌가?"

"아니옵니다, 전하."

선조가 류성룡을 매섭게 몰아세웠다.

"그렇다면 증명해 보여라. 내일까지 자복을 받아 내지 못하면 위관들에게 엄히 죄를 묻겠노라. 다시 말하거니와 김덕령을 결코 살려 둘 수 없다. 역모에 가담한 의병장이 누구누구인지 소상히 밝히도록 하라."

류성룡은 굳은 얼굴로 편전에서 물러났다. 선조는 이번 일을 빌미로 삼아 장수들을 다스리려는 것이다. 선조가 완강히 주장할수록 이순신과 권율, 그 휘하 장수들과 의병장들이 위태롭다.

'지금은 장수들을 벌할 때가 아니다. 왕실과 조정을 등진 민심을 되돌리기에도 힘이 부족한 상황이 아닌가.'

전쟁은 말로 하는 것이 아니다. 군량미가 있어야 하고, 군사들에게 싸우려는 의지가 있어야 하며, 무엇보다도 백성이 조정과 장수를 믿어야 한다. 이몽학이 난을 일으키자마자 5,000여 명이나 합세한 것은 조정이 민심을 잃었음을 방증했다. 그래도 전라도는 권율과 이순신 덕분에 안정을 찾고 있으니 사정이 나은 편이었다. 김덕령이나 곽재우 역할도 무시할 수 없었다.

'지금 그 장수들을 모두 바꾼다면, 그래서 전라도에서 반란이라도 일어난다면 이 나라는 회생하기 어렵다.'

"영상 대감!"

병조 판서 이덕형이 편전 앞마당에서 기다리고 있었다. 류성룡은 천천히 이덕형에게 다가갔다. 이몽학의 난으로 마음고생이 가장 심한 사람이 바로 이덕형이었다. 한현을 비롯한 반란군 수괴

들이 하나같이 조정 내 공모자로 이덕형을 지목했다. 선조는 물론이고 조정 중신 중에서 그 말을 믿을 사람은 없었지만, 이덕형에게는 역적들 자백에 자기 이름이 오르내리는 것만으로도 참기 힘든 모욕이었다. 지난달에는 사직 상소와 함께 석고대죄를 했으며 이달 들어서도 관직에서 물러나겠다는 뜻을 굽히지 않았다. 오늘도 사직을 아뢰기 위해 찾아온 게 틀림없었다.

"왜 이리 고집을 부리는 게요? 지금 병판이 자리를 비우면 누가 이 난국을 타개할 수 있겠소?"

류성룡은 여러 차례 이덕형을 타일렀다. 강화 회담이 마무리될 때까지 전면전을 미룬 데는 병조 판서 이덕형 힘이 컸다. 영의정과 병조 판서, 도원수와 삼도 수군 통제사가 한목소리를 내고 있기 때문에 선조와 서인 측이 함부로 전면전을 주장하지 못한 것이다. 이덕형이 병조 판서에서 물러난다면 터져 나오는 조정 내 불만을 류성룡 혼자 힘으로 가라앉혀야 한다. 류성룡으로서는 이덕형을 놓칠 수 없었다.

"영상 대감! 공모자로 지목된 김덕령은 지금 의금부에 잡혀 와서 신문받고 있습니다. 한데 함께 거명된 소생이 어찌 병무(兵務)를 계속 볼 수가 있겠습니까?"

"어허, 병판이 죄가 없다는 것은 천하가 다 아는 일이오."

"관군이었던 이몽학과 한현이 반란을 일으킨 것부터가 장졸을 제대로 살피지 못한 제 책임입니다. 지금 물러나지 않으면 한뉘 씻을 수 없는 부끄러움을 지게 됩니다. 흉악한 역적 혀에 더럽힘을 받았으니 어찌 벼슬자리를 지키고 있겠습니까? 소생이 오늘까지 목숨을 보존한 것도 성은이 지극하심이옵니다."

"따르시오!"

류성룡은 이덕형을 데리고 편전을 벗어났다. 내시들과 궁녀들 눈과 귀를 피하기 위함이었다. 돌담을 끼고 한참을 걸었다. 아름드리 은행나무가 암수로 나란히 선 후원에 당도했다. 류성룡이 정색을 하며 이덕형을 나무랐다.

"병판, 도대체 왜 이러는 게요? 지금 그대가 자리에서 물러나면 곧바로 전쟁이 터지오. 왜 그걸 모르는가?"

이덕형이 잠시 허공을 우러른 후 답했다.

"어차피 전쟁을 다시 할 수밖에 없습니다. 강화 회담이 결렬될 것은 불 보듯 빤한 일이 아닌지요? 도요토미 히데요시는 조선 땅 반을 차지해도 흡족하게 여기지 않을 겁니다. 그저 군사들과 군량미를 모으고 성을 쌓을 시간이 필요했을 뿐이지요. 책봉사들이 돌아오면 곧바로 전쟁이 시작됩니다. 그래서 소생이 물러나려는 것입니다."

강화 회담 결렬은 류성룡 역시 예측하고 있었다.

"전쟁이 재개된다면 더욱 그대가 병판 자리를 굳게 지키고 있어야 하지 않겠는가?"

"영상 대감! 지금은 물러나야 할 때이옵니다. 지금 물러나지 않으면 전쟁이 터진 후 문책을 당할 것이 분명하지요. 생각해 보십시오. 오랑캐에게 전투를 다시 시작할 여유를 주었다는 비난이 누구에게 쏟아지겠습니까? 이대로 있다가는 그 책임을 고스란히 병조 판서인 소생이 지게 됩니다. 하면 소생은 물러날 수밖에 없지요."

이덕형은 잠시 말을 멈추었다. 류성룡은 이덕형이 그렇게 멀리까지 내다보는 줄은 미처 몰랐다.

"하면 어찌할 생각이오?"

"이몽학의 반란에 책임을 지고 병조 판서에서 물러난 후, 당장 부산을 치자는 소(疏)를 올릴 작정입니다."

"부산을 친다?"

"전하께서는 계속 선공(先攻)을 주장하고 계십니다. 그러나 어차피 책봉사가 돌아오기 전까지는 전쟁을 벌일 수 없지요. 섣불리 군사를 움직였다가 왜국에 있는 책봉사들이 목숨을 잃기라도 하면 조선은 명나라에 그야말로 큰 죄를 짓게 됩니다. 소생이 소를 올린다고 해도 군사를 움직일 가능성은 없습니다. 다만 어심을 따름으로써 그동안 영상 대감과 소생에게 쏟아졌던 비난들을 무마할 수 있겠지요. 일단 뒤로 한 발 물러섰다가 책봉사가 돌아온 직후에 다시 돌아오면 됩니다. 대감 의향은 어떠신지요?"

류성룡은 이덕형이 말할 수 없이 믿음직스러웠다.

"좋아. 그렇게 함세."

류성룡이 발길을 돌려 의금부로 향하려는 순간 이덕형이 조심스럽게 물었다.

"김덕령은 어찌하실 겁니까?"

"전하께선 김덕령을 살려 둘 수 없다고 하교하셨소."

"김덕령이 죽으면 의병들 동요가 매우 클 것이옵니다. 죄를 자복했다면 모를까, 그토록 끔찍한 고문을 받고서도 무죄를 주장한다면 급하게 죽여서는 아니 되옵니다."

"누가 그걸 모르오? 하나 김덕령을 살리려고 애쓰다가는 사람
이 위태로울 판이오. 전하께선 정여립 난을 신속하게 처리한 송
강까지 언급하셨다오."

"송강 대감을요?"

"시일을 끌면 소문만 무성해질 뿐이오. 이미 몸도 마음도 모두
처참하게 상한 김덕령을 살리기 위해 모험을 할 수는 없소."

이덕형은 더 이상 묻지 않았다. 모험을 하지 않겠다는 류성룡
뜻을 알아차렸기 때문이다.

이덕형과 헤어진 류성룡은 서둘러 의금부로 향했다. 위관으로
뽑힌 윤두수와 정탁이 미리 와서 기다리고 있었다. 두 사람은 류
성룡을 보자마자 어심의 향방을 물었다. 류성룡이 고개를 두어
번 가로젓는 것으로 편전에서 주고받은 대화를 요약했다.

'김덕령을 살려 둘 수 없다는 뜻이 확고하시오이다.'

정탁이 길게 한숨을 내쉬었다. 그는 김덕령을 살리기 위해 백
방으로 노력하고 있었다. 자고로 조정에서 의병장을 처형한 예가
없으며, 지금 김덕령을 죽이면 전라도와 경상도에서 궐기했던 의
병들이 뿔뿔이 흩어질 것이라고 간절히 아뢰었다. 김덕령을 죽이
는 것은 국가에 전혀 이로움이 없으며 김덕령을 방면하는 길만이
조정의 위엄과 자애로움을 동시에 보이는 상책이라고 했다.

"전하께서는 왜군을 부산까지 내쫓은 것이 명군 공이라고 하시지만, 실상 하삼도 의병이 아니었다면 어찌 우리가 오늘날 이곳에 이렇게 서 있을 수 있겠소이까? 김덕령과 곽재우는 의병들이 하늘처럼 우러르는 신장(神將)이오이다. 두 사람에게 죄가 있더라도 지금은 살려 두어야만 해요."

윤두수는 눈을 지그시 감고 정탁이 내뱉는 한숨 소리를 들었다. 이윽고 윤두수가 차갑게 입을 열었다.

"권율이 올린 장계에 따르자면, 김덕령은 역도들을 진압하러 가는 길에 나흘이나 머뭇거리며 사태를 관망했다고 하였소이다. 김덕령과 그 휘하 병력이 반란을 진압하는 데 앞장서서 나서지 않은 것은 사실이오. 그러니까 백성들 눈에는 김덕령 역시 난을 일으킨 이몽학을 은근히 지원하는 것으로 비쳤을 수도 있소. 김덕령이 지방 수령들을 업신여기며 의병들을 임의로 처벌해서 물의를 빚었음을 잊지는 않았겠지요? 이몽학과 역적모의를 하지 않았다 하더라도 그동안 김덕령이 어명을 무시하며 태만하게 행동한 것은 따끔하게 추궁해야 하오. 김덕령이 끝까지 자기 잘못을 깨닫지 못한다면 당연히 국법에 따라 처결해야 하리라고 보오. 어명을 어긴 자는 어느 누구를 막론하고 중벌을 받는다는 사실을 만천하에 알려야 하오."

'어명을 어긴 자라고 했겠다?'

류성룡은 입맛이 썼다. 윤두수 말에는 날카로운 가시가 숨어 있었다.

"판충추부사! 하면 중벌을 내릴 장수가 더 있다, 이 말씀이오?"

윤두수가 목청을 돋우며 대답했다.

"영상 대감도 잘 아시지 않습니까? 충청 병사에서 전라 병사로 자리를 옮긴 원균이 올린 장계에 따르면, 어명에 따라 군사들을 경상 우도로 인솔하려고 해도 다른 장수들과 손발이 맞지 않아서 어쩔 수가 없다고 하오이다. 도원수 권율과 수군 통제사 이순신이 구멍에 숨은 쥐새끼처럼 꼼짝도 않는다, 이 말씀이오. 이렇게 장수들끼리 서로 협조가 되지 않아서야 어떻게 왜군을 몰아낼 수 있겠소이까? 이 점은 하루 속히 시정되어야 할 것이외다."

정탁이 수염을 쓰다듬으며 다툼을 중재했다.

"그만들 하시오. 지금은 김덕령을 추궁하여 죄를 자복 받는 것이 급선무입니다. 자, 어서들 가십시다."


세 사람은 의금부 앞뜰에 마련된 추국장으로 갔다. 양발에 요(鐐, 죄인 발목에 채우는 쇠뭉치)를 찬 김덕령이 나무 의자에 꽁꽁 묶여 있었다. 퉁퉁 부어오른 눈은 뜨려야 뜰 수 없었다. 입에서는 쉬지 않고 피가 섞인 침이 흘러내렸고, 고통을 참지 못해 물어뜯은 입술은 살점이 반이나 떨어져 나갔다. 인두로 지진 가슴과 등은 군데군데 흉측한 낙인을 드러냈고 곤장으로 터진 엉덩이는 피와 살과 옷이 뒤엉킨 채 굳어 버렸다. 천하를 호령하던 장부(丈夫)는 간데없고 죽음을 기다리는 고깃덩이가 겨우 숨을 헐떡거릴 뿐이었다. 지금 방면하더라도 평생 후유증에 시달리며 반병신으로 살아갈 것이 분명했다.

세 사람이 자리를 잡고 앉자 문사낭청(問事郎廳, 위관을 도와 죄인을 추국하는 관리) 윤방(尹昉)이 큰 소리로 외쳤다.

"죄인은 고개를 들라!"

김덕령이 몸을 부들부들 떨며 천천히 머리를 들었다. 두 눈동자만은 퉁퉁 부은 눈두덩 속에서도 빛을 발했다. 류성룡과 눈을 맞춘 김덕령이 히죽 웃었다.

"대감! 밤새 평안하셨소이까?"

윤방이 호통을 쳤다.

"죄인은 묻는 말에만 답하라!"

김덕령은 시선을 왼쪽으로 옮겼다.

"오. 윤 대감과 정 대감도 나오셨군요. 이렇게 세 분이 나란히 추국장으로 오시기는 지난 초하룻날 이후로 처음인 듯하오이다."

그동안 세 사람은 돌아가며 하루씩 의금부로 나왔다. 육체는 만신창이가 되었지만 정신은 위관들 동정을 살필 만큼 멀쩡한 것이다. 윤두수가 불쾌한 얼굴로 신문을 시작했다.

"오늘도 죄를 인정하지 않는다면 살아서 의금부를 나가지 못하리라. 마지막 기회란 걸 명심하렷다. 너와 함께 반란을 도모한 전라도 의병장과 장수가 누구누구냐?"

김덕령이 고개를 치켜들고 당당하게 답했다.

"잡소리 더 듣고 싶지 않소이다. 어서 죽이시오."

윤두수가 자리를 박차고 일어섰다. 위관을 무시하는 것은 곧 이 나라 조정을 무시하는 것과 같다.

"광주에서 네가 거병하였을 때 조정에서는 너를 어여삐 여겨 호익(虎翼)과 충용(忠勇)이라는 군호(軍號)까지 내려 주었다. 네가

二. 의병장은 억울한 죽음을 맞다  33

도원수나 도체찰사 군령을 어기고 함부로 휘하 장졸들을 죽였을 때도 관대하게 용서해 주었다. 한데 너는 배은망덕하게도 대의에 어긋나는 짓을 준비하고 실행에 옮기려 하였으니, 그 죄가 어찌 작다고 하겠는가?"

김덕령은 윤두수 추궁에 답하지 않고 류성룡을 노려보았다.

"류 대감! 대감께서도 소장이 반란을 일으켰다고 보시오니까? 대감께서는 전라도 사정을 누구보다도 잘 살피고 계신 줄 알았소이다. 이 통제사나 권 도원수께서는 대감과 같은 분이 이 나라에 한 분만 더 계셨더라면 전쟁을 겪지 않아도 되었으리라고 늘 말씀하셨지요. 대감! 소장 목숨이 여기서 끝나리라는 걸 잘 알고 있소이다. 후회는 없소이다. 다만 소장 뒤를 이어 수많은 장수들이 누명을 쓰고 목숨을 잃을 것이 안타까울 뿐이외다. 전하께서는 소장이 반란을 도모했기 때문이 아니라 소장에게 쏠리는 민심이 두렵기 때문에 죽이려 하심이 아니오니까?"

윤두수가 고함을 내질렀다.

"닥쳐라, 이놈!"

김덕령은 굴하지 않고 말을 이었다.

"군왕이 장수를 믿지 못하면 장수는 목숨을 잃는 법이오. 하나 장수가 죽은 다음에는 군왕도 곧 나라를 잃을 것이외다. 김덕령을 죽인 다음에는 곽재우를 죽이겠지요? 그 다음에는 이순신과 권율이 위험할 것이고. 어쩌면 류 대감께서도 전하 눈 밖에 날지 모르지. 어심이 이렇듯 좁은 줄 알았더라면 순순히 오라를 받아 이곳까지 끌려오지 않았을 것을……. 대감! 소장은 어쩔 수 없다

하더라도 부디 곽 장군과 권 도원수, 이 통제사 목숨은 구해 주시구려. 그분들이 무슨 죄를 범했겠소? 전황도 모르고 목소리만 높이는 어리석은 난신(亂臣)들 뜻에 따르지 않았을 뿐이외다."

윤두수가 더 이상 참지 못하고 엄하게 명령을 내렸다.

"무엇 하는 것이냐? 당장 저 주둥아릴 찢어 놓지 못할까?"

문사낭청 윤방이 복명했다.

"주리를 틀어라."

건장한 나졸들이 김덕령 양다리에 주장(朱杖) 두 개를 가위 벌리듯이 끼워 넣었다. 있는 힘을 다해 아래로 꺾어 눌렀다.

"으윽!"

두 눈이 튀어나올 만큼 커졌고 흰자위에 실핏줄이 송송 돋아났다. 김덕령이 갑자기 호탕한 웃음을 터뜨렸다.

"하하하, 하하하하! 대감, 이렇게 해 가지고 어디 소장이 죽겠소이까? 하하, 하하하!"

윤방이 다시 큰 소리로 명령했다.

"압슬(壓膝)하라!"

나졸 네 명이 정육면체로 자른 거대한 바위를 낑낑대며 들고 나왔다. 주장을 빼는 것과 동시에 김덕령 허벅지에 바위를 올렸다. 뼈를 모두 바스러뜨릴 만한 바위가 순식간에 허벅지를 짓눌렀고, 김덕령은 그 무게를 견디지 못해 고개를 뒤로 젖힌 채 혼절하고 말았다. 제아무리 천하장사라 할지라도 태산 같은 바위 무게를 감당하지 못한 것이다.

"그만! 멈추어라."

정탁이 소리쳤다. 바위를 내려놓았지만 김덕령은 좀체 깨어나지 못했다. 축 늘어진 죄인을 쳐다보며 정탁이 애원조로 말했다.

"김덕령을 죽여서는 아니 되오. 대의를 위해 군사를 일으킨 사람을 이렇듯 어처구니없이 죽일 수는 없소이다. 김덕령이 죽으면 더 이상 의병이 일어나지 않을 것이오."

윤두수가 단호하게 반대 의견을 냈다.

"지중추부사! 대감께서도 방금 듣지 않았습니까? 지금 죄인은 이 나라 왕실과 조정을 업신여기고 있소이다. 추국장에서 말한 것만으로도 죽음을 받아 마땅하오. 이런 자가 군사와 무기와 군량미를 가지고 있으면 언제 역심을 품을지 모르는 일이외다. 사약이 내려와도 기쁘게 마셔야 하는 것이 신하가 취할 바거늘 감히 하늘을 원망하고 이 나라 조정을 비웃다니. 능지처참하여 본보기로 삼아야 하오이다."

"김덕령을 죽이면 전라도 민심이 돌아서게 되오."

"국법은 지엄한 것이오이다. 어리석은 백성들 눈치를 살펴서는 아니 되오이다."

류성룡은 양손으로 얼굴을 감싸 안았다. 갑자기 머리가 지끈지끈 아파 왔다. 윤두수와 정탁의 목소리가 차츰 흐려진다.

'이제 대패(大霈, 왕이 죄수에게 은전을 베풀어 용서하고 풀어 주는 일. 대사면)가 내리더라도 김덕령은 앉은뱅이로 생을 마감할 수밖에 없다. 김덕령이 풀려나 전라도로 내려간다면 백성들은 그 참혹한 몰골을 보고 더욱 분노하리라. 차라리 죽느니만 못하다. 하나 정탁이 주장하는 대로 전하께서 이 일을 출발점으로 삼아 의병장들과 장수들을 엄하게 다스리신다면 그 역시 걷잡을 수 없는 파국을 맞게 될 것이다. 전쟁터로 나간 장수들이 자기 안위를 걱정하기 시작하면 결코 전투에서 승리할 수 없다. 장수는 철저하게 정치로부터 물러나 있어야 한다. 그러나 김덕령이 죽게 되면 모든 장수가 왕실과 조정 공론에만 관심을 쏟으리라.

아, 길이 보이지 않는구나. 김덕령을 어찌할 것인가. 전라도 백성들 마음을 어떻게 다독거릴 것인가. 권율, 이순신, 곽재우가 계속 군무(軍務)를 맡을 수 있도록 어떻게 전하 마음을 돌릴 것인가. 그 어느 것도 쉬운 일이 아니다. 어찌해야 할 것인가? 정녕 길이 보이지 않는구나.'

"대감, 영상 대감!"

류성룡은 윤방이 내뱉는 다급한 목소리에 눈을 번쩍 떴다.

"무슨 일인가?

윤방이 안절부절못하며 형틀에 묶인 김덕령을 가리켰다.

"호, 혼절한 죄인이 깨어나지 않습니다. 물을 들이붓고 인두로 등을 지져도 꿈쩍 않고……."

"무, 무엇이야?"

류성룡은 피투성이가 된 채 널브러진 김덕령에게 뛰어 내려갔다. 비릿한 피 냄새가 코를 찔러 왔다. 형틀마저 온통 피범벅이었다.

"대감! 가까이 가지 마십시오. 지금 의원이 오는 중이옵니다."

류성룡은 만류하는 윤방을 밀치고 김덕령 손목을 잡아끌었다. 윤두수와 정탁이 걱정스런 표정으로 류성룡 뒤에 와 섰다.

"이, 이런!"

맥이 뛰지 않았다. 절명(絶命)한 것이다. 류성룡은 서둘러 소매에서 중침(中針)을 꺼냈다. 만약을 대비해서 늘 몸에 지니고 다니던 것이다. 류성룡은 정신없이 맥을 짚어 나갔다.

'이대로 개죽음을 당하게 할 수는 없다. 최소한 유언을 남길 시간이라도 벌어야 한다.'

머리에서부터 장딴지까지 침을 놓은 후에야 겨우 숨이 돌아왔다.

류성룡은 비 오듯 흐르는 땀을 닦아낸 후 고개를 돌려 윤두수와 정탁에게 말했다.

"더 이상 싸우지들 마시오. 어차피 죄인은 오늘밤을 넘기지 못합니다. 모든 것이 전하 뜻대로 되겠구려."

병신년 십일월 구일 해넘이.

먹구름이 낮게 드리우면서 날이 차츰 검기울더니 기어이 첫눈
이 내리기 시작했다. 멀리서 개 짖는 소리가 유난히 가깝게 들렸
고, 함박눈을 맞으며 이리저리 움직이는 궁녀들 발걸음도 가볍고
경쾌했다. 낙엽이 모두 떨어져 앙상한 가지만 남은 상수리나무
가지에서 탐스러운 눈꽃이 피어났고, 사한(司寒, 겨울의 모든 일을
맡아보는 신)에게서 기운을 받은 초겨울 높바람이 담벼락을 타고
넘어올 때마다 처마에 쌓인 눈들이 부스스 몸을 뒤채며 눈 갈기
로 떨어졌다. 그 소리에 놀란 굴뚝새들이 흩어진 눈 위를 빠르게
날았다.

편전을 나온 동부승지 허성은 허리를 주욱 펴고 암회색 하늘을
쳐다보았다. 안색이 하늘 빛깔과 닮아 있었다. 첫눈을 맞이하는

39

기쁨보다 흉흉한 소문이 사실로 드러난 걱정이 앞섰던 것이다. 이달 들어 편전에서는 쉴 새 없이 어전 회의가 열리고 있었다. 왜국으로 건너간 황신으로부터 강화 회담이 결렬되었다는 밀서가 날아들었다. 회담이 결렬되었으니 곧 다시 전쟁이 시작되리라. 설마 하던 일이 순식간에 코앞에 밀어닥쳤다.

"이 위급한 때에 기생을 들이겠다고? 얼빠진 놈!"

허성은 청궁전(靑宮殿, 동궁전)으로 통통걸음을 옮기면서 혼잣말을 했다. 어젯밤, 허균이 한 말이 떠올랐던 것이다.

"형님! 설경에게는 엄마가 필요합니다. 저 역시 이렇게 혼자 늙어 갈 수 없고요."

'청향이라고 했던가.'

허성도 청향을 한 번 본 적이 있었다. 류성룡 부탁으로 석봉 한호를 찾으러 기방에 갔을 때 별채에 있던 앳된 기생.

'도라이(兜羅眊, 얼음같이 흰 보드라운 털) 같은 귀밑 솜털이 겨우 돋아난 열여섯 살이 될까 말까 한 계집을, 근본도 모르는 계집을, 뭇 사내들에게 술과 웃음을 팔던 계집을 처로 들이겠다고? 있을 수 없는 일이다. 이건 가문의 수치야, 수치!'

아우가 출사(出仕)만 하면 모든 일이 순조로우리라 여긴 것이 착각이었다. 좋지 않은 소문이 늘 허균을 따라다녔다. 기생집을 드나드는 것은 물론이거니와 서얼들과 어울려 저잣거리에서 술을 마신다는 말도 있었고, 떠돌이 중들과 함께 사냥을 다녀왔다는 해괴망측한 풍문까지 돌았다. 처음에는 사별한 아내에 대한 그리움 때문이겠거니 여겼다. 그러나 일 년 넘게 방탕을 즐기는 아우를 보고 허성은 점점 더 불안해졌다.

"나라가 이 모양 이 꼴이 된 마당에 양반이니 기생이니 따져서 무엇 하겠어요. 저잣거리로 나가 보십시오. 양반이라고 하면 침을 뱉고, 출사했다고 하면 몰매를 맞기 십상입니다. 나라를 망쳐 먹은 양반네들을 누가 믿고 따르겠습니까? 곧 큰 난리가 터질 거라는 소문이 좍악 퍼졌어요. 이몽학 난은 맛보기에 불과합니다. 거드름만 피우다가는 나라가 제풀에 쓰러지고 말 거예요."

"닥쳐라. 이놈! 그딴 소릴 하고도 살기를 바라느냐?"

"백성들 원성을 귀담아 들으셔야 합니다. 체면이나 따질 때가 아니지요. 하긴 죄 없는 김덕령도 고문해서 죽이는 세상이니 저 같은 놈 하나 죽이는 건 식은 죽 먹기겠죠? 하나 이런 식으로 자꾸 백성들 입을 막아서는 아니 됩니다."

'딴마음을 먹고 있는 것일까.'

역적 집안은 멸문지화를 당한다. 이몽학 난으로 신경이 곤두서 있는 탑전에 그 철없는 주장이 흘러 들어가기라도 하면 큰일이었다. 무슨 수를 써서라도 아우 마음을 돌려야 했다.


광해군은 웃는 얼굴로 허성을 맞이했다. 방금 전까지 독서삼매에 빠져 있었던지 서안에는 손때 묻은 서책들이 쌓여 있었다. 허성이 예를 갖춘 후 선조 뜻을 전했다.

"세자 저하! 편전으로 납시라는 주상 전하 하교가 있으셨사옵니다."

광해군은 고개를 끄덕인 후 허성에게 가까이 다가와서 앉으라고 손짓했다.

"허 승지! 방금 서책을 읽다가 참으로 마음에 와 닿는 대목을 찾았네. 들어 보겠는가?"

"예, 저하!"

얼떨결에 허성은 머리를 조아렸다. 광해군은 지난겨울 중병을 앓은 후 두문불출하고 책 읽기에만 전념했다. 사서오경은 물론이고 노장이나 불경에까지 관심을 보인다는 풍문을 허성도 익히 듣고 있었다.

"'나라는 존립하는 것이 상도(常道)이다. 나라가 존립하고 나서야 패자(覇者)도 될 수 있고 왕자(王者)도 될 수 있다. 몸은 생존하는 것이 상도이다. 몸이 생존해야 부귀도 가능한 것이다.' 허 승지, 어떤가? 참으로 옳은 말이 아닌가?"

허성은 광해군이 이 대목을 끄집어낸 이유를 헤아릴 수 있었다.

"저하! 지금은 이 나라 존립을 걱정할 때가 아니옵니다. 어찌 우리가 한낱 오랑캐로부터 존립을 위협받겠사옵니까?"

"내 생각이 지나치다 이 말인가?"

"그런 게 아니오라……."

허성이 말끝을 흐렸다.

"임진년에도 방심하다가 의주까지 몽진을 갔어. 그때도 대신들은 왜군을 한낱 오랑캐라고 했지. 하나 저들은 강했고 우린 약했네. 강자가 약자를 취하는 것은 엄연한 현실이야. 춘추 전국을 끝낸 것도 결국 진시황이 아니었는가. 전쟁터에서는 오랑캐 군대도 없고 천자 군대도 없네. 오직 강한 군대와 약한 군대, 이 둘이 있을 뿐! 지금 조선군은 왜군보다 강한가? 나는 이게 궁금할 따름일세."

"천하 모든 일은 도의를 따르는 법이옵니다. 임진년에는 왜적이 우리를 속이고 급습을 하였기에 잠시 물러나야 했으나, 지금은 조정에서 왜국이 군사를 일으킨다는 사실을 알고 있사옵니다. 대신들이 합당한 대비책을 세울 것이오니 너무 심려 마시옵소서."

광해군이 허성 말을 곱씹었다.

"그때는 대비를 못했고 지금은 충분히 준비할 여유가 있다? 그렇군. 허 승지 말에도 일리가 있어. 하나 수월하기는 왜적도 마찬가지 아닐까? 낯선 길을 처음 갈 때는 힘들지만 두 번째부터는 한결 쉬운 법이지. 아니 그런가?"

"그, 그러하옵니다."

광해군은 허성 얼굴을 똑바로 노려보며 물었다.

"또다시 몽진을 떠나자는 말이 들리던데, 사실인가?"

"아니옵니다. 어찌 그런 망발을 입에 담을 수 있겠사옵니까?"

허성은 시선을 내리며 깊게 숨을 들이마셨다. 조정 대신들 몇몇은 황해도 해주 쪽을 살펴야 한다고 주장했다. 임진년처럼 허둥지둥 몽진을 나서기보다 미리 준비를 해 두자는 것이다. 그러나 또다시 도성을 버리고 피난을 떠나는 것은 참으로 망극한 일이다.

"알겠다."

광해군은 시선을 거두고 천천히 몸을 일으켰다.

어둠이 완전히 깔렸다. 청위(靑闈, 동궁전)에서 편전까지 가는 동안 광해군은 으슬으슬 한기가 몸에 스며 왔다. 지난겨울에는 유난히 추위를 많이 탔다. 허준이 지은 보약을 먹었지만 분조를 이끌고 산야를 누비던 예전 건강을 되찾지는 못했다.

　선조는 편전에서 「팔도총도(八道總圖)」를 살피는 중이었다. 널 따란 방안에 홀로 남아 지도를 살피는 군왕 모습이 오늘따라 유난히 을씨년스러웠다.

　"왔는가? 이리. 이리 가까이 와서 앉아라."

　광해군은 지도를 살필 수 있을 만큼 다가갔다. 주필(朱筆)로 점을 찍은 곳이 눈에 띄었다. 임진년 이후 새롭게 고쳐 쌓은 성들이다.

　"세자! 이 아름답고 비옥한 땅이 과인 나라이니라. 과인이 떠나고 나면 세자 나라가 되는 것이고. 그 누구도 이 땅을 빼앗지는 못한다. 과인으로부터 이 땅을 넘보는 자는 오직 죽음뿐이지."

　옥음은 비장하기조차 했다. 광해군은 하삼도 산성들을 눈으로 훑으며 말했다.

　"아바마마. 마음을 편히 하시옵소서. 누가 감히 아바마마 나라를 넘볼 수 있겠사옵니까?"

　선조는 고개를 돌려 광해군 눈을 똑바로 쳐다보았다. 광해군도 선조 시선을 피하지 않았다.

　'광해야! 너는 이 나라를 하루라도 빨리 넘겨받고 싶어 안달이

로구나. 네가 분조를 이끌고 강원도로 가겠다고 했을 때부터, 전라도에 내려가서 김덕령을 비롯한 의병장들을 만났을 때부터 나는 알고 있었다. 죽음을 무릅쓰고 적지로 뛰어든 세자. 의병장들 전공을 앞장서서 챙기는 세자여! 민심을 돌려 전쟁 책임을 군왕에게 덮어씌우려는 네 의도를 나는 안다.

나는 또한 알고 있다. 다시 전쟁이 시작되면 시름시름 앓던 네 병도 깨끗이 나을 것이고, 또다시 하삼도로 내려가겠다고 고집하리라는 것을. 그러나 광해야. 너는 모른다. 아무리 민심을 얻어도 아무나 군왕 자리에 오르는 것은 아니란 사실을. 군왕 자리를 지키는 것은 의로움도 용기도 아니란 사실을……'

"세자, 들어서 알고 있겠지만 곧 다시 전쟁이 터질 것이니라."

광해군은 전혀 몰랐다는 듯이 짐짓 놀란 표정을 지었다.

"아바마마! 그것이 사실이옵니까?"

선조가 천천히 고개를 끄덕였다.

"도요토미 히데요시가 기어이 조선 팔도를 빼앗겠다고 한다는구나. 과인은 결코 히데요시를 용서할 수 없다. 그놈을 주살한 후에라야 이 전쟁이 끝날 것이다."

"물러갔던 왜군이 언제쯤 다시 바다를 건너온다고 하옵니까?"

"내년 봄이라고 황신이 적어 보냈지만 오랑캐들을 어찌 믿을 수 있겠는가. 만반으로 준비해야 한다. 특히 이번에는 고니시 유키나가보다 가토 기요마사가 선봉을 맡을 가능성이 크다고 하는구나."

"가토는 그 품성이 유련황망(流連荒亡, 수렵과 주색에 탐닉하여 반성할 줄 모름)하며 전장에서는 물불을 가리지 않는 용맹한 자이옵니다. 그자가 다시 군사를 이끌고 상륙하면 싸워 물리치기가 쉽지 않을 것이옵니다."

"과인도 세자와 같은 생각이다. 가토가 경상도에 발을 딛기 전에 쳐야 한다."

선조는 잠시 말을 끊고 지도를 살폈다. 거제도와 부산 사이에 검은 줄이 그어져 있었다.

"세자는 이순신을 어찌 생각하는가?"

광해군은 어심을 파악할 수 없었다.

"무슨 말씀이시온지……."

"갑오년(1594년)에 세자가 홍주까지 내려가 이순신에게 부산으로 출정하라는 영(令)을 여러 차례 내리지 않았는가?"

"그러하옵니다."

"과인 역시 선전관을 수없이 보냈느니라. 그러나 이순신은 한산도에 드러누워 꼼짝도 않는다. 세자는 이순신이 경상도로 나아가서 가토를 섬멸하리라고 보는가?"

"……"

광해군은 즉답을 피했다. 선조는 그 답을 기다리지 않았다.

"평소에도 칠천량 너머로 나아가는 것을 꺼리는 이순신이니 결코 가토와 맞서 싸우지 않을 것이다. 갖은 핑계를 댈 것이 분명해."

"하오나 이순신은 임진년에 잘 싸워 이겼고 큰 잘못 없이 조선 수군을 이끌어 왔사옵니다."

선조가 언성을 높였다.

"세자도 임진년 승리를 거론하여 이순신을 감싸려는 것인가? 그때 승리가 어디 이순신 혼자 힘으로 된 것인가? 전라 우수사 이억기도 있었고 경상 우수사 원균도 있었다. 이순신이 두 사람 공을 가로채서 휘하 장수인 권준이나 이순신(李純信)에게 돌렸다는 소문도 있다."

"......"

"또한 이순신은 제멋대로 군선을 늘리고 군량미를 비축하고 유황을 사 모으고 있다."

"싸움에 대비하는 것이 아니온지요?"

광해군은 이순신을 적극 옹호하고 싶었다. 그러나 섣불리 편을 들었다가는 선조가 파 놓은 함정에 빠질 수도 있다.

'아바마마는 이순신을 버리시려는 것인가.'

"세자! 세자는 이순신을 믿는가?"

"아바마마! 순신은 조선 수군을 이끄는 으뜸 장수이옵니다."

'으뜸 장수!'

선조는 눈초리를 가늘게 떨었다. 이순신을 변호하지도 않지만 나서서 비난하지도 않는 광해군 말투가 귀에 거슬렸다.

'광해야! 너는 이순신과 뜻을 같이하느냐? 네가 분조를 이끌고 하삼도로 내려갔을 때 이순신 휘하 장수 권준을 은밀히 만났음을 알고 있다. 이순신이 네게 큰 힘이 되어 줄 것이라고 여기느냐? 그러나 넌 모른다. 칼자루를 쥔 쪽은 장수가 아니라 언제나 군왕인 것을. 어명을 거역하는 장수는 그 누구를 막론하고 죽을 수밖

에 없다는 것을.'

"그래. 이순신이 수군 으뜸 장수인 것은 사실이다. 하나 그자는 가토를 치지 못한다. 세자는 군사들을 이끌고 경상 좌도로 가서 가토를 급습할 장수가 누구라고 보는가?"

"전라 우수사 이억기는 어떠하온지요?"

"임진년에 이억기는 참으로 용맹하였으나 지금은 이순신 그늘에서 움츠리고 있을 뿐이다. 해평 부원군 윤근수는 전라 병사 원균을 천거했다."

"하오나 원균은 이순신과 쟁공하다가 자리를 옮기지 않았사옵니까?"

"그깟 사소한 다툼은 문제 될 것이 없다. 지금 중요한 것은 가토를 칠 수 있는가 없는가 하는 것이다. 두만강을 건너가서 여진을 급습하고 경상 우도 바다를 결사 항전으로 지켜 낸 원균이라면 가토 기요마사와 맞설 수 있지 않겠는가?"

광해군은 어심이 이미 원균에게 기울었음을 눈치 챘다.

'그렇다면 이순신이 물러날 수밖에 없는 것인가. 전쟁을 목전에 둔 마당에 수군 으뜸 장수를 바꾸는 건 장졸들 동요를 부채질하는 일이다.'

"참으로 원균은 맹장이옵니다. 하나 이순신도 전공이 매우 크니 경상 우도만을 원균에게 맡기는 편이 어떻겠사옵니까?"

"원균을 수사로 보낼 수는 없다. 원균이 수사로 가면 통제사 이순신 휘하로 들어가지 않느냐. 원균이 이순신 군령을 받지 않아야지만 자유롭게 가토와 싸울 수 있느니라."

"대신들 의견은 어떠하온지요?"

선조가 눈살을 찌푸렸다.

"사분오열. 다들 제정신이 아니다. 영상과 판중추부사는 이순신과 원균 둘 다 훌륭한 장수라고 하였다. 과인도 이순신을 쉽게 내쳐서는 아니 된다는 것을 잘 알고 있다. 마지막으로 기회를 줄 생각이다. 이번에도 어명을 거역한다면 과인은 결단코 이순신을 용서치 않겠다. 김덕령처럼 무군지죄(無君之罪)로 다스리리라."

"아바마마 뜻대로 하시옵소서."

광해군은 더 이상 언급을 피했다. 아무도 정해진 어심을 바꿀 수 없다. 선조는「팔도총도」를 거두며 잊었던 것을 막 기억해 낸 듯한 표정으로 말했다.

"세자! 군왕은 북풍 몰아치는 언덕에 선 푸른 소나무와도 같으니라. 군왕은 누구에게도 도움을 구해서는 아니 된다. 군왕이 마음을 열어 보이면 그 순간 신하들은 딴마음을 먹고 매서운 북풍처럼 군왕을 쥐고 흔들게 된다. 군왕은 언제나 어심을 숨기고 위엄을 유지해야 한다. 그 길만이 왕실을 만만 세세 평안케 한다. 세자! 특히 장수들을 가까이하지 마라. 그자들을 믿는 것은 곧 제 손으로 역적을 키우는 것과 같다. 장수들이 큰 공을 세워도 작은 상을 내릴 것이며 작은 잘못을 범해도 중벌로 다스려야 한다. 명심하라. 장수들은 필요악이다. 왕실 안위를 위협할 때는 가차 없이 내쳐야 한다.

세자! 그동안 과인에게 실망도 많이 했고 때론 슬픔이나 분노를 느끼기도 했을 것이다. 그러나 군왕은 왕실 존엄을 지키기 위해서라면 짐승과 같은 마음을 먹을 때도 있고 아녀자 같은 계교를 취할 때도 있다. 세자! 과인은 권율도 이순신도 이일도 원균도, 그 어느 장수도 편애하지 않는다. 누가 왕실을 위협할 힘을 지니고 있는가를 살필 뿐이다. 그리고 그 힘을 가진 장수, 과인 명을 어기는 장수는 지체 없이 내칠 것이다. 세자는 과인 말을 명심하도록 하라!"

"예, 아바마마!"

그 충고가 심장을 찔렀다. 얼핏 선조 입가에 잔잔한 웃음이 맴돌았다.

"세자, 과인은 사사롭게는 아비니라. 아비와 아들만큼 가까운 사이가 어디 있겠는가. 허허허, 과인은 언제나 아비 된 심정으로 세자에게 이 변화무쌍한 삶을 지배하는 이치를 가르쳐 주고 싶노라. 그러니 세자! 멀리서 스승이나 동반자를 찾지 말고 이 아비에게 오도록 해라. 과인이 아비란 걸 한시도 잊어서는 아니 된다. 알겠느냐?"

"명심, 또 명심하겠사옵니다."

# 四、원 산을 무너뜨려 오른 바다를 경계하다

정유년(1597년) 일월 십사일 오후.

고성을 떠난 판옥선 두 척이 물살을 가르며 통제영이 있는 한산도로 빠르게 접근하고 있었다. 서쪽 하늘에 모여 있던 양털 구름이 천천히 동쪽으로 움직였고, 제비갈매기 떼는 수면에 배를 스칠 만큼 낮게 날았다. 역풍이 불었지만 된바람치고는 매섭지 않았다. 만선(滿船)을 한 고깃배들이 도소주(屠蘇酒, 설날에 마시는 약주)에라도 취한 것처럼 벌써 흥청대며 육지로 돌아가고 있었다. 평화롭기 그지없는 풍경이었다.

한산도가 가까워지자 바삐 움직이는 군선들이 보였다. 능선을 타고 활과 화살 그리고 군량미를 옮기는 군사들도 여럿 있었다. 강화 회담이 결렬되었다는 소식과 함께 조선 수군도 전쟁 준비가 한창이었다. 전라 우수영 군선들이 한산도로 전진 배치 되었고 경상 우수영에는 하루에도 두세 번씩 통제영 전령이 오갔다. 그러나 군사들 표정은 딱딱하거나 어둡지 않았고 언제든지 왜적과 싸워 이길 수 있다는 확신에 차 있었다.

조선 수군 지휘부를 구성하고 있는 이순신과 이억기, 권준이 부둣가 처진 소나무 옆에 나란히 서 있었다. 판옥선이 닿자마자 이순신이 나섰다.

"어서 오십시오. 권 도원수께서 친히 이곳까지 오시니 참으로 기쁨이 크옵니다."

권율이 이순신과 반갑게 손을 맞잡았다.

"차일피일 미루다가 오늘에야 오게 되었구려. 오면서 보니 군선들이 참으로 정비가 잘 되어 있소이다."

"과찬이십니다. 자, 가시지요."

이순신은 권율 일행을 운주당으로 안내했다. 그곳까지 가면서 두 사람은 서로 안부를 물었다. 권율은 통제영에서 아직까지 발생하는 돌림병을 염려했고, 이순신은 충청도 일대 산성을 개축하고 보수하는 일이 완전히 이루어지지 못한 것을 안타까워했다.

이순신 휘하 장수들이 운주당 앞뜰에 도열하여 기다리고 있었다. 이순신이 한 사람씩 권율에게 소개했다.

"척후에 능한 조방장 배흥립입니다. 전 조방장 신호가 남원 교룡 산성으로 파견된 뒤 통제영 살림을 도맡고 있지요. 그리고 이쪽은 장흥 부사 이영남입니다. 태안 군수를 거쳐 강계부 판관으로 있다가 한 달 전에 소장 휘하로 돌아왔습니다."

권율은 배흥립과 이영남 어깨를 툭툭 치며 격려한 후 곧바로 별채에 마련된 회의장으로 향했다. 무엇인가에 쫓기는 사람처럼 서두르는 기색이 역력했다. 권율을 중심으로 이순신과 이억기, 권준이 자리 잡고 앉자마자 곧바로 본론을 꺼내 놓았다.

"가토 기요마사가 온다고 하오."

이억기가 놀란 눈으로 물었다.

"사실이오니까?"

권율이 고개를 끄덕였다.

"서생포(西生浦)로 온다 하니 마땅히 상륙하기 전에 바다에서 공격하여 수장해야 할 것이오. 이는 두 달 전부터 전하께서 어명 으로 누누이 당부하신 바요. 상벌을 엄히 하겠다 하셨소."

이억기가 주먹을 불끈 쥐어 보였다.

"당연히 상륙하기 전에 선공을 해야지요. 이번에야말로 놈들 버릇을 단단히 고쳐 놓아야 합니다."

권준이 차분한 음성으로 물었다.

"그토록 중요한 첩보를 어디서 어떻게 얻으셨는지요?"

권율이 권준을 쏘아보았다. 권준은 온화한 미소로 조용히 대답 을 기다렸다.

"지난 십일일 밤 경상 우병영에서 알려 왔소."

권준이 말꼬리를 쥐고 다시 캐물었다.

"경상 우병사 김응서(金應瑞) 장군은 어떻게 그 사실을 알아내 었는지요? 부산에 간자를 보냈나요?"

권율이 고개를 저었다.

"아니오. 고니시 유키나가가 보낸 왜인 요시라로부터 얻은 것이오. 그자에 따르면 가토 기요마사가 군사 7,000명을 이끌고 쓰시마 섬에 와 있는데 정동풍(正東風)이 불면 서생포로 향할 것이라 했소. 마땅히 미리 서생포로 가서 가토를 기다려야 할 것이오."

권준이 거듭 물었다.

"가토가 서생포로 온다는 사실을 고니시가 알려 주었다는 건가요? 거참 이상하군요. 세상에 아군 움직임을 적군에게 미리 알려 주는 장수도 있습니까? 아무리 가토와 고니시 사이가 좋지 않다고 하나 둘 다 도요토미 히데요시 휘하 장수들입니다. 고니시가 조선에 귀화할 생각이 없는 이상 어찌 그런 터무니없는 짓을 하겠습니까? 함정이 분명합니다. 도원수께서는 이상한 느낌이 들지 않으셨나요?"

권율도 얼굴이 딱딱하게 굳었다. 그 역시 십이일 아침 일찍 초계를 떠나 십삼일 밤늦게 고성에 당도할 때까지 요시라 말이 거짓이 아닐까 하는 의심을 품고 있었다. 그러나 김응서가 촌각을 다투는 일이라고 재촉했고 고니시에게 따로 사람을 보내 알아볼 수도 없는 일이기에 우선 이순신에게 통보하여 수군을 내보내려고 했던 것이다. 권율은 권준에게 즉답을 피하고 이순신에게 시선을 돌렸다.

"통제사! 나 역시 요시라 말을 전적으로 믿는 것은 아니오. 하나 그 말을 무시했다가 정말 가토가 서생포로 들어온다면 통제사는 중벌을 면할 수 없소. 더군다나 통제사가 지난달 부산 왜군 군영을 방화한 전공을 빼돌렸다는 헛소문까지 퍼져 있는 상황이니 출정하는 것이 좋을 듯하오. 어떻소이까?"

권율은 일부러 이순신 약점을 건드렸다.

작년 십이월 십이일, 부산 왜군 군영에서 큰불이 일어났다. 이순신은 그 방화를 주도한 것이 휘하 장졸인 거제 현령 안위(安衛)와 군관 김난서(金蘭瑞), 신명학(辛鳴鶴)이라며 상을 내려 달라는 장계를 올렸다. 그런데 도체찰사 이원익 휘하 선전관 김신국(金藎國) 역시 도체찰사 휘하 장졸인 정희현(鄭希玄), 허수석(許守石) 등이 부산에 불을 질렀다고 보고를 해 왔다. 조정에서는 이순신과 이원익 두 사람 중 누가 거짓을 아뢰었는지 조사하였다. 권율이 책임을 지고 그 사건을 살폈는데, 이원익 휘하 조방장 정희현과 군졸 허수석이 부산 왜영에 불을 지른 것으로 최종 확인되었다. 결국 이순신이 거짓 장계를 올린 셈이 된 것이다. 권준이 해명을 늘어놓았다.

"그 일은 군관 김난서와 신명학이 전공을 탐내어 거짓 보고를 올렸기에 일어난 사건이오이다. 통제사께서는 기쁜 마음으로 그 전공을 칭찬하는 장계를 올리신 것이고요. 잘못이 있다면 김난서나 신명학, 그리고 두 사람의 직속상관인 거제 현령 안위에게 있습니다. 통제사께서는 그 일과 무관합니다."

권율이 허리를 젖히고 웃었다.

"허허허, 휘하 장졸을 제대로 거느리지 못한 것도 장수에게는 큰 실책이 아니겠소? 왕실과 조정 대신들은 이 일을 권 수사 말처럼 그리 간단히 여기지 않는 듯하오. 그동안 올라온 통제사 장계 속에 이번과 같은 거짓 장계가 몇 장 더 있지 않을까 의심하고 있소이다. 원균에게 돌아가야 할 전공을 권 수사에게 빼돌렸다는 의론도 있었소. 이런 마당에 조선 수군이 움직이지 않는다면 참으로 큰 오해를 받게 될 것이오. 통제사! 내 말뜻을 아시겠소?"

이순신은 시선을 내리고 잠시 무엇인가를 생각하는 듯했다. 그러곤 조용한 음성으로 이억기와 권준에게 말했다.

"이 수사와 권 수사! 잠시 자리를 피해 주시겠소?"

이억기는 더 앉아 있고 싶은 눈치였으나 권준이 선선히 자리에서 일어나자 어쩔 수 없이 따라 나왔다. 무거운 정적이 감돌았다. 권율이 이순신을 위로했다.

"서애 대감도 통제사가 무사하길 바라실 것이오."

이순신은 깊은 한숨을 내쉬었다. 많은 생각들이 뇌리를 스치고 지나갔다. 두 사람은 임진년 전쟁이 소강상태로 빠져들면서부터 전라도 바다와 육지를 굳건히 지켜 왔다. 사 년 가까이 부산을 치라는 어명을 어길 수 있었던 것도 서로 힘을 실어 주었기에 가능했다. 권율이 군사를 일으켜 경상 좌도로 향했다면 이순신은 군선을 이끌고 부산으로 나아갈 수밖에 없었으리라. 그러나 두 사람은 조선의 운명을 걸고 모험을 감행하지 않았다. 시간이 걸리더라도 안전하게 현재 영토와 백성을 지키는 쪽을 택했다. 그러나 지금은 강화 회담이 결렬되었고 왜 대군이 다시 쓰시마에 건너와 있는 상황이었다.

이순신이 천천히 입을 열었다.

"권 수사 주장처럼 이는 고니시가 파 놓은 함정이오이다. 정동풍이 불면 서생포로 온다고 했으니, 만약 정동풍이 불지 않으면 다른 곳으로 갈 수도 있는 일이 아니오니까? 또한 언제 오는지도 밝히지 않았습니다. 소장 생각에 고니시는 이 첩보를 흘림으로써 오히려 가토를 무사히 상륙시키려고 하는 게 아닌가 싶소이다. 우리 시선을 딴 곳으로 몰아 놓고 적당한 때를 봐서 상륙하려는 것이지요."

"하나 만에 하나 이 첩보가 사실이라면?"

"그게 바로 고니시가 노리는 점입니다. 출정할 수도 없고 안 할 수도 없도록 만드는 것이지요. 우린 이미 고니시가 파 둔 함정에 걸려들었소이다. 그리고 더 많은 사람들이 이 함정에 빠질 겁니다."

'고니시가 파 둔 함정!'

권율은 잠시 이순신 말을 음미했다.

"누가 더 이 일에 연루된단 말이오?"

권율이 헛기침을 하며 다시 물었다.

"가토를 바다에서 잡는 것은 하늘에서 별을 따는 것보다 어렵소이다. 하나 어명은 계속해서 이 일을 하라고 강요하고 있어요. 고니시는 하삼도 장수들과 조정 사이를 벌리려는 이간계(離間計)를 쓰는 게 확실합니다. 어리석게도 조정 대신들은 그자가 펼친 간계에 속아 넘어간 듯합니다. 저들이 결국 노리는 것은 소장일 겁니다. 조정에도 이 목숨을 노리는 신료들이 득실대니……"

권율이 깜짝 놀라며 물었다.

"그, 그게 무슨 소리요? 조정에 통제사 수급을 노리는 이들이

득실대다니요.”

이순신은 담담하게 미소 지었다.

“……”

권율이 조용히 위로했다.

“그런 소리 마오. 통제사 없는 조선 수군은 상상할 수도 없다오.”

이순신은 어금니에 쓴웃음을 물었다.

“도원수께서도 익히 아실 거외다. 전쟁이 곧 다시 있게 됩니다. 이몽학 난을 빌미로 죄 없는 김덕령을 죽인 조정입니다. 지금 조선 장수들 중에서 조정 대신들이 가장 다루기 어려워하는 이가 누구인 것 같소이까?”

“그야 당연히……”

“도원수와 소장 아니오니까? 조정 신료들도 생각이 없지 않을 터. 그런데도 고니시가 펼친 이 얕은꾀에 조정이 넘어간 것은, 아니, 넘어가는 척한 것은 곧 우리 둘 중 한 사람만이라도 전쟁이 터지기 전에 도려낼 작정인 게지요. 하나가 물러나면 나머지 하나도 겁먹고 함부로 나서지 못할 테니 일석이조가 아니겠소이까?”

“당치 않아요. 통제사가 없으면 조선 수군은 오합지졸일 뿐이오. 내 상소를 올려 그간 사정을 소상히 아뢰겠소이다. 통제사가 죄 없음을 주청하겠소. 또 서애 대감께도 이 일을 급히 알리도록 하십시다.”

이순신은 묵묵히 앉아서 권율이 분을 풀기를 기다렸다. 벌써 오래전부터 이런 날이 오리라 예상했다. 그러나 이렇듯 양쪽에서 파 놓은 함정에 빠져 허우적거릴 줄은 몰랐다.

'장수로서 명예를 지키며 담담하게 물러나는 것은 정녕 불가능하단 말인가? 수없이 많은 장계를 올려 충성심을 고하였건만 전하는 끝내 나를 믿지 못하시는구나.'

"이곳까지 와서 소장을 살펴 주시는 마음은 고맙기 이를 데 없으나 상소를 올리거나 서애 대감께 청을 넣어서는 결단코 아니 됩니다. 그랬다간 소장뿐만 아니라 도원수와 서애 대감까지도 무사할 수 없소이다. 그러니 이 나라 백성들을 생각하신다면 헛되이 수고하지 마십시오. 장군이라도 굳건히 자리를 지키셔야 합니다."

"이 통제사!"

권율이 당겨 앉으며 이순신 손을 맞잡았다. 차갑고 야윈 손이다. 이순신이 약간 떨리는 음성으로 말했다.

"청이 하나 있소이다."

권율이 눈을 끔벅거리며 물었다.

"무엇이오?"

"소장이 물러나면 아마도 전라 병사 원균이 소장 뒤를 이을 가능성이 큽니다."

"원균이라니? 아니 될 말이오."

이순신이 쓸쓸하게 웃으며 이야기를 이었다.

"오음(梧陰, 윤두수의 호) 대감 형제도 원 병사를 특별히 아끼고, 전하께서도 원 병사를 여러 번 언급하셨다 들었습니다. 경상우수사에 재임명하자는 주장도 조정에서 논의되었지요? 아시다시

피 원 병사는 성격이 불같아서 군선을 몰고 지체 없이 부산으로 달려갈지도 모릅니다. 그때가 오면 도원수께서 잘 타일러 주십시오. 앞뒤 가리지 않고 덤벼드는 점만 빼면 당대 제일 장수 중 하나입니다."

"하나 통제사가 지금처럼 어려움에 처한 것은 원 병사 장계 때문이 아니오? 자기에게 맡겨 주면 당장 부산 왜영을 불바다로 만들겠노라고 흰소리를 늘어놓았기 때문에……"

이순신이 그 말을 잘랐다.

"부산을 치려는 건 흰소리가 아니라 진심일 겁니다. 전략 없는 머리를 탓할 뿐, 그 사람을 탓할 이유는 없지요."

권율이 목소리를 깔았다.

"통제사! 마음에도 없는 말씀 마시오. 통제사가 여기에 있는 모든 것을 만들었으니 이를 제대로 활용할 이도 통제사뿐이오. 일이 잘못되어 원 병사가 온다면 내 기필코 그자를 용서치 않겠소."

이순신이 권율을 만류했다.

"그러실까 봐 이렇게 미리 부탁을 드리는 것 아닙니까. 사사로이 원 병사를 대해서는 아니 되오이다. 자칫 그 때문에 전쟁을 그르칠까 두렵습니다. 육군 으뜸 장수와 수군 으뜸 장수가 불화한다면 어찌 전쟁에서 승리할 수 있겠소이까. 그러니 도원수께서도 소장을 아끼시듯 원 병사를 아껴 주십시오. 소장 진심입니다."

권율이 힘껏 이순신 손을 맞잡았다.

"이 장군! 그대를 잃는 건 조선 수군 전부를 잃는 것과도 같소. 하늘이 그대를 돕기를 빌고 또 빌 뿐이오."

이순신은 권율을 부두까지 배웅했다. 두 사람 발걸음은 운주당으로 향할 때와는 달리 한없이 느렸다. 도살장으로 끌려가기 싫어 뒷걸음치는 황소를 닮았다. 배에 오르기 전 권율은 이순신 손을 다시 잡고 마지막 당부를 했다.

"살아남아야 하오. 어떤 일이 있더라도 살아남는 것이 중요하오. 내 말 명심하시오. 개죽음을 당하려고 지금까지 버텨 온 것이 아니지 않소? 통제사! 내 힘닿는 데까지 도우리다. 마음을 굳게 먹으시오. 하늘도 통제사를 버리지 않을 것이오."

이순신은 대답 대신 고개를 끄덕였다.

권율이 탄 배가 고성으로 출발하자마자 이순신은 출정 명령을 내렸다.

"서생포로 간다."

많은 군사들이 일사불란하게 군선에 올랐다. 날발이 부는 뿔피리 소리와 송희립 형제가 치는 북소리가 한산도를 뒤흔들었다. 백여 척이 넘는 군선들이 일제히 한산도를 빠져나와 거제도 쪽으로 향했다. 지휘선에 함께 탄 권준이 걱정스러운 얼굴로 이순신에게 말했다.

"함정입니다. 장군! 가서는 아니 됩니다."

이순신이 고개를 끄덕였다.

"알고 있소. 하나 가지 않으면 죄가 하나 더 늘어날 것이오. 죽더라도 가야지. 내 천운을 마지막으로 확인해야 하지 않겠소?"

권준은 얼굴이 창백해졌다. 당장 뱃멀미를 일으켜 쓰러질 것처럼 보였다. 이순신은 권준에게 다가와서 투구를 벗겨 주었다. 권준은 그 다정다감한 배려에 눈시울을 붉혔다. 이순신이 지나가는 말로 읊조렸다.

"권 수사가 더욱 자주 장수들을 챙겨 주시오. 이언량, 나대용, 이기남, 송희립 같은 사람들은 혈기만 믿고 일을 저지를 수도 있으니…… 관직에서 물러나는 한이 있더라도 나라를 원망해선 아니 되오. 김완이나 배흥립도 권 수사가 다독거려 주오. 그리고 이영남을 특별히 살펴 주오. 보기와는 달리 여리고 생각이 많으니 자주 불러 이야기를 나누도록 하시오."

"자, 장군! 어찌 그리 불길한 말씀을 하십니까? 아직 아무것도 정해지지 않았습니다. 가토만 잡으면……"

이순신이 입으로만 웃었다.

"권 수사! 아무리 그대가 제갈공명이나 장량에 버금가는 대지(大智, 큰 지혜)를 지녔다 해도 적의 책략에 스스로 들어가서 미꾸라지처럼 기어 들어올 가토를 잡을 수 있겠소? 고니시 간계에 조정이 빠져든 이상 모든 건 정해진 대로 흘러갈 것이오."

"서애 대감께 서찰을 올리시는 것이 어떨까요?"

"이 목숨 하나 구하겠다고 서애 대감까지 곤경에 빠뜨리고 싶지는 않소. 권 수사도 혹여 나설 생각은 마오."

"장군! 장군께 화가 미치면 소생도……"

이순신이 말허리를 잘랐다.

"권 수사 마음을 내가 왜 모르겠는가! 하나 나 때문에 그대들이 모두 다친다면 이 나라를 어찌한단 말이오. 그대들 한 사람 한 사람은 조선 수군을 이끌 재목이오. 특히 권 수사는 장차 통제사를 맡아 소임을 다하고도 남음이 있소이다. 사사로운 의리를 앞세워 앞날을 망치는 일은 없어야 할 것이오."

"지금까지 수군 장수들이 맡은 바 역할을 충실히한 것은 다 장군께서 소상히 가르치신 덕분입니다. 광영을 받는다면 응당 장군과 함께여야 합니다."

이순신이 쓸쓸히 웃었다.

"장군! 거듭 생각해도 서애 대감께 알리시는 것이……."

"아니 되오. 그 말은 마시오."

산달도를 오른편으로 끼고 거제도로 빠져들려는 순간 척후로 나갔던 사도 첨사 김완의 경쾌선이 돌아왔다. 지휘선으로 옮겨 탄 김완이 상기된 표정으로 이순신을 찾았다.

"장군! 이미 늦었소이다. 지난 십이일에 왜선 150여 척이 이미 서생포로 들어왔고 십삼일에는 왜선 130여 척이 가덕도로 상륙하였소이다."

'결국!'

이순신은 고개를 푹 숙인 채 꿈쩍하지 않았다. 예상했던 일이 현실로 드러난 것이다. 왜군은 이미 상륙했으니 바다에서 잡으라는 명은 지킬 수 없게 되었다.

곁에 있던 권준이 조심스레 입을 열었다.

"오늘까지 우릴 묶어 두고 그 틈을 이용해서 왜선들을 상륙시킬 작정이었군요. 역시 함정이었습니다. 속히 이 일을 도원수께 알리시지요."

연합 함대에 회군령이 떨어졌다. 왜군과 크게 싸울 것을 기대하며 출정했던 장졸들 얼굴에는 실망한 빛이 역력했다. 이순신은 말없이 장검을 탁자 위에 놓고 천천히 이물 쪽으로 걸어갔다. 투구를 벗어 옆구리에 끼고 하늘을 우러렀다. 어느새 어둠이 짙게 드리웠다.

이순신은 눈을 지그시 감고 흐르려는 눈물을 참았다. 전라 좌수사로 내려온 후 수많은 일들이 떠올랐다. 정운과 벌였던 궁술 시합, 원균이 저질렀던 온갖 횡포들, 네 차례나 거둔 큰 승리, 이영남과 맺은 교분, 갑작스레 떠나 버린 박초희, 충청 병사로 옮긴 원균, 첫 번째 통제사가 된 영광…… 그 모든 게 한낱 물거품처럼 느껴졌다. 가토 기요마사가 무사히 조선으로 들어왔으니 이제 그에 대한 책임 추궁이 있을 것이다. 통제사 자리를 지키기 힘들리라. 삭탈관직을 당할 것이고, 어쩌면 김덕령처럼 누명을 뒤집어쓸 수도 있다.

이순신은 눈을 크게 떴다. 사라져 가는 붉은 기운 끝자리를 잡으려는 듯 서녘 하늘을 똑바로 응시했다.

'나는 그 치욕을 감내할 수 있을까. 권 도원수는 어쨌든 살아남는 것이 중요하다고 했다. 나는 살아남을 수 있을까. 군왕 마음에 들지 못한 장수에게 삶이 남아 있을까. 나로 인해 서애 대감과 권 도원수까지, 권준을 비롯한 휘하 장수까지 화를 당하는 것은 아닐까! 어쩌다가 일이 이 지경에 이르렀는가.'

# 五, 사랑을 위하여 다완을 빚다

'너무 늦었네. 백월 선생께서 기다리실 텐데 빨리 가야지.'

박초희는 걸음이 절로 바빠졌다. 해거름에 갑자기 배앓이 환자
가 몰려들었던 것이다. 한 사람 한 사람 침을 놓다 보니 어느새
자시(밤 11시)에 이르렀다. 아침에 소은우는 박초희가 오면 가마
에 불을 넣겠다고 말했다.

'뭘까?'

진둥걸음을 멈추고 돌아보았다. 짙은 어둠뿐이다. 군막을 나설
때부터 누군가 뒤따라오는 느낌을 받았다. 돌아보면 없고 또 돌
아보면 없었다. 멀리 소은우가 있는 가마에서 새어나오는 불빛이
보였다. 비로소 마음이 놓였다.

그 순간 낯선 사내 손이 박초희 입을 틀어막았다. 바로 앞에
서 있었는데도 인기척을 느끼지 못했다. 박초희가 몸부림을 치자

65

사내는 손을 놓고 크게 웃었다.

"하하하하! 제법 앙칼진 맛도 있구나. 계집이라면 그래야지."

체구 건장한 왜장은 처음 보는 얼굴이었다. 박초희가 양손으로 앞가슴을 가리며 따지듯 물었다.

"이 무슨 짓이옵니까? 소녀는 고니시 대장군 휘하에서 부상병들을 돌보는 마리아라고 합니다."

"마리아? 고니시가 믿는 천주 아들 예수를 낳았다는 동정녀 마리아! 하면 그대도 동정녀인가?"

'고니시 대장군 이름을 함부로 부르는 이자는 누굴까?'

"비키세요. 부상병들을 치료하고 집으로 돌아가는 길입니다."

왜장은 황새걸음으로 박초희에게 다가섰다.

"알고 있어. 군막에서부터 따라왔으니까. 한데 부상병이나 치료하기엔 아까운 미모로군. 고니시 휘하에 아리따운 조선 여인이 있다더니 바로 너로구나. 고니시도 참 답답하군. 이런 미인을 고작 부상병이나 돌보게 하다니. 당연히 취하여 옆에 끼고 지낼 만하거늘."

"소리를 지르겠어요. 어서 비켜요."

"마음대로 하렴. 오늘밤은 누가 기요마사의 칼 맛을 보려나."

'가토 기요마사!'

박초희는 가슴이 철렁 내려앉았다. 임진년 봄. 왜군 제2군을 이끌고 고니시 유키나가와 나란히 선봉장으로 조선에 온 용장. 강원도와 함경도를 점령하고 두만강 강물을 한 통이나 마셨다는 맹장. 그 이름만 듣고도 조선 관군들이 꼬리를 감춘다는 장수가 눈앞에 서 있는 것이다. 도요토미 히데요시 명을 받고 서생포로 다시 돌아왔다더니 어느 틈에 이곳까지 온 것이다.

"몰라뵈었습니다. 용서하십시오."

"용서라……. 그냥은 용서 못 하겠는걸."

가토 기요마사 얼굴에 장난기가 가득했다.

"한데 넌 대체 어디서 지내는데 밤길을 홀로 이렇게 걷는 것이냐?"

"저기, 불빛이 보이는 가마에 머물고 있습니다."

"가마? 도자기 만드는 곳에서 먹고 잔단 말인가? 사기장 딸인가?"

"아닙니다. 방 하나를 빌려 쓰고 있을 뿐입니다."

"사기장 이름이 무엇이냐?"

"백월 선생이십니다."

"백월!"

가토는 코를 벌렁거리며 콧김을 품품 내뿜었다. 귀에 익은 이름이긴 했지만, 지금은 사기장 따위를 생각하고 싶지 않았다.

"날 몰라본 죄는 매우 크다. 목숨을 내놓아도 부족하지. 하나 특별히 용서할 터인즉 우선 네가 머무르는 가마로 가 보자꾸나."

"소녀가 머무르는 가마엔 어인 일로……?"

"어허, 자꾸 캐묻지 마라. 또 함부로 질문을 하면 용서하려던 마음을 되돌리겠다."

가토는 박초희를 앞세우고 성큼성큼 걸었다. 박초희는 뒤다시피 종종걸음을 쳐서 겨우 가마에 이르렀다. 이미 늦은 시각이기에 다른 가마는 모두 불이 꺼졌다. 왜병 십여 명이 소은우 가마를 지키다가 인기척을 느끼고 칼을 뽑아 들었다.

"이놈들! 예서 대체 무얼 하는 게야?"

가토가 우렁찬 목소리로 꾸짖자 왜병들은 얼른 칼을 내렸다. 조선 관군뿐만 아니라 왜군 사이에서도 가토는 성격이 급하고 포악하기로 이름이 높았다.

"고, 고니시 대장님을 모시고 왔습니다."

왜병 하나가 기어 들어가는 목소리로 겨우 답했다.

"뭐라고? 고니시가 이 시각에 예까지 왔다고?"

가토 목소리를 들었는지 안방 문이 열리면서 고니시와 소은우가 차례차례 나왔다.

"어인 일이오?"

"허어, 가토 님 아니오? 그건 내가 되레 묻고 싶은 말이외다."

"나야……. 이 마리아란 조선 여인이 밤길에 혼자 다니기에 바래다 주러 왔소."

가토가 슬쩍 박초희를 끼워 넣었다. 고니시가 박초희와 가토를 번갈아 살핀 후 웃는 낯으로 답했다.

"마리아! 너는 호위병 둘을 붙여 주었는데 왜 또 혼자 군막을 나온 것이냐?"

박초희가 머리 숙여 사죄했다.

"너무 늦은 시각이고 호위병들이 곤하게 잠든 터라 그냥 나왔어요. 늘 다니는 길인걸요."

고니시가 슬쩍 비켜서며 권했다.

"자, 자, 예서 이럴 게 아니라 우선 들어들 갑시다. 마리아! 너는 다완 하나를 더 가지고 들어오너라."

가토가 호쾌하게 웃으며 박초희에게 물었다.

"차는 됐다. 술이라도 있으면 한 사발 마셨으면 한다."

소은우가 얼른 끼어들었다.

"술도 있습니다. 마리아! 매실주 어디 있는지 알지요? 주안상을 봐서 가지고 들어왔으면 좋겠소."

"알겠어요. 염려 마세요."

가토와 고니시가 마주 앉고 그 중간에 소은우가 자리를 잡았다. 고니시가 먼저 소은우를 소개했다.

"금오산 다완 맥을 이은 백월 선생이시라오."

"금오산 다완! 아, 센노리큐 선생께서도 일찍이 탄복하셨던 금오산 다완 말씀이오?"

"그렇소. 백월 선생! 이쪽은 가토 기요마사 님이시오."

소은우가 단정하게 허리 숙여 먼저 인사했다.

"가토 대장님! 뵙게 되어 영광입니다."

가토도 큰 덩치에 어울리지 않게 점잖게 두 손을 짚고 인사를 건넸다.

"몰라뵈어 송구스럽소. 가토 기요마사라 하오."

고니시가 이야기를 이어갔다.

"나는 백월 선생과 금오산 다완에 대해 정담을 나누려고 왔소. 한데 가토 님은 예까지 정말 왜 온 게요? 밤길에 조선 여인이 홀로 다닌다 하여 따라올 만큼 한가롭지는 않을 터인데……."

"고니시 님은 못 속이겠소. 아까 군막에서 저 마리아란 조선 여인을 보고 마음이 동해 뒤를 쫓아왔다오. 참으로 기품 있고 아름다운 여인이오. 혹시 고니시 님이 저 여인을 마음에 두고 있소?"

"그렇진 않소."

가토가 신이 나서 말을 이었다.

"하면 마리아를 내게 주오. 꼭 갖고 싶소."

고니시는 팔짱을 끼고 잠시 눈을 감았다. 가토에 대해서는 여러 가지 풍문을 듣고 있었다. 가토가 몹쓸 병에 걸렸다는 것도, 또 가는 곳마다 조선 여인들을 취한다는 것도 알았다. 가토를 비난할 생각은 없었다. 전투에서 승리하면 패배한 쪽 여인들을 갖는 것이 오랜 관례였다.

소은우는 얼굴이 새파랗게 질렸다. 마리아를 제자로 받아들인 후 또 다른 사랑을 남몰래 키워 오던 그였다. 물론 박초희에게 그 마음을 보인 적은 없었다. 박초희가 밝게 웃으며 다가올 때도 서너 걸음 물러나서 엄한 스승의 표정을 짓곤 했다. 꼭 필요한 말 외에는 대화도 삼갔고, 박초희가 만든 도자기에 대해서는 가혹한 평을 내렸다.

멀리 물러나서 바라보는 것만으로도 좋았다. 박미진과 함께 보낼 때 느꼈던 그 느낌이 되살아나는 듯했다. 가토가 박초희를 데려가면 또 갑이별(서로 사랑하다가 갑자기 헤어짐)을 해야만 한다. 때늦은 사랑을 지키고 싶은데, 고삭부리(몸이 약하여 늘 병치레를 하는 사람) 소은우에겐 힘이 없었다. 박미진을 잃을 때처럼 또 갑자기 박초희를 잃을 것만 같았다.

방문이 열리고 박초희가 주안상을 들여왔다. 소은우가 재빨리 일어나서 그 상을 받으려 했다. 그러나 박초희는 빙긋 웃어 보이며 상을 세 남자 가운데 조용히 놓았다.

"마리아! 그리 좀 앉아라."

고니시는 밖으로 나가려는 박초희를 소은우 옆에 앉혔다. 가토는 박초희를 삼킬 듯 두 눈을 크게 떴다. 이문에 밝은 고니시답게 가토 마음을 단숨에 꺾지는 않으려는 듯 이렇게 말문을 열었다.

"마리아! 여기 가토 님은 나와 함께 조선 정벌에 선봉장으로 건너온 뛰어난 장수시다. 용맹한 만큼 사랑도 진하기로 정평이 나 있지. 자기 여자를 충분히 행복하게 해 줄 사내다."

잠시 뜸을 들였다. 박초희는 고개를 숙인 채 방바닥만 쳐다보았다.

"가토 님이 너와 인연을 맺고 싶다고 하신다. 네 생각은 어떠냐?"

소은우는 덜덜덜 떨리는 제 무릎을 양손으로 꽉 잡았다. 박초희가 천천히 고개를 들었다.

"저를 어여삐 보아주신 가토 대장님께 감사드립니다. 하나 저는 벌써 두 번이나 혼인을 했고 또 그때마다 남편이 비명에 갔습니다. 제 이 불운을 가토 대장님께 드리고 싶지 않아요. 저는 부상병들을 돌보며 또 여기 백월 선생을 모시고 이렇게 지내고 싶습니다. 가토 대장님을 모시는 광영은 제 몫이 아니에요. 용서해 주셨으면 합니다."

가토 목소리가 날카로워졌다.

"고약하군. 네 불운 따윈 아무 문제도 되지 않는다. 고니시 님! 오늘 밤이라도 당장 데리고 가겠소."

고니시가 매실주를 한 잔 들이켠 다음 나지막하게 말했다.

"마리아는 잠시 나가 있어라."

박초희가 물러가자 가토는 빈 잔에 술을 채웠다. 소은우는 벌겋게 달아오른 얼굴을 감추느라 허리를 더욱 깊이 숙였다. 가토는 연거푸 석 잔을 비우고서도 화를 참지 못하고 주먹을 쥐었다 폈다 했다. 고니시가 소은우와 눈을 맞춘 후 입을 열었다.

"조선에는 아리따운 여인들이 참 많기도 하오. 진주에서 평양까지. 여인들을 만날 때마다 품고 싶어지니까."

가토가 웃으며 슬쩍 비꼬았다.

"고니시 님도 그런 마음이 드오? 매일 주님만 모시는 줄 알았지."

"나도 사내인데 어찌 조선 여인에게 마음을 빼앗기지 않을 수 있겠소. 고아하고 강건한 맛이 확실히 본국 여인들과는 달라. 그렇지 않소?"

가토가 술 한 잔을 더 비우며 고개를 끄덕였다.

"마리아, 저 여인도 그중 하나라오. 누구라도 첫눈에 반할 만큼 아름다워. 하나 마리아는 상처가 많다오. 제 입으로 두 지아비를 죽였다고 하지 않소. 조선과 나카도리 섬을 오가며 보통 여자로서는 견디기 힘든 일을 많이 겪었다오. 낮에는 부상병들을 돌보고 밤에는 가마에서 일을 배우는 것만 봐도 알 수 있소. 가토 님, 그대가 꼭 달라고 하시면 드리긴 하겠소만, 마리아는 아마도 스스로 목숨을 끊고 말 거요. 마리아는 유녀(遊女, 창녀)도 아니고, 원하지 않는 삶은 더 이상 살지 않겠다고 하니까."

"설마 자결까지야……"

"아니오. 조선 여인들은 정절을 지키기 위해 스스로 목숨을 끊는다오. 가토 님! 내 군영엔 마리아만큼이나 아리따운 조선 여인들이 많이 있소. 그중 하나, 아니 둘을 선물하리다. 그리고 여기 백월 선생이 그대를 위해 다완을 만들어 주실 게요. 센노리큐 선생이 극찬한 바로 그 금오산 다완이라오. 어떻소, 마리아를 그냥 두는 대신 다완과 아리따운 조선 여인 둘을 얻는 것이?"

가토가 고개를 돌려 소은우를 보며 물었다.

"나를 위해 다완을 빚을 수 있겠소?"

소은우가 떨리는 음성으로 답했다.

"극상품 다완을 만들어 바치겠습니다."

가토가 잠시 고니시와 소은우를 쳐다보다가 호쾌하게 웃어넘겼다.

"그리하겠소. 멋진 조선 다완을 가진 장수들이 늘 부러웠는데, 고니시 덕분에 금오산 다완을 가지게 되었군. 마리아란 조선 여인은…… 아깝기는 하지만 내가 참지."

"고맙소."

"하나 이런 누추한 가마에 저 보석을 너무 오래 두지는 마오. 옥은 갈고 다듬어야 더욱 빛이 나는 법이니까."

고니시가 순순히 맞장구를 쳤다.

"그리하겠소. 자, 자. 예서 이럴 것이 아니라 내 군막으로 가서 세게 한잔 합시다. 가토 님을 위해 조선 계집 둘을 따로 불러 들이겠소."

"하하하! 좋소. 내일 아침까지 대취해 봅시다. 고니시 님 술 실력은 좀 늘었소? 한 잔만 마셔도 어지럽다 하지 않았소? 난 열 잔 이상 먹지 않는 장수완 대작하지 않소. 자신 있소? 하하하, 하하하하!"

두 장수를 대문 밖까지 배웅한 소은우는 방으로 들어가지 못하고 마당을 서성거렸다. 박초희는 부엌에서 주안상을 치웠다. 이윽고 박초희가 설거지를 마치고 마당으로 나왔다.

"밤이 늦었소. 피곤하지요?"

소은우는 박초희를 하대(下待)하지 않았다. 박초희가 몇 번이나 말을 낮추라 청했지만 거절했다.

"아닙니다."

박초희는 보조개를 드러내며 밝게 웃었다. 힘들수록 웃음이 더 많아지는 그녀였다. 자기 운명이 어찌 결정되었는지 궁금할 것이다.

"가토 대장을 따라가지 않아도 되오."

"아, 정말 다행이에요."

절로 깊은 숨을 내쉬었다. 박초희도 무척 걱정하고 있었던 것이다.

"대신에 다완을 만들어 주기로 했소."

조선 여인 둘을 내주기로 했다는 사실은 숨겼다. 구태여 밝힐 필요가 없는 일이다.

"죄송합니다. 저 때문에 선생님만 또……"

소은우가 말을 잘랐다.

"아니오. 마리아가 편안하게 부상병들을 돌보고 가마에서 일을 배울 수만 있다면 다완이야 열 개라도 만들어 줄 수 있소."

"다완 하나를 만들기 위해 선생님이 며칠 밤을 지새우신다는 걸 알고 있습니다. 어떻게 이 은혜를 갚아야 할까요?"

"은혜라니 당치도 않소."

'오히려 내가 고마울 따름이라오. 외로운 늙은이에게 이토록 큰 기쁨을 주다니.'

"다음엔 밤길을 혼자 다니지 마오. 너무 늦으면 차라리 군막에서 괭이잠(깊이 들지 못하고 자주 깨면서 자는 잠)을 자더라도, 불행은 미리 피하는 게 상책이라오."

박초희가 오른손 검지를 눈가에 붙이며 환하게 웃었다.

"명심하겠어요. 그런데 자꾸 가마로 오고 싶으니 어쩌죠? 하루라도 가마를 보지 않고는 잠을 이룰 수 없을 것 같아요."

六、밀담 그리고 타협

일월 이십육일 저녁.

버드나무 가지 사이로 빛나는 개밥바라기(금성)를 바라보며 퇴궐하는 류성룡은 발걸음이 무겁기 그지없었다. 딱새 한 마리가 시선을 어지럽혔지만 놀라거나 멈춰 서지 않았다. 가토 기요마사가 벌써 대군을 이끌고 경상도에 상륙하였고, 고니시 유키나가는 미리 귀띔을 했는데도 가토를 놓쳤다며 조정을 비웃는 서찰을 보내왔다. 삼도 수군 통제사 이순신이 고의로 가토 기요마사를 잡지 않았다는 내용이 담긴 경상도 위무사 황신의 장계까지 검토하고 나자 선조는 분노가 극에 달했다.

선조는 내일 아침부터 수군 강화 문제를 논의하겠다고 했다. 그 말은 곧 이순신에게 중벌을 내리겠다는 것이다. 류성룡은 동부승지 허성을 퇴궐 전에 잠시 만났다.

"최악이옵니다. 어젯밤에는 이순신을 당장 잡아들여 다스려야 한다고까지 하셨습니다."

"잡아들여 다스린다?"

류성룡은 끔찍한 상상을 씹어 삼켰다.

'수군 으뜸 장수를 하옥하겠다는 말인가.'

"황신이 올린 장계도 문제지만, 지난 이십이일에 올라온 전라 병사 원균의 서찰이 더 큰 골칫거리이옵니다. 전하께서 그 글을 읽으신 후 완전히 어심을 굳히신 듯합니다. 군선을 거느리고 가서 부산을 치겠다는데 누군들 귀가 솔깃하지 않겠습니까?"

"이순신을 버리고 원균을 취하기로 하셨단 말인가?"

"그러하옵니다. 전하께서는 이순신이 조정을 업신여기고 제멋대로 수군을 통솔한다고 생각하시옵니다. 지금까지 부산으로 진격하라는 어명을 거역한 것이 몇 차례이옵니까? 소생이 보기에도 이순신이 지나친 듯하옵니다."

이순신에 대한 비판은 서인뿐만 아니라 동인 내부에서도 적잖이 제기되고 있었다. 특히 의병장들을 많이 배출했을 뿐만 아니라 분조에 적극적으로 참여했던 북인은 이순신이 전투를 회피한다며 공공연하게 비난했다. 류성룡과 이덕형이 영의정과 병조 판서 자리를 굳건히 지키고 있기에 그 불만을 누를 수 있었다. 그러나 이제는 두 사람 힘으로도 조정 청론(淸論, 공론)을 무마하기에는 역부족이다.

"동부승지!"

"예, 영상 대감! 말씀하시지요."

류성룡은 알고 있었다. 귀신도 놀랄 만한 계책이 없다면 이순신 목숨을 구할 수 없다는 것을. 선조는 예전부터 이순신과 권율을 벼르고 있지 않았는가.

"통제사가 바뀌면 나도 영의정에서 물러나야 하오."

"무, 무슨 말씀이십니까?"

"애초에 이순신을 전라 좌수사로 천거한 사람이 누구요? 나 류성룡이오. 이순신이 역적으로 몰린다면 당연히 나도 그 책임을 면할 길이 없는 게지. 어디 나뿐이겠소? 그동안 나를 도와 왜군과 전면전을 벌여서는 안 된다고 주장해 온 이덕형, 이항복 등도 무사하지 못할 것이오. 그러니 동부승지! 그대가 전하 심기를 잘 살펴 주시오. 물러날 때 물러나더라도 최대한 우리 충심을 전하께 전해야 하지 않겠소?"

그제야 허성은 사태의 심각성을 깨달았다. 단순히 장수 하나가 바뀌는 것이 아니라 지금까지 조정을 이끌던 남인 정권 자체가 허물어지는 것이다.

"알겠사옵니다. 하나 사면초가가 아닐는지요?"

류성룡도 이순신을 구하기가 쉽지 않음을 알고 있었다. 경상도로 상륙한 가토의 군선을 단 한 척도 침몰시키지 못한 책임은 면할 길이 없었다. 이럴 땐 서찰이라도 보내올 만한데, 한산도로부터는 감감무소식이다. 기다리기에 지친 류성룡은 사흘 전 류용주를 급히 남쪽으로 내려보냈다.

'용주로부터 거기 상황을 들은 뒤 전하를 뵈면 좋으련만……. 내일 아침 어전 회의는 순신과 내 운명만이 아니라 이 나라 흥망

성쇠를 결정하는 중요한 회의가 될 것이다. 한데 나는 아는 것이 너무도 적구나.'

들려오는 풍문은 모두 이순신에게 불리한 것들뿐이었다. 너무나도 오랫동안 최고 지위를 누렸기 때문일까. 뜻하지 않은 방향에서 급소를 찔러 오는 칼날을 피하기엔 이순신이 앉은 자리가 너무나도 좁았다.

'순신이 몰락하는 건 나 류성룡이 몹쓸 시련을 겪을 징조인지도 모른다. 영의정이라는 자리. 조정 대소사를 모두 관장하고 신하와 임금의 중개 역할을 하는 이 자리에 나 역시 너무 오래 있었다. 홍문관에 있는 젊은 서생들로부터 노탐(老貪)이라는 비판마저 들려오지 않는가.

물러날 때가 되었어. 이제는 정치에 대한 미련을 버리고 고향으로 내려가고 싶다. 그곳에서 스승님이 남기신 단단하고 명철한 서책들을 읽으며 늦었지만 도학을 공부하고 싶다. 물러날 때를 아는 것 역시 사람의 도리인 것이다.

하나 지금은 때가 아니다. 전쟁이 다시 시작되었고 왜적이 코앞까지 밀려왔다. 한가로이 물러나 서책을 읽던 선비들도 칼과 활을 들고 전쟁터로 나서야 할 판에 내 어찌 안빈낙도를 꿈꾸랴. 순신이 없으면 이 전쟁에서 이기기 어렵다. 전라도 백성은 불안에 휩싸일 것이며 그 불안은 곧 패전으로 이어질 것이다. 순신을 구해야 한다. 나 류성룡이야말로 부산 출정을 강력히 막은 장본인이 아닌가. 천 리나 떨어진 작은 섬에서 어찌 어심을 살필 수 있었겠는가.

모든 것이 내 불찰이다. 내가 순신을 죽음으로 밀어넣었다. 어찌할거나. 아, 이 일을 정녕 어찌할거나.'

대책 없이 어전 회의에 참석할 수는 없는 노릇이었다. 이덕형과 둘이 앉아 골머리를 썩여도 뾰족한 대안이 없었다. 이순신을 구하는 길은 어전 회의에 앞서 대신들끼리 의견을 조율하는 것뿐이다. 류성룡은 영돈령부사 이산해, 판중추부사 윤두수, 좌의정 김응남, 지중추부사 정탁, 병조 판서 이덕형을 집으로 청했다. 선조 귀에 들어가면 중벌을 면치 못할 일이지만, 벼랑까지 몰린 이순신을 구하기 위해서는 어쩔 수 없었다.

약속 시간인 해시(저녁 9시)가 되기 전에 이산해, 정탁, 이덕형이 왔고 윤두수와 김응남도 곧 대문을 두드렸다. 여섯 대신들은 상석에 앉은 이산해를 중심으로 타원 모양으로 둘러앉았다.

어색한 분위기가 감돌았다. 어전 회의를 제외하곤 이토록 어두운 밤에 합석한 예가 드물었던 것이다. 병을 사칭하고 어전에도 자주 나오지 않던 북인 이산해는 물론이고, 서인인 윤두수와 김응남, 남인으로 류성룡과 가까운 이덕형, 북인과 가까운 정탁 등도 끼리끼리 어울리며 자기 당인(黨人)을 관리할 뿐이었다.

모두 류성룡이 자신들을 청한 이유를 알고 있었다. 류성룡이 손님을 맞는 주인 입장에서 먼저 이야기를 꺼냈다.

"내일 아침 수군 일을 논의함은 다들 알고 계실 겁니다. 고견을 미리 듣고 싶어 외람됨을 무릅쓰고 청하였습니다."

좌의정 김응남이 혀 짧은 소리로 물었다.

"그 일이야 내일 의논하면 될 터인데 구태여 야밤에 이렇듯 모일 필요가 있습니까?"

기선을 제압하겠다는 뜻이다. 류성룡은 더 이상 말을 돌려서는 안 되겠다고 느꼈다. 어차피 깊은 이야기를 나누어야 한다면 자기 속마음부터 여는 편이 낫다.

"전하께서는 삼도 수군 통제사 이순신 죄를 물으실 것입니다."

윤두수가 류성룡을 정면으로 응시했다. 속내를 곧바로 드러내는 것은 류성룡답지 않다.

"국법에 따라 다스리면 될 일이오. 우리가 이렇게 모여 의논한다고 무엇이 달라지겠소?"

윤두수는 원칙론에 머물렀다. 지금으로선 원칙론만큼 무서운 것이 없다. 원칙대로 하자면 어명을 어긴 장수는 살아남지 못한다. 정탁이 윤두수 말에 이의를 제기했다.

"이순신을 벌해서는 아니 됩니다. 이순신은 왜군들이 가장 무서워하는 장수이오이다. 이순신을 한산도에서 끌어내는 것은 스스로 허벅지를 찌름과 다르지 않소이다."

김응남이 언성을 높였다.

"이순신은 그런 허명(虛名)을 믿고 전하를 능멸했을 뿐만 아니라 조정을 업신여겼소이다. 결코 살려 둘 수 없소."

정탁이 말꼬리를 붙들며 반박했다.

"대장군 이일은 임진년에 크게 패하였어도 용서하였소. 군선 수십 척을 잃은 원균도 충청 병사를 거쳐 전라 병사로 중용되고 있지 않습니까? 지금 우리에겐 장수가 단 한 명이라도 더 필요해요. 한데 눈부신 전공을 쌓은 이순신을 죽이다니요? 있을 수 없는 일입니다. 서로 뜻이 귀나더라도 잘 맞추어 조선 수군을 살리는 방도를 찾아야 합니다."

잠시 침묵이 이어졌다. 이순신을 바라보는 입장 차이가 너무나도 컸다. 잠자코 대화를 듣던 이산해가 흠흠흠 헛기침을 했다.

"지난여름 김덕령을 죽이고 이번에 이순신마저 죽인다면 전라도 민심이 크게 흔들릴 것이오. 정여립과 이몽학의 난 때문에 전라도를 못 미더워 하시는 어심을 모르는 바는 아니나, 계속 그곳 장수들만을 벌해서는 곤란할 것이오. 따지고 보면 이번 전쟁에서 왜군에게 완패한 곳은 경상도입니다. 죄가 있다면 마땅히 벌을 받아야 하겠지만, 그 또한 형평이 맞아야 한다 이 말씀이지요."

이산해는 이순신을 통제사에서 물러나도록 하되 중벌을 내려서는 안 된다는 절충론을 폈다. 김덕령과 이순신이 죽음을 당하면 그 다음엔 전라도에서 이름난 의병장들 역시 무사하지 못하리라. 류성룡은 일단 안도했다. 북인은 이순신을 죽이자는 청을 올리지 않을 것이다. 문제는 역시 김응남과 윤두수, 그리고 해평부원군 윤근수였다.

류성룡은 대각선에 앉은 이덕형에게 눈짓을 보냈다. 이덕형이 고개를 끄덕였다.

"전하께서는 이순신을 벌할 마음도 있으시지만, 그보다 전라 병사 원균을 다시 수군 장수로 돌리려는 생각이 더 크십니다."

윤두수가 맞장구쳤다.

"당연한 일 아니겠소? 임진년에 해전에서 거둔 승리는 반은 원균 몫이오. 원균이 글쓰기를 좋아하지 않고 전공을 과시하는 성품이 아니기에 이순신에게 공이 모두 돌아갔을 뿐이지."

"옳으신 말씀입니다. 소생 생각으로는 이순신을 물리치고 그 자리에 원균을 앉힐 것이 아니라 두 장수를 나란히 수군 으뜸으로 삼는 것이 어떻겠습니까? 삼도 수군 통제사라는 벼슬도 조정에서 임시로 만든 것이고 또 모든 권력이 통제사 한 사람에게 집중되는 폐단도 크니, 수군 통제사를 전라도와 경상도로 각기 나눈 후 원균에게 기회를 주는 것이 어떠하온지요?"

이산해가 무릎을 탁 쳤다.

"옳거니! 그것 참 묘안이오. 역시 병판은 책략이 대단하오이다. 그렇게만 된다면 전하께서도 뜻을 이루시는 것이고 이순신을 잡아들이지 않아도 되겠구먼."

류성룡과 이산해가 잔잔한 미소를 교환했다. 그때 김응남이 결기를 부리며 분위기를 깼다.

"무슨 말씀을 하시는 겝니까? 벌써 잊으셨소이까? 삼도 수군 통제사라는 자리를 만든 것은 으뜸 장수가 두 명이라서 연합 함대를 구성하는 데 심각한 지장을 초래했기 때문이오이다. 한데 지금 와서 다시 원균을 경상도 통제사로 보내면 임진년 분란이 재발할 것이에요. 이순신을 끌어내리고 원균을 앉히든지, 원균 청을 물리치고 이순신으로 계속 가든지 둘 중 하나를 선택해야지 다른 길은 없소이다."

이덕형이 침착하게 대응했다.

"좌상 말씀이 물론 지당하십니다. 하나 지금은 임진년과는 다르지요. 그땐 연합 함대를 처음으로 구성했기 때문에 여러 가지 문제가 발생했던 겁니다. 군선과 군사, 군량미와 무기를 균형 있게 나눈다면 서로 오해와 불신도 줄어들겠지요."

그래도 김응남은 수긍하지 않았다.

"미봉책일 뿐이오."

류성룡이 둘 사이에 끼어들었다.

"좌상 말씀대로 미봉책이긴 합니다. 하나 지금 당장 이순신을 잡아들인다면 김덕령처럼 죽음을 면키 어려울 것입니다. 삼도 수군 으뜸 장수였던 사람을 개죽음 당하게 할 수는 없지 않겠습니까? 그러니 원균을 경상도 통제사로 임명한 후 상황을 더 살피다가 이순신을 면직하는 것이 어떻겠습니까? 몇 달만 시간을 끌면 될 듯합니다. 전투가 본격화되면 이순신을 다시 찾으실 수도 있지요. 판중추부사 뜻은 어떠시오?"

류성룡은 시선을 윤두수에게 향했다. 윤두수가 이 제의를 받아들이면 김응남도 고집을 꺾을 것이다. 윤두수는 수염을 쓸어내리며 잠시 생각에 잠겼다. 류성룡 제안을 받아들였을 때 벌어질 일을 가늠하는 것이다.

어쨌든 류성룡이 내놓은 제안은 삼도 수군 으뜸 장수를 이순신에서 원균에게 넘기겠다는 것이다. 원균이 수군 지휘권을 장악하게 되면 윤두수를 비롯한 서인들도 발언권이 그만큼 강화된다. 그러나 윤두수는 선뜻 그 제안을 받아들일 수 없었다. 지난 사

년 동안 류성룡과 이덕형은 온갖 감언이설로 왜군과 전투를 가로막아 왔다. 진작 부산으로 진격했더라면, 그래서 왜군을 쓸어버렸다면 이렇게 다시 전쟁을 벌일 일도 없었으리라는 게 윤두수 생각이었다.

'서애는 결코 손해를 보면서 타협하고 양보한 적이 없어. 늘 한두 걸음 물러서며 전하와 대신들 뜻을 수용하지만 얻고자 하는 것은 확실하게 챙기는 위인이지. 이번에 서애가 원하는 것은 무엇일까. 틀림없이 내 심장을 찌를 비수를 등 뒤에 숨겨 두고 있으리라.'

"판중추부사!"

류성룡이 대답을 독촉했다. 윤두수는 천천히 좌중을 둘러보며 눈을 맞추었다. 김응남은 분이 풀리지 않은 듯 얼굴을 찡그리며 이마에 주름을 잡았다. 이윽고 윤두수가 입을 열었다.

"……나 역시 김덕령처럼 이순신을 죽이고 싶지는 않소. 영상께서 이순신을 아끼는 마음이야 우리가 다들 아는 것이고. 전라도 내륙은 도원수 권율에게 맡겨도 되니 원균을 우선 경상 우도로 옮겨 수군을 지휘하게 하는 것도 나쁘지 않소이다. 하나 원균을 경상도 통제사로 임명한다고 해서 이순신에 대한 성노(聖怒)가 사라질까요? 전하께서는 누차 왕실과 조정을 깔보는 장수는 지휘고하를 막론하고 참하겠다 하시었소. 이순신이 저지른 죄가 만천하에 드러났고 그 사실을 천조에 글로 아뢰기까지 했으니, 전하께서는 무조건 이순신을 잡아들이려 하실 것이오. 어명을 누가 거역할 수 있겠소?"

류성룡이 진지하게 답했다.

"그 일은 제가 책임을 지지요."

윤두수가 차갑게 웃었다.

"허허! 영상 대감. 오늘은 참으로 영상 대감답지 않으십니다. 탑전에서 늘 어심을 미리 헤아리던 대감께서 전하 하교에 불복하는 말씀을 올리시겠다고요? 허허허허. 대감! 왜 손수 유궁(幽宮. 무덤)을 파시려는 겝니까? 대감께선 아직도 조정에서 하실 일이 많소이다. 생각해 보세요. 대감이 이순신을 살려 달라고 매달릴수록 전하께선 이순신을 죽이려 할 것이에요. 차라리 아무 말씀 말고 가만히 계시는 편이 백 번 낫소이다."

류성룡은 얼굴이 화끈거렸다. 윤두수가 지적한 대로 류성룡은 지금 몹시 불안하고 초조했다. 윤두수 목소리가 낮고 진중해졌다.

"전하께서 사약을 내리면 이순신은 어쩔 수 없이 죽는 것이오. 이순신을 잡아 추국을 하라시면 어명에 따르는 것이 신하 된 도리외다. 하나 풍문에 기대어 이순신을 벌할 생각은 없소. 샅샅이 조사하여 잘잘못을 따져야 할 겁니다. 물론 임진년 전공도 참작될 것이고요. 어떻소, 영상 대감! 이 정도면 답이 되겠소?"

"제 뜻을 받아 주시니 참으로 고맙소이다."

그 정도가 윤두수로부터 얻어낼 수 있는 것이었다. 이산해도 고개를 끄덕이며 윤두수와 류성룡 뜻에 따랐다. 그러나 김응남은 끝까지 고집을 꺾지 않았다.

"이순신이 저지른 죄는 태산보다도 더 크오이다. 나는 결코 그 죄를 간과하지 않을 것이오."

정탁이 은근히 비꼬았다.

"전라도 의병장들과 장수들을 모두 죽이시구려. 그래도 속이
불편하시면 이 몸 목도 치시고."

"무엇이?"

김응남이 자리를 박차고 일어섰다. 정탁도 이에 질세라 당장이
라도 멱살을 쥘 기세로 몸을 일으켰다. 윤두수가 시선을 아래로
고정시킨 채 양쪽 모두를 엄히 꾸짖었다.

"이게 무슨 짓들이오? 이러고도 그대들이 이 나라 대신들이라
할 수 있겠소?"

김응남이 다시 자리에 앉으며 뇌까렸다.

"율곡이 낸 양병책만 따랐어도 이런 일은 없었을 것이외다."

정탁이 지지 않고 맞받아쳤다.

"누가 임진년 전쟁에서 이 나라를 구했소이까? 바로 하삼도 의
병이오이다. 그 의병장들은 대부분 남명 조식 선생 가르침을 받
은 사람들입니다. 율곡은 말로만 양병을 주장했지만 남명은 몸과
마음으로 이 나라를 지키도록 가르치셨소. 전후가 이러한데도 케
케묵은 양병책만 강조할 작정이시오? 좌상! 손바닥으로 하늘을
가리지 마시오."

김응남이 비꼬았다.

"소 잃고 외양간 고친 격이지."

이덕형이 온화한 얼굴로 둘 사이를 중재했다. 이미 윤두수로부
터 돕겠다는 언질을 받았으므로 더 이상 신경전을 벌일 필요가
없었다.

"좌상 말씀도 옳고 지중추부사 말씀도 옳습니다. 율곡과 남명 그리고 퇴계 선생 가르침으로 인해 이 땅에 사림이 자리 잡게 된 것이지요. 지난 시절 훈척(勳戚)들이 저지른 터무니없는 모해로 얼마나 많은 사람들이 목숨을 잃었습니까. 이제 이 나라는 대대 손손 정주학(程朱學)의 나라, 사림의 나라가 될 것입니다. 퇴계와 율곡, 남명 같은 분들이 기반을 다졌다면 여기 모인 분들이 대들 보를 세우고 지붕을 얹었다는 평가를 받게 되겠지요. 우리가 비 록 조금씩 이견을 가지고 있다손 치더라도 결국 정주학 속에서 하나로 묶일 수 있습니다. 잊지 말아야 할 것은 우리 언쟁이 결 코 훈척들과 언쟁할 때처럼 서로를 죽이는 방향으로 나아가서는 아니 된다는 겁니다. 아니 그렇습니까."

이덕형이 고개를 돌려 윤두수를 쳐다보았다. 윤두수는 빙그레 웃으며 선선히 답했다.

"물론이오. 병판 말씀이 참으로 옳소이다."

七, 전쟁 승패, 왕실 흥망

긴 겨울밤 마지막 자락이 아직도 행궁을 덮고 있었다. 남녘에서는 간간이 봄꽃 소식도 전해 왔지만 이곳은 여전히 차디찬 겨울이다. 처마를 따라 곧게 뻗어 가던 고추바람이 담벼락에 부딪히고 앙상한 나뭇가지들과 만나 위위위 울음을 울었다. 노랑지빠귀 한 마리가 그 울음에 놀라 푸드득 어둠 속으로 날아올랐다. 꾸부정한 허리에 백발이 성성한 대전 내관 윤환시는 정적을 깨고 종종걸음으로 황량한 뜰을 가로질렀다. 찢어진 눈을 번뜩이며 어둠에 묻힌 길을 잘도 짚어 별전으로 향했다.

선조는 그곳에서 밤이 새도록 서책을 읽겠다고 했다. 전쟁이 터진 마당에 한가로이 서책을 읽는다는 것은 이치에 맞지 않는 일이다. 동부승지 허성이 옥체를 보존하시라며 만류했으나 선조는 『주역』을 들고 편전에서 별전으로 자리를 옮겼다. 다시 허성이 몸과 마음을 편히 하시기를 주청하자 선조는 승지들을 모두 밖으로 내몰았다. 승지가 군왕 곁을 떠난다는 것은 있을 수 없는 일이다. 허성은 편전에서 부름을 기다렸으나 끝내 선조는 승지를 찾지 않았다.

별전에서 희미한 불빛이 새어나왔다. 윤환시는 누런 이를 드러내며 웃음지었다. 소맷자락에서 서찰 한 통을 조심스레 꺼내 들었다. 한산도까지 다녀온 풍과 해가 올린 보고서다. 윤환시는 이미 그 내용을 읽어 보았다. 서찰에는 선조가 눈이 빠지도록 기다리는 소식들 즉 이순신 행적으로부터 삼도 수군이 보유한 군선들 크기와 숫자까지가 촘촘히 적혀 있었다. 이 서찰로 말미암아 윤환시는 더욱 선조에게 은애(恩愛)를 입을 것이다.

웃음을 삼키고 주위를 비잉 둘러보았다. 눈을 동그랗게 뜨고 내시들을 살피던 동부승지 허성도 보이지 않았다. 윤환시는 서찰을 다시 소매에 감추고 별전으로 사뿐사뿐 걸어갔다.

"전하. 윤 내관이옵니다."

"안으로 들라!"

윤환시는 별전으로 들어서면서 흘낏 곁눈질로 용안을 살폈다. 『주역』을 펼쳐 놓긴 했으나 읽던 것 같지는 않다. 선조는 손을 들어 다가앉으라는 신호를 보냈다. 윤환시는 정중히 허리를 숙인 채 무릎이 맞닿을 만큼 나아갔다. 군왕과 이렇듯 가까이 마주 대할 수 있는 사내는 내관뿐이리라. 고개를 숙인 채 하명을 기다렸다.

"돌아왔느냐?"

"그러하옵니다."

윤환시는 소매에서 둥글게 말린 서찰을 다시 꺼냈다. 선조는 팔을 쭉 뻗어 서찰을 빼앗아 펼쳤다. 시선이 빠르게 위아래로 움직였다.

'지금쯤이면 권율과 이순신이 만나는 대목을 읽고 계시겠군.'

윤환시는 저도 모르게 웃음이 나왔다. 군왕에게 가는 비밀 서찰을 미리 읽을 때 느끼는 그 두려움과 설렘은 직접 경험하지 않은 사람은 모른다. 한 나라 운명을 좌우하는 서찰일 경우에는 더욱더 가슴이 부풀어 올랐다. 선조 표정이 갑자기 일그러졌다.

'가토 기요마사를 놓친 대목이구나.'

윤환시는 입술에 침을 묻혔다. 이제 슬슬 군왕 비위를 맞추며 이득을 취하는 내시 일을 행할 때가 되었다.

"음……. 가토 기요마사가 상륙한 이후에 권율이 한산도에 도착했다? ……연합 함대가 출정했던 것도 사실이며, 군사들 사기는 여전히 높다고……? 윤 내관!"

선조가 서찰을 곱씹으며 윤환시를 노려보았다. 그 내용이 마음에 들지 않는 것이다. 윤환시는 고개를 숙인 채 대답했다.

"예, 전하!"

"풍과 해를 대신할 내관들이 있겠지?"

윤환시는 눈알을 돌리며 잠시 머뭇거렸다. 선조 물음이 선뜻 이해가 되지 않았다.

"……예, 있사옵니다."

"하면 오늘 당장 풍과 해를 지워라. 이 서찰도 없애도록. 알겠느냐?"

윤환시는 깜짝 놀랐다. 수족처럼 부리던 두 내관을 죽이라는 것이다. 윤환시는 감히 그 이유를 물을 수 없었다. 선조가 내민 서찰을 받아 소맷자락에 다시 넣었다.

"아, 알겠사옵니다."

선조가 다그치듯 또 물었다.

"화, 뇌, 운은 돌아왔는가?"

대신들 동정을 살피도록 보낸 내관들이다.

"방금 돌아왔사옵니다."

"누구누구라더냐?"

윤환시가 마른 침을 꼴깍 삼키며 대답했다.

"영의정 류성룡 집에 모인 대신은 영돈령부사 이산해, 판중추부사 윤두수, 좌의정 김응남, 지중추부사 정탁, 병조 판서 이덕형이라 하옵니다."

선조의 짙은 눈썹이 가늘게 경련을 일으켰다. 동서남북으로 갈라진 대신들이 한자리에 모인 것이다.

'군왕인 내가 불러도 병을 사칭하며 오지 않던 자들이 야밤에 모여 무엇을 의논했을까. 십중팔구 이순신을 문책할 것에 대비해서 미리 입을 맞추었으리라. 배은망덕한 놈들! 감히 함께 모여 이순신을 도울 작정을 하다니. 이런 짓들 때문에 옛말에도 군왕이 신하를 믿으면 나라를 잃는다고 했지.'

"어떤 얘기가 오갔는가?"

윤환시가 말을 더듬었다.

"그, 그것이……. 아뢰옵기 황송하오나 거기까진……."

"대화를 듣지 못했단 말인가?"

"벼, 병판이 군사들을 은밀히 풀어 지키는 바람에……."

용의주도한 이덕형이 간자를 의식해서 류성룡 집 주위에 군사들을 배치했던 것이다. 군사들과 칼부림할 수도 없는 노릇이니, 대문으로 들어선 대신들 면면을 확인한 것으로 만족할 수밖에 없었다.

선조는 덮어두었던 『주역』을 다시 펴며 짧게 말했다.

"알겠다. 물러가거라."

윤환시는 이마에 맺힌 땀을 닦을 틈도 없이 허둥지둥 별전을 빠져나왔다. 마당으로 나서자 찬바람이 양 볼을 때렸다. 허리를 주욱 펴고 하늘을 우러렀다. 동쪽 하늘이 조금씩 밝아 오고 있었다.

"윤 내관!"

누군가 등 뒤 어둠 속에서 그를 찾았다. 윤환시는 황급히 허리를 숙이며 뒤돌아섰다. 편전에서 당직을 서던 동부승지 허성이었다. 윤환시는 조금씩 허리를 펴며 놀란 가슴을 쓸어 내렸다. 허성이 심각하게 물었다.

"전하께서는 아직 서책을 읽고 계시오?"

윤환시가 퉁명스럽게 답했다.

"그렇습니다."

"침수 드십사 여쭈었소?"

"그렇습니다. 하나 전하께선 밤새 서책을 읽겠다 하시옵니다."

허성은 별전을 힐끔 쳐다보았다. 불빛이 흘러나오는 것을 보니 윤환시 말이 사실인 듯했다. 허성은 고개를 설레설레 저었다.

"저러시다가 옥체 상하실까 참으로 걱정이오. 전하께서 날 찾으시면 곧바로 편전으로 알려 주오."

"알겠습니다."

허성은 지나치게 딱딱한 윤 내관 표정과 말투가 마음에 걸렸다. 그러나 선조가 계속 독서에 열중하고 있으니 이곳에서 할 일이 없었다.

윤환시는 허성이 사라질 때까지 그 자리에 서 있었다.

'혹시 전하와 나눈 대화를 엿들은 것은 아닐까? 조심해야겠어.'

윤환시는 희붐한 새벽 공기를 가르며 행궁을 벗어났다. 풍과 해를 죽이라는 어명을 따르기 위함이었다.

'풍과 해의 입까지 막으려 드는 것을 보면 전하께서는 이순신을 죽일 결심을 굳히신 것이다. 그렇다면 이제 원균 세상이 오는 것인가.'

윤환시는 소매에 넣어 둔 미혼단(迷魂丹) 환약을 확인했다. 명나라 사신 일행으로부터 높은 값을 주고 사 두었던 약이다. 풍과 해를 고통 없이 보낼 작정이었다. 어주에 미혼단을 섞어 잠재운 다음 검으로 단숨에 목을 찌르리라.

'나를 너무 원망하지 마라. 너희 운명인 것을.'

광해군은 진시(아침 7시)에 아침 문안을 여쭈러 별전으로 왔다.

선조는 충혈 된 눈으로 광해군을 맞이했다. 광해군은 동부승지 허성으로부터 선조가 밤새 서책을 읽었다는 귀띔을 받았다. 광해군이 예를 갖춘 후 조심스레 여쭈었다.

"아바마마, 밤새 평안하셨사옵니까? 독서삼매에 빠지셨다고 들었사옵니다."

선조가 가볍게 고개를 끄덕였다.

"그렇다. 세자! 참으로 오랜만에 서책을 벗 삼아 밤을 새웠구나."

"아바마마……"

광해군이 미처 이야기를 꺼내기도 전에 선조가 말을 잘랐다.

"과인 몸은 아무렇지도 않다. 잠을 하루 안 잔다고 죽는 것도 아닌데 승지들은 아침부터 저렇게 요란을 떠는구나."

"하오나 다시 전쟁이 시작되었으니 옥체를 강건하게 하셔야 하옵니다."

선조는 책장을 넘기며 지나가는 투로 말했다.

"과인이 지치면 세자가 맡으면 된다."

광해군이 목청 높여 아뢰었다.

"어찌 또 그런 말씀을……. 소자는 부족한 점이 너무도 많사옵니다."

선조는 그 컬컬한 음성이 마음에 걸렸다. 어서 왕위를 물려받고 싶다고 재촉하는 것만 같았다.

"세자는 두 차례나 분조를 이끈 경험이 있다. 군왕에게 지나친

겸손은 금물이니라. 군왕은 만인의 아비가 아닌가."

광해군 역시 선조가 쉽게 양위하지는 않으리란 것을 알고 있었다. 아직은 때가 아니었다. 광해군이 침착하게 또박또박 질문을 던졌다.

"아바마마, 오늘 아침에 수군을 강화하는 방안에 대해 대신들과 회의를 하신다고 들었사옵니다. 사실이온지요?"

"그렇다."

선조가 짧게 답했다.

"장수를 바꿀 생각이시옵니까?"

몇 달 동안 광해군은 국정을 외면해 왔다. 몸이 완쾌되지 않아서이기도 했지만 선조 눈 밖에 나지 않으려는 의도도 있었다. 류성룡이나 이덕형도 광해군에게 잠시 물러나 제왕학을 닦으라고 권했다. 그러나 오늘은 이 나라 운명이 뒤바뀔지도 모르는 상황이었다.

"대신들과 도유우불(都兪吁咈, 도유는 찬성의 감탄사, 우불은 반대의 감탄사로서 요 임금이 신하들과 정사를 토론하고 심의할 때 쓰였다는 말. 곧 찬반 토론을 이름.)한 후 결정할 일이다."

선조는 짧은 답으로 일관했다. 속마음을 보이기 싫다는 의지가 그 속에 담겨 있었다. 잠시 뜸을 들이다가 선조가 되물었다.

"세자 생각은 어떠한가?"

광해군은 눈을 크게 뜨고 숨을 한껏 들이마셨다.

'아버지는 늘 이런 식으로 사람을 난처하게 만드시는구나.'

"아바마마 뜻에 따를 뿐이옵니다. 하오나 그로 말미암아 전쟁

승패가 갈릴 수도 있사옵니다."

광해군은 만약을 내세우며 올가미에서 벗어나려 했다. 그러나 사람을 다루는 데 도를 통한 선조가 고삐를 놓지 않았다.

"알고 있다. 한데 세자는 전쟁 승패가 중요하다고 보는가, 왕실 흥망이 중요하다고 보는가?"

"그 둘이 어찌 나뉠 수 있겠사옵니까?"

"그렇지 않다, 세자! 전쟁에서 패하는 한이 있더라도 왕실이 망해서는 아니 된다. 왕실이 굳건하면 다시 복수를 꿈꿀 수 있으나 왕실이 망하면 모든 게 끝장이다. 그 무엇도 왕실 안녕보다 중한 것은 없다. 신하들을 믿지 마라. 그들 중 몇몇은 전쟁에서 승리해야 한다는 명분을 내세워 왕실 위엄을 깎아내리려고 할 것이다. 도대체 사림이 무엇이냐? 겉으로는 공맹을 따르는 학인(學人)으로 자처하지만 조정을 손아귀에 넣기 위해 학연, 지연으로 얽힌 무리일 뿐이다. 그자들은 자기 이익을 위해 언제든지 군왕을 질타한다. 군왕이 그자들 학연과 지연을 송두리째 뽑으려고 한다면 그들은 조선에서 결주(桀紂)를 몰아낸다며 반란을 일으킬 위인들이다. 정여립을 보아라. 그 역시 공맹의 가르침을 충분히 받은 사람이었다. 세자! 사림은 전쟁에서 거둔 승리로 자신들 세(勢)를 확장하려 한다. 군왕은 결코 사림의 허황한 말에 흔들려서는 아니 된다. 알겠는가?"

"명심하겠사옵니다."

선조는 갈증을 식히고자 냉수를 두어 모금 마셨다. 밤새 생각이 많았던 것이다.

"임진년 전쟁을 승리로 이끈 장본인은 의병이나 수군이 아니라 천병(天兵, 명나라 군대)임을 분명히해야 한다. 조금이라도 왕실 뜻을 어기는 자가 있으면 필벌하여 다스릴 일이다. 오만방자한 사람들 입을 틀어막고 장수들 손에서 무기를 모두 빼앗아야지만 왕실 평안을 지킬 수 있느니라. 이순신을 벌하는 것도 이런 까닭이다."

신권(臣權)이 결코 군권(君權)과 맞먹을 수 없음을 강조한 것이다. 광해군 역시 그런 주장에는 이견이 없었다.

"분조를 이끌고 홍주로 내려갔을 때 이순신이 재주 많고 침착한 장수라는 소문을 들었사옵니다."

"세자! 과인도 이순신 전공을 알고 있다. 이순신을 비난하는 수많은 상소들 중 대부분이 터무니없다는 것도 안다. 하나 왜 그 많은 신하들이 이순신을 삭탈관직 하라고 요구하는지 생각해 보아라. 이는 이순신이 가진 권력이 눈덩이처럼 불어났기 때문이니라. 전라도 백성은 이순신을 영웅으로 받든다는 풍문이다. 과인이 임명한 관리들 명은 어기더라도 이순신 군령은 틀림없이 지킨다는 것이다. 세자! 이제 이순신은 그 잘잘못을 가리기에 앞서 왕실 안녕을 위협하는 화근이 되었다. 화근은 뿌리를 잘라 버려야 한다. 군왕에게 이런 불안을 안긴 것도 장수의 도리가 아니야. 아니 그러냐?"

"그렇사옵니다."

'이순신을 죽일 생각이시구나.'

광해군은 어심이 이미 확고해졌음을 눈치 챘다.

'이순신이 없는 수군!'

생각만 해도 태풍을 만난 고깃배처럼 마음 한쪽이 일렁일렁거렸다.

'서애도 어심을 읽었을까.'

광해군은 회의가 열릴 편전으로 고개를 돌렸다.

아직 이른 시각인지라 대신들은 입궐하지 않았다. 댑바람(북쪽에서 불어오는 큰 바람)만 밀려드는 편전이 오늘따라 더욱 낯설게 느껴졌다.

'이순신을 희생시키면서까지 세워야 할 왕실 권위가 무엇일까. 죄를 범했으면 벌을 내리는 것이 당연하지만 전쟁에 패할 것을 각오하고서라도, 왜적에게 땅덩어리를 떼어 줄 것을 각오하고서라도 이순신을 죽여야 하는가.

내가 군왕이더라도 아버지처럼 했을까. 나라면 다른 길을 모색했을 것이다. 뛰어난 장수를 죽이는 것이 왕실 위엄을 나타내는 것으로 직결되지는 않는다. 이순신은 류성룡과 마음을 주고받는 사이이니 류성룡을 통해 이순신을 묶을 수도 있으리라.

그러나 아버지는 좀 더 명확하게 일을 마무리하려 하신다. 물론 이순신을 죽임으로써 왕실 위엄이 만천하에 드러나겠지만, 만에 하나 이순신 없는 조선 수군이 해전에서 패한다면 그 책임은 고스란히 아버지에게 되돌아올 것이다.

아버지도 이 사실을 아실까. 아신다면 왜 지금 아버지는 이순신 목을 베려 하시는가. 이순신이 또 다른 정여립으로 변하는 것이 두려우신 것일까. 이순신이 해상왕이 되고자 한다는 소문을

곧이곧대로 믿으시는 것일까. 하나 소문에 따른 처벌치고는 너무나도 손실이 크다.'

까악까악. 까마귀 울음소리에 광해군은 고개를 들어 남쪽 하늘을 쳐다보았다. 거대한 까마귀 두 마리가 검은 날개를 파닥이며 편전을 향해 곧장 날아왔다. 편전 대들보에 부딪치려는 순간 몸을 휙 젖히며 하늘로 치솟았다. 아래위로 흩어져 날더니 서쪽으로 행로를 바꾸었다. 까마귀들이 사라진 뒤에도 그 울음소리가 오랫동안 귓가를 울렸다.

광해군은 고개를 두어 번 세차게 가로저으며 불길한 징조를 잊으려 했다. 모든 일이 돌이킬 수 없는 지경에 이르렀음을 누구보다 잘 알고 있었다. 이제 남은 것은 이순신을 잡아들이라는 어명뿐이었다.

# 八. 임천수, 말을 바꿔 타다

"과인은 이번 전쟁에서 가장 공이 큰 이가 바로 너라고 생각하느니라."

임천수와 천무직은 이마를 바닥에 댄 채 감읍할 따름이었다.

"작고 하찮은 일을 하였을 뿐이온데 그같이 칭찬하시니 몸 둘 바를 모르겠사옵니다."

선조는 시선을 천무직에게 돌렸다.

"천무직. 너는 사냥꾼이라 하였느냐?"

"그렇사옵니다."

"주로 어떤 짐승을 잡느냐?"

천무직이 굵은 목소리로 답했다. 사냥에 관한 이야기라면 자신이 있었다.

"가리지 않사옵니다만 작은 짐승보단 큰 짐승을 더 좋아하옵

103

니다.”

“큰 짐승이라면 곰이나 호랑이도 잡아 보았느냐?”

“그러하옵니다. 곰과 호랑이를 합쳐 백 마리도 넘게 잡았사옵니다.”

선조가 감탄한 듯 양손을 마주 쳤다.

“백 마리! 대단하구나. 곰과 호랑이를 잡을 때 주로 무엇을 사용하느냐? 창이냐 활이냐? 아님 장검을 쓰는가?”

“도끼이옵니다.”

“도끼!”

임천수가 거들었다.

“무직이는 쌍도끼를 늘 등에 메고 다니옵니다. 쌍도끼를 들고 한 판 춤사위를 벌이면 열 걸음 안에 있는 것들은 나무든 짐승이든 사람이든 모두 사라지옵니다. 그동안 황해와 대국을 오가며 장사를 할 수 있었던 것도 무직이가 쌍도끼를 들고 든든하게 호위를 해 주었기 때문이옵니다. 가끔씩 휘목(터무니없이 자기 힘을 뽐냄)을 쓰는 게 걱정이지만 심성은 착한 놈이옵니다.”

“그렇구나. 임천수, 너는 정말 충직한 아우를 두었어.”

선조 목소리가 차츰 작아졌다.

“남해 사정은 어떠한가?”

“……”

임천수는 즉답을 피했다. 선조가 무슨 뜻으로 그런 하문을 던졌는가를 알기 전에는 함부로 입을 열 수 없었다.

“왜 수군들이 거제는 물론 고성 근방까지 들락거린다고 하던

데, 사실인가?"

"왜선은 비선(飛船)이라 불릴 만큼 작고 빠릅니다. 거제와 고성을 오갔다는 배들은 아마 그 척후선일 것이옵니다."

"비선이든 뭐든 왜선이 고성까지 오가는 것은 사실인 게로구나. 통제사는 무엇을 하고 있기에……"

천무직이 눈치 없이 끼어들었다.

"통제사 이순신은 남해 바다를 철벽같이 지키고 있사옵니다. 장졸들은 물론 하삼도 백성들 모두 통제사 명을 충실히 따르옵니다. 배고픈 이들에게는 먹을 것을, 병든 이들에게는 침과 약을 주는 통제사이옵니다. 비선들이 거제에 얼쩡거리는 것은 통제사가 두렵기 때문이옵니다. 장사치들도 통제사 명에 따라 세금을 꼬박꼬박 내며 편안히 장사를 하고 있사옵니다."

"난거지든부자(겉보기에는 거지꼴로 가난하여 보이나 실상은 집안 살림이 넉넉하여 부자인 사람)라더니, 아예 왕 노릇을 하는구나."

선조가 단칼에 말허리를 잘랐다. 천무직도 그제야 어심을 읽고 허리를 숙인 채 벌벌벌 떨었다.

'왕 노릇이라니? 전하께서 통제사를 그리 생각하신다면?'

임천수는 새우눈을 끔벅이며 생각에 생각을 이어 갔다.

'장수가 왕 노릇을 하면 그건 곧 반역이다. 통제사 이순신이 왕 노릇을 하였는가 아니 하였는가는 중요하지 않다. 전하께서 이순신을 그렇게 의심하고 계시다면 통제사 자리는 바뀔 수밖에 없다. 아, 드디어 조선 수군 으뜸 장수가 교체되는구나.'

"왜군들이 가장 두려워하는 장수가 이순신이란 풍문을 들었느니라. 정말 그러한가?"

천무직은 벙어리 흉내를 냈다. 임천수는 이런 날을 대비하여 오랫동안 준비한 이야기를 꺼내 놓았다. 와키자카 야스하루 얼굴이 얼핏 스쳐 지나가는 것도 같았다.

"이순신을 두려워하는 것은 사실이옵니다. 하오나 그건 이순신 한 사람에 대한 두려움이라기보다는 임진년에 조선 수군이 거둔 백전백승 신화에 대한 두려움일 것이옵니다. 왜군은 이순신뿐만 아니라 원균이나 이억기 역시 두려워하옵니다."

선조가 말꼬리를 붙들고 확인하듯 되물었다.

"원균이나 이억기 역시 왜군이 두려워하고 있다? 그 말을 믿어도 되겠느냐?"

"어느 안전이라고 감히 거짓을 아뢰겠사옵니까. 그동안 이순신이 너무 오래 통제사 자리에 머물러 있었던 탓에 왜군들 두려움이 이순신 한 사람에 대한 두려움으로 부풀려졌을 따름이옵니다. 그 두려움은 왜군뿐만 아니라 하삼도 백성이나 장졸들도 모두 갖는 것이옵니다."

"하삼도 백성과 장졸들이 이순신을 두려워한다고? 더 자세히 말해 보라."

"어리석은 장사치가 무엇을 알겠사옵니까. 다만 하삼도 백성과 장졸이 통제사 영을 목숨을 걸고 따르는 데는 존경과 함께 두려움도 있다고 사료되옵니다. 남해와 황해에서 통제사 명을 어기는 것은 곧 죽음과도 같사옵니다. 어찌 두려워하지 않을 수 있겠사옵니까. 장사치들 중에는 기꺼운 마음으로 세금을 내는 이들도 많겠으나. 내고 싶지 않아도 후환이 두려워 돈을 바치는 이들도 적지 않사옵니다."

굳은 용안을 우러른 후 이야기를 이어 갔다. 말을 끊지 않는 것을 보면 제대로 어심을 읽어 가는 듯했다.

"이렇듯 통제사에 대한 존경과 두려움으로 똘똘 뭉쳐 있기 때문에 남해와 황해는 안전해 보이옵니다. 하나 그 기둥이 만약 흔들린다면 조선 수군은 한꺼번에 무너질 수도 있음이옵니다."

"한꺼번에 무너진다? 기둥이 흔들린다는 게 무슨 말인고?"

"열 길 물 속은 알아도 한 길 사람 속은 모른다 하였나이다. 통제사 이순신이 품고 있는 충성된 마음은 의심할 바 없사오나 그래도 긴 시간 동안 으뜸 장수로 하삼도를 호령하였사오니 어찌한 번 정도는 딴생각을 품은 적이 없겠사옵니까? 생각이 생각에 그친다면 아무 문제 없사오나 그 휘하 장수들 역시 그런 생각을 품는다면 참으로 큰일이 아닐 수 없사옵니다. 삼도 수군은 마치 한 몸처럼 움직이옵니다. 이것은 무엇을 뜻하옵니까? 모두 통제사 이순신 사람으로 채워졌음을 뜻하옵니다. 이순신 군령이라면 사해(死海)에도 기꺼이 뛰어들 자들이옵니다. 그자들이 이순신 사병(私兵)으로 바뀌어 가고 있지나 않은지. 그게 심히 걱정되옵니다……."

"정녕 그리 보았느냐?"

선조가 짧게 물었다.

임천수가 고개를 숙이며 가살을 떨었다.

"그러하옵니다. 장수를 한자리에 오래 두지 않는 이유가 무엇이옵니까? 맑은 물도 같은 자리에 오래 두면 썩기 마련이옵니다. 햇수로 사 년 동안 통제사 이순신은 조선 수군 으뜸 장수였사옵니다. 그 주위가 썩는다 하여 이상한 일이 결코 아니옵니다."

"하면 어찌해야 하겠는가?"

"……"

"괜찮다. 말해 보아라. 어찌하면 썩은 물을 맑은 물로 다시 바꿀 수 있겠느냐?"

"하찮은 장사꾼이 감히 국사를 입에 담았사옵니다. 큰 벌을 내려 주시옵소서."

"괜찮다고 하지 않느냐. 어서 방책을 말하라."

임천수가 굽은 등을 봉긋 세우며 몸을 떠는 시늉을 했다.

"기둥이 흔들리기 전에…… 뽑는 것도 한 방책이라 사료되옵니다."

"기둥을 뽑아라, 이 말이렷다?"

선조는 잠시 오른 주먹으로 이마를 톡톡 치며 생각에 잠겼다. 천무직은 임천수 옷소매를 끌며 눈으로 물었다.

'대체 무슨 말을 아뢴 게요? 기둥을 뽑으라니? 이순신 장군을 수군 통제사에서 끌어내리라 이 말이우? 형님! 우리가 황해와 남해를 오가며 선단을 이끌고 또 북삼도에서 큰 장사를 할 수 있게 된 건 모두 이 장군 은혜요. 그걸 잊어버리진 마시우. 홍감스러운(넌덕스러운 말로 실지보다 지나치게 떠벌리는 태도가 있음) 것도 정도껏 해야지.'

'잊다니. 내 어찌 그 은혜를 잊을 수 있겠는가. 하나 은혜를

갚는답시고 어심을 거스를 수는 없는 일. 어차피 어심이 이 통제
사에게서 떠났다면 선수를 치는 것이 중요해.'

'그래도 이건 배신이우.'

'배신이든 뭐든 우린 계속 하삼도와 북삼도를 오가며 장사를
해야 한다. 누가 우릴 지켜 주겠어? 전하가 보살피시면 아무런
걱정도 없지.'

선조가 이윽고 눈을 떴다. 그리고 임천수를 향해 조용히 물
었다.

"오늘 아뢴 이야기를 다른 사람에게 한 적이 있느냐?"

"없사옵니다."

"언제부터 그런 생각을 품고 있었느냐?"

임천수는 대답 대신 고개를 들어 용안을 우러렀다.

"너는 이 통제사에게 각별히 은혜를 입지 않았느냐? 또 서애
도움으로 북삼도에서도 많은 이문을 남기게 되었느니라. 한데 오
늘 과인에게 아뢴 것은 그 둘의 은혜를 저버리는 일이니라."

천무직이 곁눈질로 임천수 얼굴을 살폈다. 선조 역시 그 점이
마음에 걸리는 것이다. 그러나 임천수는 한 점 동요도 없이 답
했다.

"이 통제사로부터 받은 은혜는 지극히 작은 은혜이옵고, 전하
께 받은 은혜는 그 크기를 재기 어려울 만큼 크고 놀라운 은혜이
옵니다."

"그러한가? 한데 최근에 이상한 풍문이 들리더구나."

선조의 표정이 갑자기 차갑게 굳었다.

"경상 좌도에 있는 왜군들이 배불리 먹는 연고가 조선 상인들이 비싼 값에 미곡을 판 까닭이라고 한다. 또한 그자들이 추운 겨울을 따뜻하게 넘길 수 있는 것도 조선 상인으로부터 의복을 산 덕이라더구나. 그에 대해 들은 바는 없느냐? 혹시 네가 아는 장사치들 중에 왜군과 은밀히 거래하는 자는 없느냐?"

임천수가 곧바로 답하여 목소리를 높였다.

"그런 풍문을 들은 적이 있사옵니다. 조선 장사꾼들 중에서 왜군에 의복과 곡물을 대는 자가 있다면 당장 참하고 구족을 멸해야 할 것이옵니다. 이번에 남쪽으로 내려가면 은밀히 살펴보겠사옵니다."

"그리해 주겠느냐? 장사꾼은 장사꾼을 알아본다 하지 않느냐? 좋다. 이 일은 임천수 네게 맡기겠노라. 경상 좌도에 웅크리고 있는 왜군 목을 옥죄어야 하느니라. 조선 수군이 부산 앞바다를 차단하여 왜국으로부터 군량미가 건너오는 것을 막고, 도원수 권율이 이끄는 하삼도 장졸들이 경상 좌도를 위에서부터 둥글게 감싼다면 왜군은 버틸 수 없느니라. 한데 이렇듯 사사로운 이문을 노리는 자들 때문에 구멍이 뚫린다면, 왜적을 이 땅에서 영원히 쫓아내기란 힘들다. 지금이 기회야. 두 눈 크게 뜨고 살펴보도록 하라."

"명심, 또 명심하겠사옵니다."

탑전을 물러나서 도성을 빠져나올 때까지 임천수는 묵묵히 앞만 보고 걸었다. 천무직이 뒤에서 말을 걸었으나 못 들은 체했다. 무엇인가 골똘히 고민할 문제가 있는 것이다. 해가 뉘엿뉘엿 지기 시작하는 한강 나루에 닿아서야 임천수는 걸음을 멈추고 하늘을 우러렀다. 쇠박새 진박새 어우러져 시끄럽게 울며 강을 건넜다.

"황혼이로다. 새벽의 눈부심만큼이나 황혼의 어둠도 참으로 아름답구나. 무직아! 오늘은 예서 술이나 한잔 마시자꾸나. 밀주 담그는 집을 이 근처 어디서 본 듯도 한데……."

밀주란 말에 천무직은 걸음걸이가 달라졌다.

"걱정 마슈. 바로 이 골목 끝에 있우. 형님은 전에 묵었던 코주부네 집에 가 계시구려. 금방 사서 갈 테니. 코주부한테 닭이라도 한 마리 잡으라 하슈. 오랜만에 포식 한 번 합시다."

"강상어사(江上御史, 한강 연안의 상업이나 풍기 문란, 불법행위 등을 단속하고 감찰하기 위해 차임된 어사) 조심하고."

코주부는 소광통교에서 가게를 할 때 거느렸던 일꾼이다. 지금도 한강 나루 근처에 강상인(江上人, 한강 연안에 거주하는 자)으로 살면서 임천수 수족 노릇을 하고 있었다.

닭백숙 김이 모락모락 올라오는 주안상을 받자마자, 천무직은 닭다리부터 주욱 뜯어 탁주 한 사발과 함께 먹었다. 임천수가 눈짓을 하니 코주부는 조용히 문을 닫고 나갔다. 코주부는 잡인들을 물리치기 위해 밤새 대문 앞을 지킬 것이다. 임천수는 눈을 흘근번쩍대며 가부좌를 튼 채 천무직이 허기를 채우는 모습을 가만히 지켜보았다. 젓가락을 들지도 사발을 기울이지도 않았다. 닭다리 두 개를 말끔히 먹고 계륵을 집어 들던 천무직이 비로소 고개를 들어 임천수를 살폈다.

"형님! 배 안 고프시우? 오늘은 밥 한 톨 안 자셨잖소? 어서 탁주라도 한 사발 주욱 들이켜슈."

"너나 마저 먹어라."

생각이 많아지면 곡기를 끊는 것이 임천수 버릇이었다. 천무직이 계륵을 내려놓았다. 아무래도 임천수 표정이 평소와는 달랐던 것이다. 이순신을 만나기 위해 전라 좌수영으로 가는 배에서, 와키자카를 기다리던 그 텅 빈 방에서 임천수는 바로 저렇게 앉아 있었다. 또다시 목숨을 걸고 큰 도박을 하려는 것일까.

"형님! 형님이 이 통제사를 그렇듯 못마땅하게 생각하고 계신 줄 오늘 처음 알았우. 한데 꼭 그걸 탑전에 아뢰어야 했우?"

임천수가 천천히 답했다.

"탑전이었기 때문에 그리 말씀 올린 게다. 그리고 나는 이 통제사를 못마땅하게 여기지 않아, 예나 지금이나."

"고인 물은 썩기 마련이라고 하지 않았우? 기둥이 흔들리기 전에 뽑아 버리라는 말도……."

"그거야 누구나 할 수 있는 말이지. 다만 전하께서 바로 그 말을 원하시는 것 같았어. 우린 전하께서 원하시는 것을 미리 살펴 해 드리면 된다. 진심 따윈 필요없어."

"이 통제사 대신 원균 장군을 통제사에 앉히면 큰 혼란이 오지 않겠우? 전라 좌수영 장졸들이 조선 수군 요직을 대부분 차지하고 있구먼. 원균 장군이 오면 그 자리를 모두 바꾸려 할 테고, 그 틈을 비집고 왜 수군이 움직일 게 뻔한 일 아니우? 아!"

천무직이 갑자기 무엇인가 떠오른 듯 오른 주먹으로 상을 가볍게 쳤다.

"예전에 형님이 와키자카 장군에게 들려주었던 그 방책……, 그 방책이 들어맞는 겐가? 형님! 하나 이건 너무 큰 모험이우. 이 통제사 덕분에 편안히 남해와 황해를 오갔는데, 원균 장군이 통제사에 오른 뒤 해전에서 패하기라도 하면 큰 낭패가 아니우."

임천수 입 꼬리가 조금씩 올라갔다.

"이미 어심은 기울었어. 이 통제사를 엄벌에 처할 일이 터지기만을 기다리고 계신 게야. 다른 사람이 통제사에 오른다고 조선 수군이 무너지리라고 보진 않는다. 동요는 있겠으나 곧 잠잠해질 테지. 그리고 원균 장군이 누구냐? 북삼도에서 야인들을 벌벌 떨게 했던 용장 아니냐? 그보다 우리는 어서 손을 써야 하겠다."

"손을 쓰다니요?"

"나비가 꿀이 없는 꽃을 떠나듯 이제 이 통제사와 인연을 정리할 때가 되었다 이 말이지. 또 새로 꿀이 듬뿍 담겨 있는 꽃을 재빨리 찾아들 준비도 해야 하고."

"하나 아직 어명이 내린 것도 아닌데?"

"어명이 내리면 이미 늦어. 말을 바꿔 타는 것도 다 합당한 시기가 있는 법. 미리미리 원균 장군이 원하는 것을 찾자고. 원 장군과 가깝게 지내는 조정 중신들에게 인사도 은밀히 여쭤야겠다. 윤두수, 윤근수 두 분 대감과 사이가 각별하고 이일 장군과는 피를 나눈 형제처럼 친하다 들었다."

"서애 대감이 섭섭해하지 않겠우?"

"미안하긴 해도 우리가 살기 위해선 어쩔 수 없지. 통제사 이순신을 삭탈관직 하는 어명이 내린다는 건 그만큼 서애 대감 힘이 약해졌다는 얘기지. 조용히 말을 바꿔 타자고."

천무직이 고개를 두어 번 끄덕이다 말고 물었다.

"와키자카 대장 쪽에는 이 소식을 미리 알릴 거요?"

임천수가 잠시 생각에 잠겼다가 답했다.

"서두르진 마세. 우린 지금 이 상태가 좋아. 조선 수군과 왜군 양쪽에 다 물건을 팔고 이문을 남길 수 있으려면 현재 전선을 유지하도록 노력해야지. 와키자카 대장에게 귀띔하면 균형이 깨질 가능성이 커. 최대한 숨기며 시간을 끌자고. 자, 자, 어서 계륵을 뜯게. 먹을 게 없으면 버려. 닭은 한 마리 더 잡으면 되니까. 내일부턴 밥 먹을 겨를도 없이 바빠질 게야."

# 九. 요시라의 간계를 물리치다

정유년 이월 십일.

거제 장문포 앞바다에는 예순 척이 넘는 전선(戰船)들이 위용을 드러냈다. 장졸들은 어둑새벽부터 출항 준비를 마치고 군령이 내려오기만을 노심초사 기다렸다. 부지런한 청딱따구리가 해송에 구멍 뚫는 소리에 출정 북이 울릴 뻔 했다. 조방장에서 경상 우수사로 오른 배홍립은 벌겋게 물들어 오는 동쪽 바다를 보며 서둘러 통제사 이순신이 있는 지휘선으로 향했다. 더 이상 기다릴 수 없었던 것이다. 지휘선에는 경상 우병사 김응서가 미리 와서 이순신과 심각한 표정으로 회의를 하고 있었다. 배홍립은 방으로 들어가자마자 언성을 높였다.

"속히 출정 명령을 내려 주시오. 준비가 이미 끝났소이다."

이순신은 고개를 들어 배홍립을 쳐다만 보았고, 김응서가 오른쪽 의자를 손바닥으로 툭툭 치며 앉으라는 시늉을 했다. 배홍립이 양 볼에 바람을 잔뜩 넣은 채 엉덩이를 붙였다. 이순신이 침착하게 이야기를 이었다.

"서생포 일에서도 보았듯이, 요시라 말을 믿고 함부로 군선을 움직여서는 아니 되오. 고니시와 가토가 아무리 사이 나쁘다고 해도 두 사람 모두 히데요시 명령에 따르는 왜장들이라오. 조선군 힘을 빌려 가토를 제거하고 싶다는 고니시 주장이 어찌 사실일 수 있겠소이까? 신중해야 할 일이오."

김응서도 고개를 끄덕였다.

"신중하고 또 신중해야 할 일입니다. 하나 권 도원수도 이미 부산 앞바다로 나갔다 오라는 명령을 내리셨고, 때마침 요시라가 가져온 고니시 서찰에 조선 수군이 부산 앞바다에 나타나는 것만으로도 경상 우도를 급습하려는 가토 의지를 꺾을 수 있으리라 쓰여 있기도 하니, 일단 가기는 가십시다."

성질 급한 배홍립이 두 눈을 부라리며 끼어들었다.

"대관절 무슨 논의를 하시는 겁니까? 부산까지 가면 수군은 왜 선단과 전면적으로 싸우고 경상 우병사 휘하 장졸들은 상륙하여 거점을 확보하여야만 하외다. 한데……"

이순신이 말허리를 잘랐다.

"경상 우병영 장졸들이 상륙하여 왜군과 싸워야 한다 이 말이오? 그러다가 왜군에 밀리면 뒷수습은 누가 하고?"

"경상 우병영 장졸들이 밀리면 경상 우수군이 나아가 싸우면 됩니다."

김응서가 빙긋 웃으며 배흥립 쪽으로 고개를 돌렸다.

"역시 배 수사는 용장이외다. 하나 잘 들으시오. 우리는 부산에 진 친 왜군과 전면전을 벌이기 위해 출항하는 것이 아니오. 정말 부산 왜군과 전면전을 벌이려면 권 도원수와 통제사께서 힘을 합쳐 동시에 진격해 들어가야겠지요. 하나 오늘은 그럴 만큼 힘을 모으지 못했소. 내 휘하 장졸들이 함께 가기는 하나 각 고을 정예병들을 모두 뽑아 온 것도 아니오. 권 도원수도 그렇고 나도 그렇고 아직까지는 고니시와 연통을 주고받을 부분이 더 있다고 보오."

배흥립이 발끈했다.

"왜놈들과 연통은 무슨 연통을 주고받는단 말이오니까?"

"어허, 지난 몇 해 동안 대명 사신들이 고니시와 강화 회담을 하였음을 우수사는 모른단 말이오? 대명이 고니시와 협상하듯 우리도 고니시와 논의를 벌일 수 있소이다. 최소한 가토가 이끄는 대군이 '나무묘법연화경(南無妙法蓮華經)'이란 깃발을 앞세우고 경상 우도와 전라도로 진격하는 일은 막아야만 하오."

"가토를 막는 일을 어찌 고니시와 논의한단 말입니까? 경상 우병사와 경상 우수사가 힘을 합쳐야지요. 장군과 소장이 말입니다."

김응서가 권율 군령이 담긴 공문을 펼쳐 들고 되받아쳤다.

"권 도원수는 확전(擴戰)을 원치 않으시오이다. 인명 손실을 최대한 줄이면서 전쟁을 속히 끝내려는 것이 한결같은 도원수 생각이시오. 군령을 어기고 함부로 나서지 마시오."

배홍립은 순순히 물러서지 않았다.

"가토가 대군을 이끌고 다시 바다를 건너왔소이다. 이것이 뜻하는 바가 무엇이겠소? 강화는 물 건너갔고 다시 전쟁이 시작될 것이에요. 전투에선 선공이 가장 좋은 방어책이오이다. 저들이 경상 우도로 밀려들기 전에 우리가 먼저 쳐야 하오이다. 소장에게 맡겨 주십시오. 소장이 하겠소이다."

이순신이 둘 사이를 중재하고 나섰다.

"우리는 권 도원수 군령에 따라야 하오. 이미 왜장 고니시와 어떤 약조가 되어 있는 듯하니 성급하게 상륙하진 마시오. 또한 출정 준비를 마친 전라 우수군을 한산도에 대기시켜 만약의 사태에 대비하도록 합시다. 자, 이제 출항합시다."

해뜰 무렵 장문포를 나선 함대는 봄바람을 타고 빠르고 동진했다. 구름 한 점 없이 화창한 날이었다. 다람쥐처럼 나타났다 사라지던 적 척후선도 오늘따라 보이지 않았다. 미시(오후 1시~3시)에 부산 앞바다에 닻을 내렸다. 배홍립이 다시 전령을 보내 상륙을 청했다. 지금 해안에 나온 왜군은 채 300명을 넘지 않으므로 단숨에 급습해 전멸시키자는 것이다. 이순신은 이 뜻을 김응서에게 전했지만 김응서는 다시 권 도원수 군령을 지켜야 한다고 했다. 적 복병이 틀림없이 해안 너머 언덕에 숨어 있으리라는 사족까지 달았다.

그러나 판옥선 한 척이 대열을 깨뜨리며 빠르게 해안으로 접근했다. 배홍립이 기어코 군령을 어기고 상륙을 감행한 것이다.

"이런! 빨리 노를 저어라. 배 수사가 탄 배를 따라가자."

함대에 속한 다른 판옥선들은 닻을 내린 가운데, 배홍립 배와 이순신 배만 소뿔처럼 앞으로 튀어나온 형국이 되었다. 날발이 길게 뿔피리를 불었다. 돌진을 멈추라는 신호였다. 앞서 달리던 배홍립 배가 멈칫 속도를 늦추었다. 통제사가 지휘선으로 직접 따라오리라고는 예상하지 못했던 것이다.

그러나 멈춰 서는가 싶었던 배는 다시 속력을 내기 시작했다. 통제사 판옥선이 빠르게 배홍립 배로 접근했다.

"배 수사! 멈추라. 당장 멈추라. 덫이다. 상륙하면 덫에 걸린다."

이순신이 선두에서 큰소리로 외쳤다. 배홍립이 대답 대신 고개를 돌려 장검을 휘돌렸다. 상륙해서 적을 섬멸하겠다는 뜻이다.

"아니 되겠군. 먼저 나가 앞을 막자. 앞으로!"

지휘선이 더욱 속도를 내서 사선으로 나섰다. 그 순간 쿵 소리와 함께 지휘선이 왼쪽으로 기우뚱거렸다. 이순신이 중심을 잃고 엉덩방아를 찧었다.

적군들을 독려하러 갑판 아래로 내려갔다 올라온 날발이 아뢰었다.

"암초에 걸린 듯합니다."

"부서진 게 심한가?"

"물이 점점 차오릅니다. 배 밑창이 많이 상한 듯싶습니다."

지휘선이 암초에 걸리자 돌진하던 배홍립도 배를 멈췄다. 날발이 구조를 청하는 뿔피리 소리를 내자 안골포 만호 우수(禹壽)가 이끄는 판옥선이 달려왔다. 이순신을 비롯한 지휘선 장졸들이 재빨리 그 판옥선으로 옮겨 탔다. 우수는 통제사 지휘선 선미를 밧줄로 거듭 묶어 자기 판옥선에 연결하여 끌었다. 날이 저물 무렵 함대는 절영도로 후퇴하여 정박했다. 김응서는 통제사 부름을 받고 허겁지겁 달려온 배홍립을 보자마자 큰 소리로 화를 냈다.

"배 수사! 어찌하여 함부로 왜군에게 접근하려 했소? 고니시와 약조를 했다고 누누이 이르지 않았는가?"

배홍립이 싸늘한 웃음을 지으며 이죽거렸다.

"왜장과 한 약속 따윈 내 알 바 아니오. 오늘밤은 예서 지내고 내일 날이 밝는 대로 다시 부산을 칩시다."

김응서가 배홍립에게 바짝 다가서며 외쳤다.

"안 되겠군. 정말 큰 화를 당하고 싶은가?"

배홍립도 튀어나온 배를 들이밀며 맞섰다.

"해 봐. 제기랄. 왜장이랑은 웃으며 이야기하고 경상 우수사와는 주먹다짐이라도 하시겠다?"

문밖에서 날발이 보고했다.

"왜 수군 협선 한 척이 다가오고 있습니다. 요시라란 왜장이 뵙기를 청합니다."

김응서와 시선을 교환한 이순신이 침착하게 명령했다.

"이리 데리고 오라."

배홍립이 장검을 왼 손바닥으로 탁 치며 말했다.

"잘되었군. 내일 출정하기에 앞서 요시라 목을 벱시다. 가토가 조선으로 건너올 때 우리에게 거짓 연통을 넣은 장본인이 아닙니까? 소장이 맡겠소이다."

김응서가 혀를 끌끌 찼다.

"요시라는 고니시 뜻을 알리려고 온 전령이외다. 전령을 참하는 것은 예의에 어긋나오."

배흥립이 다시 화를 냈다.

"자꾸 예의 찾지 마십시오. 왜가 조선을 침공한 것부터가 예의에 맞지 않소이다. 통제사께서 명령을 내려 주십시오. 요시라를 포박하여 가두었다가 내일 달구리에 함대 장졸이 모두 보는 앞에서 목을 벱시다."

고개를 숙인 채 두 사람 대화를 듣던 이순신이 배흥립을 바라보며 천천히 설명을 시작했다.

"배 수사! 저 요시라란 자 때문에 가토 상륙을 막지 못한 건 나로서도 참으로 분한 일이라오. 하나 왜장 고니시와 경상 우병사 사이를 왕래하는 유일한 전령이 요시라이므로, 저자를 참하는 것은 곧 부산에 있는 왜군과 모든 연통을 끊고 전면전을 벌이겠다는 의지를 표하는 거요. 나도 배 수사와 뜻이 같소. 어찌 요시라 따위 말을 믿을 수 있겠소. 하나 아직 권 도원수를 비롯한 하삼도 제장들이 전면전에 대한 결의를 높이 세우지 못하고 있소이다. 이때 우리 수군만 섣불리 나서는 것은 옳지 않소. 부산 왜군과 맞서서 승리하려면 권 도원수를 비롯한 하삼도 장졸들이 모두 출정하고, 또한 우리도 전라 우수군과 충청 수군까지 힘을 합쳐

명실상부한 연합 함대를 구축해야 할 것이오. 그렇게 하려면 최소한 한 달 이상은 더 준비할 시간이 필요하오. 오늘은 일단 요시라를 만나서 무슨 이야기를 하는지 들어 봅시다. 때가 되면 반드시 배 수사 그대에게 조선 수군 선봉장을 맡기리다. 부산에 가장 먼저 발을 내딛는 수군 장수는 배 수사 그대가 될 것이오."

배흥립은 선봉장을 맡기겠다는 말을 듣고 한 걸음 물러섰다.

"알겠습니다. 그 약조를 꼭 지켜 주십시오. 요시라가 허튼소리를 하거든 언제든 소장에게 명하십시오. 당장 포박하여 세 치 혀를 싹둑 잘라 버리겠습니다."

곧이어 요시라가 날발을 따라 방으로 들어섰다. 뱁새눈을 번뜩이며 분위기를 살핀 다음 이순신을 향해 큰 절을 올렸다. 조선말에 능한 것만큼이나 조선 풍습에도 익숙한 듯했다. 요시라는 김응서를 보며 먼저 미소를 지어 보였다. 고니시 명을 받고 몇 차례 경상 우병영을 오간 덕분에 낯이 익은 것이다.

"고니시 뜻을 전하라!"

이순신은 요시라가 허황된 인사와 칭찬을 늘어놓기 전에 바로 본론부터 꺼낼 것을 종용했다. 요시라가 웃는 얼굴로 배흥립을 지나서 이순신과 눈을 맞추었다.

"고니시 대장께서는 이렇게 말씀하셨습니다. '일찍이 조선 경상 우병사에게 청하여 많은 배를 이끌고 부산 앞바다로 오라고 하였소. 나는 가토를 비롯한 제장들에게 조선 군선이 1,000척에 이른다고 미리 알리고 함부로 경상 우도를 치는 건 패배를 자초하는 것이라고 말하였소. 한데 오늘 조선 수군이 탄 배는 100척을 넘지 않았소. 이를 보고 가토가 어찌 두려운 마음을 가질 수 있겠소이까? 하루이틀 안에 전선을 더 모아 온다면 내가 나서서 가토를 설득하리다.'"

배흥립이 화를 내며 말허리를 잘랐다.

"무슨 소리인가? 우리 전선 수가 적어 가토가 경상 우도를 치겠다고 한다. 이 말이냐? 좋다. 망할 새끼들! 올 테면 오라지."

김응서가 배흥립을 흘깃 보며 요시라에게 물었다.

"조선 군선을 부산 앞바다로 더 많이 몰아 가면 고니시 대장이 가토를 설득할 수 있다. 이 말인가?"

요시라가 웃음을 잃지 않고 답했다.

"바로 그렇습니다. 오늘 부산 앞바다에서 위용을 떨친 선단이 전부는 아니지 않습니까? 여기 경상 우수사 배흥립 장군만 배석한 걸 보니 전라 우수군과 충청 수군은 빠진 듯합니다. 그 군선까지 모두 이곳으로 온다면 가토 대장도 함부로 경상 우도와 전라도로 진격하자는 고집을 부리지 못할 겁니다. 속히 청하시지요."

김응서가 고개를 돌려 이순신을 바라보았다. 통제사 군령이 있어야 전라 우수군과 충청 수군을 움직일 수 있다. 이순신이 굳은 얼굴로 요시라에게 물었다.

"하면 전라 우수군과 충청 수군이 올 때까지 이곳에 머물라, 이 말이냐?"

"그렇습니다. 나흘 정도 머무신다면 고니시 대장께서 직접 이곳으로 오실 수도 있습니다."

김응서가 말꼬리를 붙들었다.

"고니시가 직접 이곳으로 온다? 사실이냐?"

"가토 대장 뜻만 꺾는다면 기쁜 소식을 가지고 통제사와 경상 우병사를 직접 뵈러 오지 못할 이유가 없습니다. 제가 고니시 대장님을 모시고 오겠습니다."

이순신은 즉답 대신 눈을 부릅뜨고 요시라를 노려보았다. 갑작스러운 침묵 속에서 요시라는 작은 눈을 반짝이며 자꾸 김응서 쪽을 힐끔거렸다. 통제사를 설득해 달라는 뜻이다. 그러나 김응서는 함부로 입을 열지 않았다. 조선 수군을 움직이는 것은 통제사 이순신 고유 권한이었다. 도원수 권율도 조선 수군 진퇴를 정할 때는 이순신 뜻을 존중했다. 이윽고 이순신이 입을 열었다.

"돌아가라."

요시라가 이순신 입술을 쳐다보았다. 후방에 남은 조선 수군을 부산으로 이끌 것인가에 대한 답을 기다리는 것이다. 그러나 이순신은 더 이상 입을 열지 않았다.

"장군! 답을 주십시오. 고니시 대장께서는 평화를 원하십니다. 평화를 위해서는 가토 대장을 설득할 명분이 필요합니다. 가토 대장은 태합께 말씀 올렸다고 합니다. '소장에게 기회를 주십시오. 소장은 고니시와는 다릅니다. 당장 바다를 건너가서 임진년처럼 한양까지 치고 올라가겠습니다.' 조선 수군이 이곳으로 결집하지 않으면 가토 대장은 당장 내일이라도 대군을 이끌고 전장으로 나설 겁니다. 기회는 이번뿐입니다."

이순신 시선이 배흥립에게 옮겨 갔다. 배흥립이 성큼 일어나서 요시라 멱살을 단숨에 틀어쥐었다. 요시라가 숨이 막힌 듯 캑캑

거렸다. 배흥립이 요시라를 패대기친 후 장검을 뽑아 들었다.

"돌아가겠느냐, 내 칼에 죽겠느냐?"

요시라가 고개를 돌려 김응서를 찾았다. 그러나 김응서는 눈을 지그시 감은 채 미동도 하지 않았다.

"알겠습니다. 가겠습니다. 가면 되지 않습니까."

배흥립이 한 걸음 다가서자 요시라는 황급히 자리를 물러났다. 잠시 후 요시라가 탄 협선이 부산으로 떠났음을 알리는 보고가 올라왔다. 김응서가 눈을 뜨고 이순신에게 물었다.

"어찌하실 겁니까?"

이순신이 이번에도 즉답을 하지 않자, 배흥립이 끼어들었다.

"어찌하긴 뭘 어찌 합니까? 이곳으로 조선 수군을 모두 결집시킨 다음 부산 앞바다로 나가는 거지요. 그렇게 해도 가토가 고집을 부리면 상륙해서 왜적을 쓸어버리면 그만입니다. 선봉장은 소장이 맡습니다."

김응서가 그 말 무시하고 다시 이순신을 보며 물었다.

"이곳에 더 머물라는 저들 청을 어찌하실 겁니까?"

이윽고 이순신이 김응서와 배흥립을 차례차례 보며 입을 열었다.

"전라 우수군과 충청 수군까지 이곳으로 부르는 건 아니 될 일이오. 속전속결로 부산을 완전히 점령하는 전투라면 모를까, 그저 가토를 겁주는 일에 조선 수군을 모두 동원할 수는 없는 일이외다. 조선 수군이 절영도에 모인 틈에 저들이 난바다로 돌아 황해로 진입한다면 어떻게 막을 수 있겠소이까? 여기서 나흘이나 머무는 것 또한 어리석은 일이오. 병법에도 이르기를 적진 깊숙한 곳에 외로이 머무는 법이 아니라 하였소. 하루라도 빨리 부산 앞바다를 벗어나야 하오."

배흥립은 불만 가득한 얼굴이었지만, 김응서는 천천히 고개를 끄덕이며 이순신 뜻에 따랐다.

"소장도 그리 생각합니다. 파도도 험한 이곳에 외로이 정박할 수는 없겠지요. 돌아가서 조선 수군을 다 모은 후에 와서 싸워도 싸울 일입니다. 하나 우리가 그냥 이렇게 물러나면 고니시가 되레 가토에게 몰리지나 않을지 그것이 걱정이외다."

이순신이 정색을 하고 김응서에게 말했다.

"우병사! 꼭 한 번 말씀을 드리려 했는데 지금이 좋겠소이다."

김응서가 긴장한 듯 마른침을 삼켰다. 배흥립 역시 두 눈을 멀뚱멀뚱 뜨고 이순신의 말에 귀를 기울였다.

"이제 고니시에 대한 미련은 버리시오. 처음부터 저 요시라를 사이에 두고 이런 연통을 주고받는 것이 아니었소이다. 고니시와 가토가 서로 사이 좋지 않다는 것은 나도 아오. 하나 조선군과 고니시가 손을 잡고 가토를 고립시키자는 것은 참으로 어리석은 방책이라오. 설령 고니시가 진심으로 그렇게 하고 싶다 해도 다른 왜장들이 순순히 고니시 뜻을 따를 리 없소. 그렇게 하여 가토를 고립시킨다 해도 이 일이 바다 건너 히데요시에게 알려진다면 당장 고니시 처지가 힘겨워질 테요. 고니시는 조금만 불리해져도 우리에게 내민 웃음을 거둘 거라 이 말이외다. 물론 나도 지난 몇 년 동안 권 도원수와 함께 현재 전선을 유지하려 노력했소. 서애 대감 주도로 고니시와 강화 회담이 이어지는 동안은 그 어떤 전면전도 피해야 할 일이었소. 하나 가토가 대병을 이끌고 다시 돌아왔고 강화 회담은 아무 성과도 내지 못하였소. 이제는 싸울 수밖에 없소이다. 우리가 이기든 왜군이 이기든 끝장을 볼 날이 가까웠다는 뜻이오. 그러니 이제 요시라를 통한 밀담은 끝내도록 하오."

조선 함대는 십이일에 배를 돌려 부산 앞바다를 떠났다. 가덕도 동쪽 바다에 도착할 때까지 이순신은 자꾸 뒤를 돌아다보았다. 가까이 선 날발에게 혼잣말처럼 물었다.

"다시 저 부산 앞바다로 올 수 있을까?"

날발이 대답 대신 이순신 얼굴을 쳐다보았다. 이순신이 스스로 답했다.

"다시 온다면, 그땐 반드시 상륙하여 왜적을 전멸시키고 싶구나. 내 손으로 전쟁을 끝내고 싶구나."

이월 이십육일.

꼭두새벽부터 먹구름이 몰려오더니 이내 소낙비가 퍼붓기 시작했다. 한 무리 군사들이 해안에 벌여 놓은 아름드리 적송(赤松)을 군막으로 옮겼다. 왜선을 당파하기 위해서는 비틀리지 않고 곧게 자란 크고 단단한 소나무가 필요했다. 또 다른 군사들은 대섬〔竹島〕에서 꺾어 온 대나무들을 쉰 개씩 묶어 등에 지고 큰 걸음으로 언덕을 올랐다. 적 심장에 내리꽂힐 소중한 화살들이다. 등허리에서 더운 김이 짬 없이 피어오르고 굵은 빗방울이 이마와 어깨를 때렸지만 군사들은 나무꾼 노랫가락을 맛있게 흥얼거리면서 지칠 줄을 몰랐다.

운주당 옆길에서 잠시 걸음을 멈추었다. 시야가 탁 트이면서 차가운 해풍이 사정없이 볼을 때렸다. 용머리를 치켜들고 당당하게 늘어선 귀선 세 척과 서른 척 남짓 되는 판옥선들이 선창을 매우고 있었다. 오 년 넘도록 이어 온 백전백승 신화가 거기에 있었다. 선두에 섰던 수염부리가 통제영 귀선 좌우에 있는 방답 귀선과 순천 귀선을 가리켰다.

"죄다 몰려왔구먼. 무슨 일이람?"

뒤를 따르던 짝눈이 핀잔을 주었다.

"그도 몰러? 지난번엔 부산 앞바다에 쭉 늘어서서 겁만 주고 왔지만, 다시 갈 땐 완전히 끝장내 버린다고 하데."

군사들 시선이 일제히 참나무 숲에 가려진 운주당으로 향했다. 누가 먼저랄 것도 없이 두 손을 모아 쥐고 꾸벅 고개를 숙였다. 그러곤 화약과 총포, 화살을 숨겨 둔 언덕 너머 동굴까지 바삐 걸음을 옮겼다.

"장군!"

이순신은 천천히 고개를 들었다. 갑옷을 입은 장흥 부사 이영남이 마당 한가운데 서 있었다. 거제 뱃길을 탐문하라고 보냈는데 하루 만에 되돌아온 것이다.

천천히 흰 수염을 쓸면서 읽고 있던 『송사(宋史)』를 덮었다. 이영남 눈동자가 분노로 이글이글 타오르고 있었다.

'이별이 가까웠음을 알았는가. 삶의 의지가 꺾인 채 끌려가는 초라한 몰골을 감추고 싶었건만. 좋은 기억만 간직하고 떠나기가

이다지도 힘들단 말인가. 부산을 내 손으로 탈환할 기회를 하늘은 정녕 주지 않을 것인가.'

"올라오게."

"장군!"

이영남은 털썩 무릎을 꿇었다. 거친 숨을 몰아쉬며 눈구석에 맺힌 눈물을 애써 참아 냈다.

"올라오래도."

이영남은 하는 수 없이 투구를 벗고 마루로 올라섰다.

이순신은 인사를 받는 동안에도 잔기침을 쏟았다. 벌써 한 달 넘도록 미열에 시달린 몸이다. 푹 팬 볼과 충혈된 눈. 곧게 뻗은 등에서 고독감이 물씬 풍겼다. 수건을 꺼내 눈자위를 훔쳤다. 난이 터진 후로 안질(眼疾)이 더욱 심해졌다. 진법 훈련을 준비하느라 밤이라도 지새우는 날이면 아침나절 몇 시간은 아예 눈을 뜨지도 못했다. 지난가을 이후로는 과녁이 흐릿하게 보여 활터로 나가 시위를 당길 수도 없었다. 왜군과 싸우기도 전에 육신이 먼저 쓰러질 판이었다.

이영남은 통제사가 겪는 고통을 잘 알고 있었다. 어제 아침에는 칠천도에 가서 안질에 좋다는 흑염소라도 두어 마리 잡아 올 작정을 했다. 급보를 듣지 않았더라면 놓아 기른 흑염소를 잡느라고 지금쯤 돌산을 헤매고 있었을 것이다.

'어디서부터 시작할까.'

이렇게 시간을 허비하고 있을 수만은 없었다. 성미대로라면 당장에 통제사를 모시고 길을 나설 테지만. 운주당을 감싸고 도는 음흉하고 무거운 기운이 어깨를 한없이 눌러 댔다.

"피하시지요. 한시가 급합니다. 소장이 모시겠습니다."

"어디로 간단 말인가?"

이순신 목소리에 노기가 서렸다.

"우선 목숨을 보전하셔야 합니다. 시간을 번 다음에 저희들이 연명으로 장계를 올리겠습니다."

이순신은 그 깊고 차가운 눈망울을 오랫동안 들여다보았다.

'시간을 벌어서 해결될 문제였던가. 아니다. 전하께서 삼도 수군 통제사인 나 이순신 목숨을 원한다. 어린 시절 회음후 열전을 읽을 때 이미 깨닫지 않았던가. 장수 된 자가 군왕 마음을 잃었으니 남은 것은 잘하면 물러나서 초야에 묻히는 것이요, 그렇지 않으면 아마도 죽음뿐이리라.

평생 의(義)와 협(俠) 두 글자를 등불처럼 눈앞에 두고 살아오지 않았던가. 이 죽음은 거부할 수 없다. 하나 이대로 이슬처럼 스러지면 피 흘려 지켜 온 이 강산과 백성들은 어쩐단 말인가! 아아, 하늘이 원망스럽구나. 강천이 피로 물들고 산야가 찢긴 살로 덮이겠구나.'

"무릇 신하 된 자가 임금을 섬길 때는 죽음을 각오해야 하는 법. 송나라에 이강(李綱)이라는 재상이 있었지. 금나라를 징벌하자는 뜻이 받아들여지지 않자 속세를 떠나려고 했다네. 하지만 어디로 숨는단 말인가? 내가 만약 이강이었다면 자결을 해서라도 금나라와 화친을 막았을 거야. 임금이 사약을 내린다면 죽음을 받아들이면 그만일세. 몸을 피해 어명을 거역하고 시간을 임의로

132 불멸의 이순신

쓰는 것은 신하 된 자 도리가 아니지."

이영남은 어금니를 깨물며 한 무릎 앞으로 당겨 앉았다.

"김덕령 장군이 헛되이 목숨을 잃은 일을 잊으셨습니까? 이대로 끌려가면 옳고 그름을 가리기도 전에 숨이 끊어지고 말 것입니다. 제깟 놈들이 바다 일을 어떻게 알겠습니까? 우리가 바다에서 피를 뿌리며 싸울 때 평안도 의주까지 줄행랑쳤던 조정 아닙니까? 우리가 뼈를 부수며 애쓰는 동안 쌀 한 톨 화약 한 통 보낸 적이 있습니까? 수군은 벌써 오 년이나 장군 군령만을 따라왔습니다. 대역 죄인으로 끌려가느니 차라리……"

"그만!"

이순신이 이영남 말을 가로막았다.

이영남은 차가운 바닥에 이마를 대고 낮게 흐느꼈다. 폭풍 전야를 예감한 듯 바다가 계속 끓어오르고 있었다. 빗방울이 차차 잦아들더니 사천 쪽 하늘에 무지개가 떴다. 눈부신 오색 무지개였다. 까치 세 마리가 운주당을 휘이 돌더니 무지개를 향해 날아갔다.

이순신은 옥색 비단 보자기로 곱게 싼 서책을 자개장에서 꺼내 왔다. 이영남은 첫눈에 그것이 무엇인지 알아보았다. 통제사가 밤을 아껴 쓰던 일기였다.

"이것을 맡아 두게. 둘 데도 없고……. 서둘러 읽진 말게. 부끄러운 한살이일 뿐이야. 혹 일이 잘못되면, 나중에 잠잠해지기를 기다려 큰아들 회에게 전해 주게. 알았나?"

"장군!"

이순신은 가만히 보자기를 건넸다. 그리곤 이영남의 견대팔을 움켜쥔 채 천천히 자리에서 일어섰다. 두 사람 시선이 맞부딪혔다. 무거운 시간들이 흘러갔다. 이윽고 이순신이 요대에 맨 환도를 푼 후 큰 소리로 명령했다.

"지금 곧 거제로 가라. 가서 왜놈들을 베어라. 이 칼을 너에게 주마. 이무생이 십 년 공을 들여 만든 칼이다. 한 번 빛을 뿜을 때마다 왜놈 목을 하나씩 취해라. 네가 갖고 있던 칼은 내게 다오. 네 마음을 기억하는 증표로 삼겠다."

환도를 건네받은 이영남 손이 눈에 띄게 떨렸다.

'장군. 정녕 그토록 터무니없는 치욕을 감내하겠다는 말씀이십니까?'

"떠나라. 당장!"

이순신은 냉정하게 뒤돌아섰다. 이영남은 천천히 투구를 쓰고 이순신이 준 환도를 허리에 찬 후 고개 숙여 작별 인사를 했다. 이영남 모습이 완전히 사라질 때까지 이순신은 벽에 걸린 장검 한 쌍만을 노려보고 있었다.

잔기침을 몇 번 뱉은 후 송희립을 불렀다. 표범 가죽 두건을 쓴 송희립은 덩치에 어울리지 않게 매사에 꼼꼼하고 빈틈이 없었다. 한문에도 밝아 정사준과 함께 군량미와 군수품을 관리하는 일에 적격이었다. 이순신은 송희립이 내미는 문서를 받아 처음부터 쭉 훑어보았다.

"군량미 9,900석, 화약 4,000근, 총통 300자루라……. 이게 모두인가?"

"각 배에 실린 총통과 미처 통제영으로 옮겨 오지 못한 군량미는 제외하였습니다. 하지만 이 정도만 해도 부산을 치기에는 충분합니다."

"수고했네. 그런데 여수에서 만들고 있는 총포는 이게 전부인가? 내 생각으론 쉰 자루 정도가 비네만……."

빈틈없는 송희립을 칭찬해 주고 싶었다. 하지만 지금은 무슨 핑계를 대서라도 한산도 밖으로 내보내야 한다. 송희립은 의금부 군관들을 번쩍 들어 바다에 처박을 위인이었다.

"안 되겠어. 자네가 가서 쇠가 이렇게나 부족한 까닭을 조사해 오게. 누가 가운데서 빼돌린 것 같아."

"지금…… 말입니까?"

이순신이 고개를 두어 번 끄덕인 후 문서를 서책들 위에 얹었다. 송희립은 꼬리 내린 삽살개처럼 뭉그적거렸다. 혹시 자기가 없는 사이에 부산으로 출정하는 것은 아닌가 하는 걱정 때문이다. 이순신이 그 의심을 풀어 주었다.

"자네 없인 어디로도 가지 않을 테니 걱정 말게. 자네가 아니고서야 누가 출정 북을 울릴 수 있단 말인가? 그 대신 여수에 가서 철저히 조사해 오게. 알겠는가?"

"예, 장군!"

송희립을 보낸 후, 이순신은 오후 한나절을 독서로 소일했다. 염전을 둘러보고 격군들과 대화할 일은 다른 날로 미루었다.

그동안 무슨 일이 있었던가.

왜적을 물리치고자 출사표를 던진 지도 벌써 오 년이 지났다. 왜는 조선을 정복하기 위해 바다를 건너왔다. 정복이란 무엇인가. 강한 나라가 힘없는 나라 재산을 노략질하고 아녀자를 겁탈하며 장정들 목숨을 빼앗는 것이다.

삼강도 오륜도 소용없는 나날들.

생존만이 유일한 바람이었고, 그 바람 앞에서는 부끄러움도 슬픔도 분노도 고통도 사그라졌다. 살기 위해서, 임금은 몽진을 떠났고 백성은 고향을 등졌다. 이순신은 군사들을 전쟁터로 내몰기 전에 약조해야만 했다. '목숨을 아껴라. 그건 비겁이 아니라 너희들이 칼과 활과 노를 잡아야만 하는 가장 큰 이유이니라. 너희들을 결코 사해로 내몰지 않겠다. 살아서 복수하고, 살아서 승리하고, 살아서 영광을 누리자. 그러니 자중하라. 진천뢰(震天雷)처럼 날아가 자폭할 생각일랑 아예 마라. 이기는 싸움, 죽지 않는 싸움을 하자. 죽음에 대한 두려움을 버려라. 적에 대한 두려움, 장수에 대한 두려움, 나 자신에 대한 두려움을 넘실대는 파도 속으로 던져 버려라.'

'그런데 이제 상황이 바뀌었다고 한다. 이런 내 신념 때문에 군사들이 한없이 나약하고 게을러졌으며 헛되이 군량미만 축내고 있다 한다. 승전 후 드는 축배에만 군눈을 파는(쓸데없는 것에 정신을 하는 것) 멍청이들. 그자들은 적선과 마주칠 때마다 순간순간 찾아오는 공포와 광기를 털끝만큼도 모른다. 열 걸음 뒤로 물러서기보다 한 걸음 앞으로 내딛는 것이 얼마나 어려운가를 모른다. 모른다. 절대 알지 못한다.'

해가 뉘엿뉘엿 지고 있었다. 수루(戍樓)로 장승 걸음을 옮겼다. 영원히 스러지는 오늘을 아쉬워하듯 홍하(紅霞)가 섬들을 이어주고 있었다. 어선들은 꿀을 그득 모은 벌떼처럼 삼삼오오 무리 지어 해안으로 돌아왔고 태미원(太微垣) 별무리를 닮은 모닥불 서넛이 추위와 어둠을 쫓으며 피어올랐다. 구슬픈 뿔피리 소리가 어둠을 끌고 산자락을 내려왔다.

정헌대부(正憲大夫)라는 벼슬, 삼도 수군 통제사라는 자리, 불패지장(不敗之將)이라는 명예보다도 이 장엄하고 평화로운 정적이 좋았다. 이 풍경을 바라보고 있노라면 더러운 욕망, 야비한 음모, 그릇된 명령과도 싸울 용기가 생겼다.

사후선(伺候船, 척후선)을 이끌고 나간 나대용이 망골 초병으로부터 보고를 받은 것은 바로 그 무렵이었다. 경쾌선 한 척이 한산도를 향해 곧장 나아온다는 것이다. 적이 급습하는 건 아닐까 염려했지만, 경쾌선 고물에 경상 우수영 깃발이 꽂혀 있다는 말을 듣고 한시름 놓았다. 환영 깃발을 올린 후 조심스럽게 다가갔다. 십여 명이 고물에 서 있었지만 어둠이 짙게 깔린 탓에 얼굴을 분간할 수 없었다. 탁주 사발처럼 낮고 걸쭉한 목소리가 밤바다를 찌렁찌렁 울렸다.

"하하하, 이놈, 나대용! 어서 배를 가까이 대지 못할까?"

"원……, 원 수사."

목소리 주인공은 얼마 전 전라 병사에서 경상 우수사 겸 경상도 통제사로 자리를 옮긴 원균이었다. 그 뒤에는 원사웅과 월인, 우치적이 호위하며 서 있었다.

'연락도 없이 갑자기 무슨 일일까.'

나대용은 원균이 경상도로 내려온 후 아직까지 한산도를 찾지 않은 것을 내심 다행으로 여겼다. 호탕한 웃음과 끝없는 침묵 사이에 놓인 이순신과 원균의 앙금을 누구보다도 잘 알고 있었기 때문이다.

"뱃놀이 나왔느냐? 에잇, 어찌 그리 느리단 말인가? 자, 어서 앞장서라. 이 밤이 가기 전에 이순신을 포박해야 하느니라. 하하하하."

원균은 그 큰 몸을 사정없이 흔들며 웃어댔다.

'포박? 포박이라니 이 무슨 말인가? ……허풍이겠지. 원 수사는 원래 이런 식으로 상대방 기를 꺾으려 들지 않는가?'

격군들을 독려하여 곧바로 운주당을 향해 배를 몰면서 나대용은 자기 귀를 믿을 수 없었다.

'오늘밤 내내 통제사 곁을 떠나지 않으리라. 누구보다도 먼저 칼을 뽑아야 하리.'

그러나 경쾌선은 나대용이 탄 배를 앞질러 날듯이 부두에 가 닿았다. 갑옷을 입은 금부도사 이결과 조복 차림인 선전관 김현진이 원균 안내를 받으며 배에서 내렸다. 호기심이 발동한 장졸들이 몰려와 그들을 에워쌌다. 사방을 둘러보던 원균 얼굴에서 웃음기가 사라졌다. 가슴을 한껏 디밀고 고개를 치켜들었다.

"썩 비키지 못할까? 어명을 전하러 가는 길이니라."

대나무가 갈라지듯 길이 열렸다. 원균은 콧김을 푸푸 내뿜으며 앞장을 섰다. 뒤이어 도착한 나대용이 군사들을 불러 모았다. 횃불을 든 군사들을 이끌고 원균 뒤를 쫓았다.

이순신은 운주당 앞마당에 돌비석처럼 꿈쩍도 않고 서서 기다리고 있었다. 그 두어 걸음 뒤에 키가 큰 종사관 황정철이 서책을 옆구리에 끼고 꾸부정하게 섰고 조카 분(芬)이 그 뒤를 지켰다.

"하하하하. 이 공, 이게 얼마 만이오?"

성큼 앞으로 나선 원균이 이순신 어깨를 툭툭 치며 말했다.

"이, 이게 무슨 짓입니까?"

이분이 칼자루를 쥐며 내달았다. 이순신은 오른손을 들어 조카를 막았다. 나대용을 비롯한 횃불을 든 군사들이 주위를 뺑 둘러쌌다.

"이 공, 내가 돌아왔소. 원균이 왔단 말이오. 왜 아무 말씀이 없는 게요? 어서 예전처럼 날 꾸짖어 보시오. 내쳐 보란 말이오."

원균은 허리에 찬 칼을 꺼내 들었다. 옥을 입힌 칼집이 푸른빛을 쏟아 냈다.

"이게 무언지 아시오? 명령에 복종하지 않는 자는 그 누구를 막론하고 베라는 뜻으로 주상 전하께서 하사하신 상방참마검(尙方斬馬劍)이오. 이제 나는 그대 머리쯤은 아무렇지도 않게 벨 수 있소."

이순신은 기세등등한 원균 앞에서 침묵으로 일관했다. 이윽고 황정철에게서 건네받은 문서를 원균에게 내밀었다.

"영(令)에 따라 군량미와 화약. 총포 수량을 미리 조사해 두었소. 가서 확인하시오."

원균은 치켜든 상방참마검을 천천히 내리며 이순신 얼굴을 뚫어져라 쏘아보았다. 짧은 침묵 사이로 파도 소리가 불규칙하게 들렸다. 된하늬바람이 횃불을 흔들자 두 사람 그림자도 덩달아 좌우로 움직였다. 원균이 시선을 그대로 고정한 채 명령을 내렸다.

"확인해. 하나도 남김없이."

우치적은 두 눈을 가늘게 떨었다. 정운보다 더 뛰어난 용장이 되라며 격려를 아끼지 않던 이순신이었다.

이순신이 희미한 웃음을 띠고 가볍게 고개를 끄덕였다. 우치적이 월인과 함께 썩 나서서 이분과 황정철 뒤를 따라 어두운 숲길로 사라졌다.

모처럼 입은 투구와 갑옷이 몸을 죄어 오는 것일까. 원균은 고개를 자주 흔들며 얼굴을 찡그렸다. 수영을 떠났던 이 년 전보다도 몸이 많이 불어났던 것이다. 무과에 급제하여 장수가 되고 변방에서 보낸 세월 중에서 지난 이 년이 가장 고통스러웠다. 이순신 명성이 조선 팔도에 퍼질수록 자괴감은 커져만 갔다. 임진년에 바다에서 이긴 공은 모조리 이순신의 신출귀몰한 작전과 용병에만 돌아갔다. 육지로 옮겨 간 후 답답한 마음을 풀 길이 없을 때면 혼자서 쥐 고기를 뜯어 삼키고 또 삼켰다. 하루가 다르게 더덕더덕 살이 붙었고, 장졸들은 뒷전에서 손가락질을 해 댔다.

'전하께서는 나 원균을 버리지 않으셨다. 내 억울한 사정을 헤아리시고 간교한 이순신을 벌하시려는 것이다. 진작 이랬어야 했

다. 임진년 전쟁이 터지기 전부터 내가 조선 수군 으뜸 장수가
되었어야 해.'

"그대는 늘 중용을 강조해 왔소. 불편부당한 마음으로 적군과
아군을 헤아려야 한다고 말이오. 하지만 그대는 결코 본심을 말
한 적이 없지. 막하에 있는 장수들과도 거리를 두었지 않은가.
통음난무 하는 시간이 와도 자세를 고치며 호흡을 가다듬었단 말
이오. 그대는 나를 속이고 장졸들을 속이고 천하를 속였소. 그리
고 무엇보다 자신을 속였소. '도단(盜端)'이라는 말뜻을 그대도
알 거요. 내리는 벼슬을 구실로 윗사람과 아랫사람을 기만하고
다른 사람 전공을 빼앗는 장수! 그대는 바로 도단이오. 지금이라
도 그 더러운 가면을 벗으시오."

이순신이 원균을 노려보며 답했다.

"하나만 부탁하리다. 출정 준비는 마쳤소만 서둘러 나아가진
마시오. 부산 앞바다로 출정할 때가 오더라도 이억기, 권준과 깊
이 의논토록 하오. 수군이 무너지면 조선은 패하오. 부디 조선
수군을 잘 이끌어 주오."

원균이 호탕하게 웃었다.

"하하하! 걱정은! 부산 왜적을 전멸시키기 위해 내가 다시 온
것이니, 그대 앞날이나 염려하구려."

우치적과 월인이 운주당으로 돌아왔다. 원균은 선전관에게 길
을 내주며 한 걸음 물러섰다. 이순신은 아침에 이영남이 무릎 꿇
고 읍소하며 몸을 피하라 청하던 그 자리에 무릎을 꿇었다. 선전
관이 두어 걸음 나선 뒤 추위에 언 턱을 오물거리며 몇 번 헛기

침을 했다. 횃불을 든 군사들이 어명을 듣기 위해 다가섰다. 원이 작아질수록 꿇어앉은 이순신 주위가 밝아졌다. 군사들은 질퍽한 땅바닥에 양손과 무릎을 대고 머리를 조아린 통제사 모습을 뚜렷하게 볼 수 있었다. 한숨이 저절로 새어나왔다.

마침내 선전관이 굵고 낭랑한 목소리로 어명을 전하기 시작했다.

"이순신은 남을 모함하여 공로를 빼앗았고 경상도에서 노략질을 일삼는 왜적을 치지 않았을 뿐만 아니라 조정을 속이고 임금을 업신여겼으니 그 죄는 사형에 처해도 모자라지 않다. 이에 그 죄를 물어 삭탈관직하고 의금부로 압송하라. 경상 우수사 겸 경상도 통제사 원균을 삼도 수군 통제사에 임명하니, 곧 왜적을 쳐서 큰 공을 세우도록 하라."

낭독이 끝나자 금부도사가 오랏줄을 들고 나섰다. 원균이 그 앞을 막아섰다.

"이순신이 소유한 갑옷과 칼, 서책을 먼저 압수해야만 하오. 서둘러라. 갈 길이 멀다."

우치적이 군사들을 이끌고 승냥이처럼 운주당으로 뛰어들었다. 그제야 이순신은 고개를 들고 원균과 금부도사, 나대용과 이분, 그리고 군사들을 쳐다보았다. 흔들리는 횃불 때문에 눈이 더 침침했다. 원균이 성큼 걸어 나오더니 이순신이 쓴 투구를 확 잡아챘다. 턱이 얼얼하고 눈동자가 바늘로 찌르는 것처럼 아파 왔다. 옆구리가 으슬으슬 춥고 화살이 박혔던 허벅지가 끊어질 것처럼 화끈거렸다. 잔기침을 쏟았다. 위액이 식도를 타고 넘어왔다. 더 이상 몸을 가눌 수 없었다.

이순신이 모로 쓰러지는 것과 동시에 나대용이 원균 앞을 막아
섰다.

"너! 너⋯⋯."

나대용은 칼을 쥔 오른손을 부들부들 떨었다. 원이 점점 더 작
아지면서 군사들 외침이 터져 나왔다.

"죽여라!"

"베어 버려!"

이순신이 사력을 다해 나대용 팔목을 붙들고 고개를 저었다.

'안 돼. 이건 개죽음일 뿐이야. 참아라. 나는 비록 떠나지만
너라도 남아 귀선을 보살펴야 한다. 참아!'

그 순간 원균이 나대용 따귀를 올려붙였다. 그리고 백발이 성
성한 이순신 머리를 틀어쥐고 좌우로 흔들어 댔다.

'아. 이제 어이할 것인가. 수군 장졸들과 하삼도 백성들과 저
바다를 누가 지킬 것인가.'

원균은 이순신을 끌고 운주당 섬돌 위로 올라섰다. 오른손에
상방참마검을 쥐고 살이 두툼하게 오른 양 볼을 실룩이며 주위를
노려보았다. 장졸들은 얼어붙은 듯 꼼짝도 하지 않았다. 요동하
는 것이라곤 그 검은 눈동자들 속에서 이글거리는 작은 횃불뿐이
다. 원균은 상방참마검을 높이 들고 격문을 읽듯이 어둠에 묻힌
한산도 앞바다를 향해 소리치기 시작했다.

"잘 봐라. 이놈은 임금을 속였다. 왜놈이 두려워 전투를 기피
한 겁쟁이다. 의금부로 끌려가서 죽을 목숨이다. 자. 이놈을 동

정하는 놈은 앞으로 나서라. 이놈을 따를 놈은 썩 나서! 이놈보다 먼저 저세상으로 보내 주마.

잘 들어라. 이제부터 내가 삼도 수군 통제사이니라. 단숨에 부산을 치고 왜적들을 저 바다 밖으로 쓸어낼 것이니라. 내가 선봉에 서마. 너희들은 내 뒤만 따라오면 된다. 어허, 오늘 같은 날에 술이 없어서야 되겠느냐. 이 밤이 새도록 마음껏 마시고 취하자꾸나! 하하하. 풍악을 준비하라. 하하하하. 관기들은 다 어디로 숨었는가?"

# 十一, 천무직, 수군 돌격장이 되다

삼월 일일 자시(밤 11시).

"누가 왔다고?"

원균이 뽑아 들었던 검을 칼집에 꽂고 물었다. 우치적이 답
했다.

"임천수라는 장사꾼이 뵙기를 청하옵니다."

"임천수!"

원균은 그 이름이 낯설지 않았다. 고개를 돌려 왼편에 앉은 월
인을 쳐다보았다.

"잊으셨습니까? 임진년에 전라도에서 의주까지 곡물을 나른 상
단 도주 이름이 임천수입니다. 그 일로 이 통제사와 서애 대감
총애를 받아 조선 제일 장사꾼이 되었지요. 지금도 조정에서 쓰
는 물품 중 상당수를 임천수 그자가 댄다는 풍문이 파다합니다."

원균이 고개를 끄덕이며 두 눈을 부릅떴다.

"이제 기억이 났소. 이순신에게 빌붙어 조선 상권을 장악했다는 가납사니(쓸데없는 말을 지껄이기 좋아하는 수다스러운 사람) 꼽추 놈이 왔다. 이 말이렷다. 이순신이 물러갔으면 제 놈도 몸을 숨길 일이지. 여기가 어디라고 기어들어? 더구나 이 야심한 시각에 날 만나겠다고? 썩 돌아가라 하게."

"예, 장군!"

우치적이 물러간 후 월인이 조용히 입을 열었다.

"만나 보시지요."

"어허. 군사(軍師)는 지금 나더러 이순신 수족 노릇을 하던 개 불알풀들을 만나 보라 이 말이오?"

"임천수란 자가 이 통제사를 위해 일한 것은 분명합니다. 하나 조정에 계속 물품을 대고 북삼도와 하삼도, 나아가 대국까지 오가는 거상(巨商)이 아닙니까? 그런 자를 그냥 내치는 것은 옳지 않습니다."

"이순신 그늘에서 덕을 보던 녀석들과는 상면하고 싶지 않소. 거상이라고 해 봐야 이문에 따라 움직이는 장사치가 아닌가. 그런 놈은 멀리 내치는 게 낫소. 자. 어서 내일부터 익힐 진법이나 의논합시다."

월인이 다시 간곡히 청했다.

"진법 훈련 준비는 이미 마쳤습니다. 임천수는 지금도 조정에 물품을 대고 있습니다. 그자가 독한 마음을 먹고 도성에 가서 통제사에 대한 악담을 늘어놓지나 않을까 걱정입니다. 전하께서도 임천수를 각별히 아끼신다 하지 않습니까? 일단 불러들이십시오. 만나 보고 난 후 내쳐도 늦지는 않습니다. 임천수는 장군께 통사정을 하려고 왔을 겁니다. 남해와 황해를 오가며 자유롭게 장사를 하던 뱃길이 막힐 판이니까요. 전 통제사 밑에서 은혜를 입은 마음에 걸려 제대로 거래를 못하는 게 분명합니다. 장사를 쉴수록 막대한 손해를 입겠지요. 숨통을 조이든 족쇄를 풀어 주든, 얻을 것은 확실히 챙길 수 있는 기회입니다."

원균이 미간을 찌푸리며 월인에게 물었다.

"꼭 만나 봐야 하오? 군사가 권하니 만나기는 하겠소만 내 장검이 끝까지 참을 수 있을지는 장담 못하겠소. 차라리 목을 베어 일벌백계로 다스리는 게 어떠하오?"

"만나십시오. 죽이는 건 쉬운 일이지만 챙길 게 없습니다. 임천수 목을 베지 않더라도 충분히 군사들 사기는 높고 왜군에 대한 분노는 들끓고 있습니다."

"알겠소. 만나리다."

원균이 다시 임천수를 데려오라는 전령을 보냈다. 잠시 후 우치적을 따라 임천수와 천무직이 들어섰다. 원균은 그 볼품없는 몰골에 혀를 끌끌 찼다.

'저런 꼴로 무슨 장사를 한담.'

그러나 천무직의 당당한 풍채에는 호감이 생겼다.

"넌 이름이 무엇이냐?"

"천무직이라고 합니다."

"천무직! 뭣 하는 놈이냐?"

임천수가 대신 답했다.

"소인 놈을 따라 나서기 전에는 금오산에서 꽤 이름을 날리던 사냥꾼이었습죠."

원균이 임천수를 무시하고 천무직만 보고 물었다.

"사냥꾼이라면 주로 쓰는 무기가 무엇인가?"

천무직이 대답 대신 등에서 쌍도끼를 뽑아 들었다. 우치적이 막아섰다.

"무슨 짓이야? 왜놈들 간자냐?"

임천수가 다급하게 끼어들었다.

"무직이는 쌍도끼를 씁니다."

"물러나라."

원균이 우치적을 물린 후 흥미로운 듯 천무직에게 물었다.

"도끼 춤을 출 수 있느냐?"

천무직이 원균과 월인 그리고 우치적 얼굴을 차례차례 살핀 후 짧게 답했다.

"탁주 한 사발만 주시우. 한 판 추어 보여드릴게."

원균이 탁주 한 통을 내오도록 했다. 연락을 받은 무옥이 장단을 맞추기 위해 북을 어깨에 메고 왔다. 춤을 추기에는 군막 안이 너무 좁았으므로 운주당 앞뜰로 장소를 옮겼다. 횃불을 들고 번을 서던 군졸들도 낯선 쌍도끼 사내와 꼽추 주위로 모여들었다. 천무직을 중심으로 둥글게 춤판이 생겼다. 무옥이 왼 무릎을 세운 채 용 문양 북을 놓았다. 북채로 가볍게 두둥 북을 치자 소란하던 주위가 조용해졌다.

"하면 시작합죠."

천무직이 임천수로부터 건네받은 탁주 한 사발을 비운 후 오른 팔뚝으로 쓰윽 입을 닦았다. 그런 뒤 쌍도끼를 머리 위로 날개처럼 들어올렸다.

두둥.

무옥이 북을 치자 천무직은 왼 다리로 허공을 내질렀다. 그 힘을 받아 오른쪽으로 빙빙 외다리로 돌기 시작했다. 다시 두둥 북이 울리자 이번에는 오른 다리를 들고 왼편으로 돌았다. 그 다음에는 두 다리를 동시에 날리며 쌍도끼를 휘둘렀다. 열 걸음 넘게 간격이 벌어졌지만 살기를 느낀 장졸들은 저도 모르게 가재걸음을 쳤다. 몸을 한껏 웅크려 엉덩이가 거의 땅에 닿는가 싶더니 눈 깜짝할 사이에 박쥐처럼 날아올랐고, 허공에서 쌍도끼를 흔드는가 싶었는데 멧돼지처럼 맹렬하게 흙먼지를 일으키며 내달렸다. 원균 바로 코앞까지 달려오다가 걸음을 멈추고, 잠시 아름드리 참나무처럼 서 있다가 빙글빙글 뒤 공중제비를 돌았다. 공중제비를 돌면서도 쌍도끼는 계속 전후좌우로 현란하게 움직였다. 장졸들 탄성이 연이어 터졌다.

"그만! 그만하면 되었다. 천무직은 따르라."

원균은 쌍도끼 춤을 중단시키고 천무직과 월인만 데리고 먼저 군막으로 돌아갔다. 임천수도 동행하려 했지만 우치적이 잠시 운주당 풍광을 구경시켜 주겠노라며 막아섰다.

"이리 앉아라."

원균은 천무직에게 의자를 권했다.

"아니우. 서 있는 게 편하우."

"앉으래도. 널 올려다보며 이야기를 하란 말이냐?"

원균은 슬쩍 농담까지 곁들였다. 쌍도끼를 다루는 천무직 솜씨에 반한 것이다. 월인도 탁주 한 통을 탁자 위에 올려놓으며 거들었다.

"이리 앉으세요. 춤이 꽤 격렬했으니 목이라도 축여야 할 것 아닙니까?"

천무직은 입맛을 다시며 못이기는 척 탁자 앞으로 나아왔다. 원균이 직접 술을 따르며 물었다.

"언제부터 도끼를 들었느냐?"

"이놈 아비도 사냥꾼이었우. 해서 어릴 때부터 도끼랑 놀았우."

원균이 웃으며 다시 물었다.

"하면 언제부터 당상관 반열에 오른 장수에게 말을 놓았느냐?"

탁주를 들이켜던 천무직이 고개를 돌려 술을 뱉은 후 사죄했다.

"용서해 주십쇼! 말버릇입니다. 고치려 해도 잘 안 됩죠. 다음부턴 바꿔 보겠습니다."

"버릇이라! 몸에 익은 버릇은 함부로 바꾸는 게 아니지. 내 특별히 그런 고약한 말버릇을 쓰는 걸 허락하마. 대신 내 묻는 말에 솔직히 답해야 한다. 알겠나?"

천무직은 당황해 눈을 껌벅거렸다. 원균으로부터 이리 환대 받을 줄은 몰랐던 것이다.

"도끼 다루는 법은 누구에게 배웠느냐?"

"스스로 익혔우."

"혼자 익혔다 이 말이냐? 허면 그 빠르고 강렬한 춤사위는 무엇이냐?"

"사냥 나갔을 때를 떠올리며 손발을 놀렸우. 춤이라기보다는 그저 들짐승들을 쫓고 발톱과 이빨을 피하며 급소를 찾아 도끼를 휘두르는 동작일 뿐이라우."

월인이 얼굴에 웃음을 가득 담고 끼어들었다.

"통제영에는 무공에 뛰어난 장수들이 많습니다. 하나 쌍도끼를 다루는 이는 없지요. 어떻습니까, 이곳에 남아 원 통제사를 도울 마음은 없습니까?"

천무직은 월인과 원균 얼굴을 번갈아 쳐다보며 되물었다.

"그 말은 통제영 군졸이 돼라, 이 말씀이시우?"

월인이 미소를 잃지 않고 답했다.

"군졸이 아닙니다. 원한다면 돌격장을 맡아도 됩니다. 아까 소승은 그대 춤을 보면서 쌍도끼를 휘두르며 적진을 향해 돌진하는 맹장을 떠올렸답니다. 하후돈이나 장비처럼!"

"군졸이 아니고 장수를 하라 이 말이우? 저같이 천한 것에게 장수라니, 가당치도 않으우."

원균이 천무직 눈을 똑바로 쳐다보며 더욱 진지하게 물었다.

"농담이 아니다. 네가 원한다면 당장 내 휘하에 돌격장으로 두고 싶구나. 어떠냐? 꼽추 장사꾼을 따라 팔도를 떠돌아다니지 말고 나와 함께 통제영에 머물며 조선 바다를 지키자."

잠시 침묵이 흘렀다. 천무직이 몸을 좌우로 흔득거릴(큰 물체 따위가 둔하게 흔들림) 때마다 등에 붙은 도끼도 덩달아 춤을 추었다. 이윽고 천무직이 "끙" 하고 앓는 소리를 내며 답했다.

"천수 형님을 불러 주슈. 형님이 허락하면 남겠지만, 형님이 허락지 않으면 아니 되우."

원균이 말을 잘랐다.

"그깟 꼽추가 뭐 그리 대단하다고 허락을 받니 안 받니 하는 겐가? 네가 원하면 돌격장이 되는 것이다. 꼽추가 방해하면 베어 버리면 그만이고. 꼽추에게 빚이라도 진 게냐?"

천무직 목소리가 커졌다.

"그리 말씀하시면 난 당장 통제영을 떠나겠우. 천수 형님을 그 정도로밖에 대우하지 않는다니 실망이우. 그래도 이 통제사는 형님 됨됨이를 읽고 중임을 맡겼더랬소. 한데 꼽추라는 사실 하나만으로 이렇듯 냉대할 수 있우? 원 통제사께서는 천하 걸물들과 호형호제 한다 들었는데, 다 헛소문인가."

천무직이 거침없이 비난하자 원균 얼굴이 벌겋게 상기되었다. 당장이라도 주먹이 날아들 분위기였다. 월인이 재빨리 뜨거운 기운을 가라앉혔다.

"자, 자, 그만 하세요. 의형제를 맺은 사이이니 당연히 형님께 앞일을 의논해야겠지요. 일을 차근차근 푸는 게 좋겠습니다. 우선 임 도주를 불러들이도록 하죠."

월인이 전령을 보내 임천수를 데려오도록 했다. 우치적과 함께 허리를 잔뜩 숙인 임천수가 들어왔다. 임천수는 원균과 마주보며 앉은 천무직을 흘끔 곁눈질한 후 원균과 월인 얼굴을 살폈다. 군막 분위기를 미리 읽기 위함이었다. 월인이 빈 의자를 눈으로 가리키며 권했다.

"앉으세요. 이야기가 길어질 듯하니……."

임천수가 천무직과 나란히 앉았다. 우치적은 원균 뒤로 돌아가 섰다. 월인이 온화한 얼굴로 이야기를 이어 갔다.

"우리가 그대들을 환대하지 않는 이유는 잘 알리라고 봅니다. 그대들은 전 통제사 이순신 장군 도움을 받아 남해와 황해 상권을 주물렀습니다. 이제 이 장군이 물러나고 조선 수군은 여기 계신 원 통제사가 맡았습니다. 우리는 우선 이 통제사로부터 법에 어긋날 정도로 도움을 입은 자들을 색출하여 엄히 벌하고 있습니다. 그중에는 당연히 임 도주 이름도 들어 있었습니다. 다만 임 도주는 지엄한 어명을 받들어 대궐 살림에 큰 도움을 주고 있다 하니 죄에 대한 조사를 잠시 늦추고 있을 뿐입니다. 한데 이렇듯 자진해서 통제영을 방문하였으니, 이를 무슨 뜻으로 보아야 할 까요?"

"환대를 바란 것은 아닙니다요. 소인 놈이 얼마나 큰 죄를 지었는가는 누구보다도 소인 놈이 압지요. 벌을 달게 받으려고 통제영에 온 겁니다요."

"벌을 받기 위해 왔다 이 말이냐?"

원균이 날카롭게 물었다.

"그렇습죠."

"하면 네가 지은 죄를 어디 읊어 보아라."

원균이 팔짱을 끼고 눈을 감았다.

"소인 놈은 이 통제사를 등에 업고 다른 장사꾼들을 위협하였습니다요. 물론 이 통제사가 직접 나서서 소인 놈을 두둔한 적은 없으나 소인 놈이 조선 수군에 물품을 대고 또 의주를 다녀오는 모습을 보이는 것만으로도 다른 장사꾼들은 두려움에 떨었습죠."

"과연 그렇다. 허면 네 죄에 합당한 벌이 무엇이라고 보느냐?"

원균은 계속 임천수를 몰아붙였다.

"목을 자르신다 해도 그 벌이 무겁지 않을 것입죠."

"하면 죽기를 각오하고 이곳에 왔다 이 말이더냐?"

"통제사께서 소인 놈이 장사를 하는 바닷길을 막으시면, 소인 놈은 어차피 유개(流丐, 거지)로 전락할 처지입죠. 이렇게 망하나 저렇게 망하나 마찬가지이니 통제사를 뵙고 청이나 넣어 볼까 하고 왔습니다요."

"청이라니? 무슨 청을 내게 넣는다는 것이더냐?"

임천수는 즉답을 피하며 슬쩍 말머리를 돌렸다.

"유황과 염초를 배 하나에 가득 담아 왔습죠. 굵은 왕대도 꺾어 다른 배에 따로 실었습니다요. 소인 놈 생각에는 통제영에 꼭 필요한 것이 아닌가 하여 구해 왔습죠."

원균이 고개를 돌려 월인을 쳐다보았다. 월인이 웃으며 고개를 끄덕였다. 총통을 발사하기 위해서는 유황과 염초를 사들여야 했고 화살을 만들 왕대도 따로 구해야 했다. 이순신이 물러나고 원균이 통제사로 부임하는 사이, 장졸들이 우왕좌왕하면서 물품을 대던 선이 제대로 이어지지 않았던 것이다.

"고작 그걸로 죄를 사하여 달라 이 말이냐? 사헌(私獻, 사사로이 물건을 바침)하겠다고? 고얀 놈!"

원균은 오히려 화를 냈다. 천무직 눈에는 두려움이 가득 찼지만 고개를 약간 숙인 임천수 입가에는 미소가 번졌다. 월인은 그 웃음을 놓치지 않았다.

"뇌물이 아닙니다요. 처음 통제사 어른을 뵙는데 빈손으로 오는 것은 예의가 아니다 싶어 준비한 것입죠. 마음이 상하셨다면 너그러이 용서해 주십시오. 도로 가져가라 하시면 그리하겠습니다요."

월인이 웃으며 끼어들었다.

"이왕 가져온 것이고 또 통제영에 마침 부족한 물품들이니 고맙게 받겠습니다. 이제 그 청이란 것을 들을 순서인 듯합니다만……."

임천수가 원균 뒤에 서 있는 우치적을 올려다보며 입을 열었다.

"통제사께서 한 번만 너그러이 소인 허물을 용서해 주신다면 소인 놈이 매달 오늘처럼 유황과 염초 그리고 왕대를 가져오겠습니다요."

"용서해 달라는 건…… 앞으로도 남해와 황해에서 전처럼 장사하게 해 달라. 이 말이렷다?"

"그렇습죠. 소인 놈은 장사꾼이니 거래를 못하면 죽은 목숨이나 다를 바 없습니다요. 배 한 척에 딸린 입이 200개입니다요. 하루 장사를 나가지 않으면 손해가 이만저만이 아닙죠. 한데 벌써 보름이나 발이 묶인 형편입니다. 이대로 보름만 더 간다면 소인 놈은 파산합니다요. 소인 놈이 장사를 할 수 있도록 기회를 주십시오."

원균이 목소리를 높였다.

"괘씸하구나. 그러니까 결국 네 잘못을 없었던 것으로 하고 계속 바닷길을 누비며 이문을 챙기고 싶다는 말 아닌가. 재산을 전부 내놓고 손이 발이 되도록 빌어도 용서할까 말까거늘, 겨우 유황과 염초, 왕대로 내 마음을 사겠다?"

"……"

임천수는 시선을 내린 채 말이 없었다. 원균이 빙긋 웃었다가 미소를 감추며 말했다.

"한 가지 조건이 있다. 이 조건을 받아들인다면 네 청을 다시 고려해 보겠다."

임천수가 고개를 들고 원균과 눈을 맞추었다.

"천무직을 내게 넘겨라."

"무직이를요?"

임천수가 깜짝 놀란 듯 갑자기 턱을 치켜들었다.

"통제영에는 뛰어난 장수들이 여럿 있지만, 천무직 역시 그 장수들과 어깨를 나란히할 만큼 무예가 대단하다. 천무직을 통제영 장수로 삼고 싶다. 한데 네 허락이 필요하다는구나. 어떠냐, 천무직을 내게 주고 너는 장사를 계속하는 것이?"

임천수가 고개를 돌려 천무직을 쳐다보았다. 천무직이 어깨를 으쓱 올렸다가 내렸다.

"형님! 딱 잘라 아니 된다고 말씀하슈. 평생 사냥꾼에 장사치로 살아왔는데 이제 와서 장수라니, 당키나 하우?"

임천수 고개가 천천히 좌우로 흔들렸다.

"아니지. 꼭 그리 생각하진 마라. 통제사께서 널 장수로 쓰시겠다고 하지 않느냐? 장사 일이야 너 아니라도 할 사람이 많지만 바다를 지키는 장수는 아무나 하는 게 아니다. 나도 일찍부터 네가 군문에 나아가지 못한 게 안타까웠지. 늦었지만 비로소 기회가 왔으니 이 얼마나 잘된 일이냐? 조선 수군에서 제일 뛰어난 장수가 되도록 해라."

"형님! 한살이 함께 보내자던 약속을 잊은 게요?"

"이 전쟁이 끝나면 늙어 죽을 때까지 장사는 할 수 있어. 하나 왜놈들을 몰아내는 건 바로 지금뿐이지. 그러니 넌 남아. 아주 잠깐 떨어져 지낸다고 생각해."

천무직은 눈물을 뚝뚝 흘릴 것처럼 울상을 지어 보였다.

"싫소. 형님 곁에서 끝까지 형님을 지켜 드리겠우. 나 같은 천것이 어찌 장수가 된단 말씀이우? 다 헛된 말이우."

월인이 차분한 목소리로 말했다.

"비록 양반이 아니라고 해도 어명으로 장수가 된 예도 있습니다. 어명을 받지 못한다 해도 원 통제사가 군령을 내리면 사냥꾼 출신을 장수로 썼다고 항의하는 이는 삼도 수군 중 아무도 없을 겁니다."

임천수가 원균을 똑바로 쳐다보며 결론 짓듯 말했다.

"무직이를 잘 부탁드립니다요. 용맹하고 날쌔니 돌격장으로 쓰시면 제격일 겁니다요. 하면 소인 놈은 이만 물러갑죠. 다음 달 초하룻날에 다시 찾아뵙겠습니다요."

"알겠다."

원균이 짧게 답했다. 임천수가 군막을 나서자 천무직이 따라 나왔다.

"형님! 진짜 날 떼어놓고 갈 작정이슈? 의리 없게."

임천수가 천무직을 끌고 인적이 드문 참나무 아래로 갔다.

"이놈아! 그럴 땐 의리 운운하는 게 아니야. 통제사 말을 따르지 않으면 너도 나도 오늘 예서 목이 잘렸을 게야."

"하지만……"

"한 달에 한 번씩 볼 수 있잖아? 그렇지 않아도 통제영 사정을 자세히 알 필요가 있었는데 오히려 잘 되었지. 뭐. 무직아! 두 눈 크게 뜨고 통제영 살림을 자세히 살펴봐라. 뭐가 가장 부족하고 또 장졸들이 어디에 가장 불만이 많은지. 알겠어?"

천무직이 걱정스러운 듯 물었다.

"정말 괜찮겠우? 부산도 오가려면 내가 곁에 있어야 되지 않겠우?"

임천수가 새우눈을 거의 감고 웃었다.

"걱정 마라. 물론 네가 있으면 든든하겠지만 우리가 계속 장사를 하려면 이 방법밖엔 없구나. 팔자에도 없는 장수 노릇 잘하고 지내렴. 그리고 월인이라는 저 중을 특히 조심해. 우리 행적을 슬슬 캐묻더라도 곧이곧대로 말하면 절대 안 돼. 사람 좋게 웃는다고 속을 내보이지 말란 말이야. 알겠어?"

"걱정 붙들어 매슈."

# 十二, 모진 고문을 견디며 맞서다

한산도를 떠난 지 이레 만에 한양에 닿은 이순신은 곧바로 의금옥에 갇혔다. 한양까지 목숨을 부지한 것만도 기적이었다.

하루에 서너 번씩 혼절하기를 거듭하더니 충주를 지나서는 아예 정신을 놓고 말았다. 유망(流亡, 일정한 주거 없이 떠도는 사람) 틈에서 끌려 나온 당달봉사 침쟁이는 진맥을 짚자마자 초상 치를 준비나 하라며 처방전 쓰기를 거절했다. 금부도사 이결은 덜컥 겁이 났다. 죄인이 의금부에서 신문을 받기도 전에 죽으면 이는 보통 문제가 아니다. 더구나 이순신이 누군가. 무군지죄를 범한 중죄인이 아닌가. 이결은 선전관과 의논한 후 근처 농가에서 송아지를 잡아 곰국을 끓였다. 그리고 침쟁이를 위협하여 반강제로 대침을 놓게 했다. 이순신은 온몸이 발갛게 부어오르며 꼬박 하루 침 몸살을 앓은 후에야 겨우 정신을 수습했다. 이결은 오라를

159

느슨하게 얽고 추위에 견딜 수 있도록 마른 볏단을 넉넉히 수레에 깐 후 길을 재촉했다.

이순신은 의금부에서 신원을 확인하는 동안에도 안질을 호소했다. 가래에 피가 섞여 나온다고도 했고 오른쪽 허벅지가 곪아 터졌다고도 했다. 그러나 아무 조처도 없이 곧바로 나장들에게 끌려 의금옥에 갇혔다. 양손에 나무 수갑이 채워졌고 칼(枷)이 목과 어깨를 짓눌렀다.

그날 밤, 위관으로 뽑힌 해평 부원군 윤근수가 이결을 은밀히 집으로 불러들였다.

눈매가 날카롭고 유난히 뾰족한 턱을 가진 윤근수는 그동안 노고를 치하하며 연거푸 술을 따랐다. 윤근수는 친형인 판중추부사 윤두수와 함께 서인 핵심이었다. 죄수를 무사히 압송했다는 안도감 때문인지, 이결은 꽤 많은 술을 사양 않고 받아 마셨다.

"죄인은 어떠한가? 듣자 하니 몸이 많이 상했다던데……"

이결은 달아오른 코를 찡긋하면서 손을 휘휘 내저었다.

"말도 마십시오. 송장 치우는 줄 알았습니다요. 그 몸으로 어떻게 왜군들을 물리쳤는지 알다가도 모를 일입니다."

"그래? 순신은 장골이라고 소문이 났는데 거참 이상한 일이군. 혹 자네를 속이려는 수작은 아닌가?"

"아닙니다요. 여기까지 오는 동안에도 죽을 고비를 몇 번이나 넘겼는뎁쇼. 나이보다 십 년은 늙어 보이는 데다 오른쪽 다리를 약간씩 절고 쉴 새도 없이 기침을 해 댑니다. 안질 때문에 두어 걸음 앞에 있는 사람도 못 볼 정도입죠. 속병이 깊어 미음도 제대로 넘기지 못하더이다. 옥에 가두기만 해도 한 달 안에 명줄이 끊어질 것입니다요."

윤근수 입 끝이 조금씩 올라갔다.

'전하께서는 이순신을 살려 둘 수 없다고 몇 차례나 거듭 말씀하셨다. 나를 위관으로 택하신 것도 인정을 베풀지 않고 대역죄를 묻기 위해서이다. 이순신이 그 정도로 쇠약하다면 난장(亂杖)을 몇 차례 치는 것만으로도 전하 뜻을 받들 수 있으리라.'

"원 통제사는 어떻던가?"

술잔을 비운 이결이 껄껄 웃으며 답했다.

"여전하시지요. 일장 연설로 단숨에 통제영 장졸들을 휘어잡으셨습니다. 곧 부산 왜군을 치러 가겠다고 하셨습니다."

윤근수는 만족한 웃음을 지었다. 임진년 해전에서 공을 세웠고 죽음을 두려워하지 않는 원균을 경상도 통제사로 임명하여 부산을 치자는 것이 그가 오래 주장해 온 바였다.

'이제 첩음(捷音. 승전 보고)을 받는 일만 남았군.'

"우리 군사들 사기는 어떻던가? 군량미는 어느 정도이고 판옥선은 몇 척이나 더 만들었던가? 하긴……. 순신이 저 모양이니 제대로 군정(軍政)이 이루어졌을 리가 없지."

"웬걸요. 선전관으로 함께 간 김현진 말에 따르자면 군량미가 산더미처럼 쌓여 있고 화약이나 총포도 충분하답니다. 판옥선도 족히 스무 척은 넘게 증선했고요."

윤근수는 이결 술잔을 다시 채웠다. 이순신을 하옥하자는 결정이 난 후 서애 류성룡이 푸념처럼 뇌까린 말이 떠올랐다.

"원균이 조선의 칼이라면 이순신은 조선의 방패라오. 내가 원균을 경상도 통제사로 보내자는 대감 주장에 반대하지 않은 것은 원균이 경상도에서 선봉을 서고 이순신이 전라도에서 뒤를 받치는 것이 최선이라고 생각해서였소. 쟁공이야 당연한 장수들 습성이니, 그 다툼을 조정하는 것은 우리 문신들 몫이지요. 하지만이제 방패는 없고 칼만 남은 형국이 되어 버렸소. 모든 것을 단숨에 얻으려고 덤비다가 그나마 지키고 있던 바다마저 잃지 않을까 걱정이오."

다음 날 진시(아침 7시)부터 추국이 시작되었다.

이순신은 옥리 네 사람에게 사지가 들려 의금부 뜰로 끌려 나왔다. 목에는 항쇄(項鎖), 발목에는 족쇄(足鎖)가 각각 채워졌고 온몸이 오랏줄로 꽁꽁 묶였다. 옷은 다 해졌고 벗은 발엔 피가 제대로 돌지 않아 군데군데 반점이 졌다. 뜰에 내려진 이순신은 몸을 제대로 가누지도 못한 채 반쯤 엎드린 상태로 이마를 바닥에 대고 끙끙 앓는 소리를 냈다.

뒤이어 시복(時服, 근무복)을 입은 윤근수가 형방 승지를 대동하고 나타나서 대청마루에 자리를 잡고 앉았다. 뜰에 서서 하명을 기다리던 금부도사 이결과 눈이 마주쳤다. 문사낭청(問事郎廳, 죄인을 신문하는 의금부 관리)으로 선택된 이결이 설레설레 고개를 저었다. 병이 깊어 심문이 어렵겠다는 의사 표시였다. 윤근수는 그 뜻을 무시하고 신문을 시작했다.

"죄인은 고개를 들라!"

손으로 입을 틀어막고 잔기침을 몇 번 뱉은 후, 이순신이 천천히 고개를 들었다. 부황으로 누렇게 뜬 볼과 산발한 머리카락, 초점을 잃은 눈동자. 이결이 한 말은 과장이 아니었다.

"이름이 무엇인가?"

"이순신이오."

이순신은 한 글자 한 글자 힘주어 딱딱 끊어 말했다. 몰골과는 달리 맑고 낭랑한 음성이다.

'귀와 입은 멀쩡하군.'

윤근수는 빙긋 웃으며 신문에 참조하기 위해 대중(臺中. 사헌부의 별칭)에서 가져온 상소문 초안을 폈다. 그리고 마음 내키는 대로 한 대목을 골라 읽어 내려갔다.

……순신은 적을 막는 일에는 아무런 조치도 취하지 않으면서 부질없이 다른 사람 공로만 가로채 조정을 속이는 장계만을 올리고 있습니다. 마침내 적선이 바다를 뒤덮어도 화살 한 발 쏘았다는 말을 듣지 못했으니, 물러나 있던 적들도 이제는 거리낌 없이 바다로 나와서 종횡으로 날뛰고 있습니다. 순신이 적을 치지 않고 내버려 두었으니 은혜를 배반하고 나라를 등진 죄가 크옵니다……

윤근수는 이결이 준비해 놓은 신문 도구들을 살폈다. 치도곤
(治盜棍) 열 개, 벌겋게 숯불이 타고 있는 화덕, 기름에 달군 구
리판과 직사각형으로 각이 지게 깎은 돌덩이 따위가 눈에 띄었
다. 죄를 자복하지 않을 때 사용할 도구들이다.

'대전 내관 윤환시 말로는 전하께서는 죄상이 하루 빨리 밝혀
져야 한다시며 시간을 끌 경우에는 위관에게 그 책임을 묻겠다
하셨다지.'

윤근수는 시간을 아끼기 위해 바로 본론으로 들어갔다.

"네가 저지른 죄는 하늘을 덮고 바다를 메울 만큼 크고 중하
다. 그걸 다 헤아리자면 끝이 없을 것인즉 세 가지만 묻도록 하
겠다. 이실직고를 하면 옥으로 돌아가 이 밤을 편히 쉴 것이고,
거짓을 고하면 오늘이 곧 네 제삿날일 것이니라. 먼저 너는 지난
갑오년에 원균을 모함한 장계를 올린 적이 있느냐?"

이순신이 곧바로 대답했다.

"없소."

윤근수 눈매가 더욱 가늘고 날카로워졌다.

"네가 지금 조정을 능멸하려 드는구나. 원 통제사가 코흘리개
자식에게까지 전공을 돌려 상을 받게 했다는 장계를 올리지 않았
느냐? 원 통제사에게는 아비를 닮아 용맹하기 이를 데 없는 사웅
이란 아들이 있음을 너도 알고 있으렷다. 그 아이가 아비를 따라
서 큰 공을 세웠음을 세상이 다 아는 일이다. 이런데도 거짓부렁
을 할 텐가?"

"사웅이를 잘 알고 있소이다. 통제영 허락도 구하지 않고 제멋

대로 거제도 왜구와 싸우러 나간다기에 전령을 보내 붙잡은 기억도 나오. 하지만 나는 그 아이 때문이 아니라 원 수사가 거느린 측실과 그 소생들을 전쟁터에서 내치기 위해 장계를 올린 것이었소. 채 열 살도 되지 않은, 젖비린내 풀풀 나는 꼬마들이 판옥선을 이끌고 나가 왜장 목을 거두어들였다고 자랑하는 것을 대감은 곧이들으시겠소? 그런 허풍은 측실들 마음을 사로잡을 수는 있을지언정 장졸들 사기를 끌어올릴 수는 없는 법이오. 아무리 강하고 용감한 군사들이 있어도 장수가 주색에 빠지면 전투에서 결코 승리할 수 없소. 이를 이군(弛軍)이라 하오이다."

"어허. 네가 지금 나를 가르치려 드는 게냐? 아직까지도 죄를 뉘우치지 않고 원 통제사를 모함하는구나. 원 통제사와 같은 용장을 이군에 비하다니. 안 되겠다. 주리를 틀어라."

명령이 떨어지자마자 벌써 이런 일을 수천 번이나 해 왔을 법한 험상궂은 나졸들이 신속하게 이순신을 참나무 의자에 앉히고 양다리를 힘껏 결박했다. 그리고 그 사이에 주릿대 두 개를 가위 벌리듯 끼워 넣었다. 금부도사 이결이 오른손을 들었다가 내린 것과 동시에 좌우로 벌려 선 나졸들이 숨을 멈추고 주리를 틀기 시작했다.

"으윽!"

어금니 맞부딪치는 소리와 함께 이순신 고개가 뒤로 젖혀졌다. 윤근수는 마른침을 꼴깍 삼키며 그 치켜든 턱을 똑바로 응시하였다. 주릿대를 잡은 나졸들 손에 더욱 힘이 들어갔다. 죄인이 정신을 잃고 물세례를 받을 때까지, 주리 틀기는 한식경도 넘게 계속되었다. 윤근수는 물에 빠진 생쥐 꼴로 헛구역질을 해 대는 이순신을 매섭게 몰아쳤다.

"바다에서 대적(大敵) 가토 놈을 놓아 보낸 이유가 무엇인가? 적이 오는 것을 알고서도 치지 않았으니 그것은 네가 적과 내통하고 있다는 증거이니라."

욱 소리와 함께 이순신이 토악질을 시작했다. 옥에 갇힌 후로 맹물 외에는 아무것도 먹지 못한 탓에 허연 위액과 핏덩이들이 뒤섞여 나왔다. 나졸들이 이순신을 부축해서 다시 일으켰다. 검게 변한 피딱지들이 턱수염에 떡고물처럼 매달렸다.

윤근수 명에 따라 물세례가 쏟아졌다. 온몸이 추위와 고통 때문에 사시나무처럼 떨렸다. 그러나 이순신은 결코 죄를 인정하지 않았다.

"요시라가 우리를 이롭게 한다고 하지만 근본이 왜인이며, 고니시와 가토가 서로 다툰다고 하나 둘 모두 히데요시의 장수들이오. 그자들 말은 믿을 것이 못 되오이다. 또한 군선을 이끌고 나섰다가는 곧 거제에 숨어 있을 적 척후에게 발각되어 사면초가에 빠질 위험이 있소. 정월 열나흘에 한산도를 찾은 도원수 권율 또한 나와 같은 의견이었소. 하지만 나는 조정 명에 따라 이튿날 샐녘에 판옥선 열 척을 거느리고 통제영을 떠났으니 적진포와 흉도(胸島)까지 나가 적 동태를 살피려 한 것이오. 그러나 가토는 정월 열이튿날 밤부터 열사흘날 닭울녘 사이 이미 경상도로 들어온 뒤였소. 경상 우병사 김응서가 요시라와 만난 것이 열하룻날인데, 왜군은 벌써 그날 밤부터 상륙하기 시작했던 것이외다. 그러니 열나흗날 새벽 파발이 통제영에 도착했을 때는 가토가 바다를 다 건넌 다음이며, 고니시와 요시라는 쓸모없는 정보를 흘려 우리 수군을 기만하려 한 것이오. 나는 그 즉시 통제영으로 올라와 김 병사와 권 도원수께 이 사실을 알렸소."

"닥쳐라, 이놈! 너는 지금 네 죄를 덮기 위하여 도원수 권율과 병사 김응서까지 모함하고 있느니라. 조정 중신 모두가 요시라 간계에 넘어갔고, 오직 너만이 그걸 간파했다는 말이냐? 권 도원수와 김 병사뿐만 아니라 경상도 위무사 황신이 올린 장계에도 네가 조정 명을 어겼음이 명명백백하게 밝혀져 있느니라. 또한 이 일을 조사하기 위하여 규찰 어사로 통제영에 파견한 성균관 사성 남이신(南以信)이 아뢴 바로, 가토는 적은 군사를 이끌고 일주일간이나 거제 장문포에 머물렀으며 이때 우리 수군이 기습을 했다면 능히 가토를 사로잡을 수 있었다고 하였느니라. 에잇, 더 이상 말로 해서는 안 되겠구나. 저놈이 바른말을 할 때까지 단근질을 계속하라."

나졸들은 화덕에서 꺼낸 커다란 인두로 이순신 등을 지지기 시작했다. 허연 연기가 하늘로 피어오르고 살 타는 냄새가 뜰 안에 가득했다. 윤근수가 점심을 먹기 위해 잠시 자리를 비운 동안에도 단근질은 멈추지 않았다. 등이 짓무른 후에는 허벅지를 지졌고 그 다음에는 엉덩이와 옆구리로 옮겨 갔다. 비명이 잦아들고 죄인이 정신을 놓은 후에도 단근질은 이어졌다. 점심을 먹고 돌아온 윤근수는 화덕 숯불이 식었다며 교체를 지시했다.

쉽게 꺾이지 않으리라 예상했지만 이렇게까지 황소고집일 줄은 몰랐다. 변백(辨白, 변명)을 모조리 확인하기 위해서는 적어도 한 달 이상이 필요하리라. 하나 선조는 열흘도 참지 않을 것이다. 시간을 지체하다가는 이순신 농간에 놀아난다는 비난을 면하기 힘들다.

윤근수는 이순신 육신을 완전히 짓이긴 후 자백을 받아 내기로 마음을 굳혔다. 그 목소리는 오전보다도 크고 우렁찼다.

"네가 뭐라고 변명을 해도 어명을 어긴 것은 틀림없는 사실이다. 너는 왜 삼 년이 넘도록 부산에 모여 있는 왜선을 치지 않고 버텼느냐? 그러고도 살기를 바랐더냐?"

이순신은 갈라진 입술을 파르르르 떨었다. 워낙 고문을 심하게 당한 터라 이빨 사이로 간신히 새어나오는 말들이 윤근수가 앉은 곳까지 들리지도 않았다.

"가까이 끌어내라."

나졸 둘이 이순신을 질질 끌어 왔다.

"그래도 입은 살아서 뭔가 할 말이 있나 보구나. 내 일찍이 네 놈 입이 촉새처럼 싸다는 소리를 여러 번 들었는데 오늘에야 그게 사실임을 알겠다. 그래, 어디 이번에는 어떤 사람을 모함하려느냐?"

이순신은 숨쉬기가 곤란한 듯 양손으로 가슴을 부여잡았다. 반벌거숭이 몸뚱이가 온통 단근질 자국투성이었다. 윗입술도 불에 덴 듯 크게 부풀어 올랐다.

"수, 수륙 합공(水陸合攻)을…… 오, 오……, 오랫동안 주청…… 드렸소. 수군만으로는…… 이길 수…… 없으며, 수군이…… 무너지면 나라……가 위태롭소."

"무슨 소리! 전하께서는 부산을 탈환하고 그 여세를 몰아 쓰시마와 왜를 쳐서 히데요시 목을 효시하고서야 편히 침수 드실 수 있으리라 누차 말씀하셨다. 한 나라 군왕이 치욕 씻기를 원하는데 장수 된 자가 싸워 보지도 않고 겁을 먹다니! 이게 대역죄가 아니고 무엇이란 말이냐?"

이순신이 오른손을 들어 윤근수 얼굴을 똑바로 가리켰다. 갑자기 당한 일이라 윤근수는 어안이 벙벙했다. 곧게 뻗은 검지가 부들부들 떨렸다.

"닥쳐라! 무, 무릇 장수는……. 필승할 화, 확신이…… 서면 싸우……. 싸우지 말라고 해도 …… 싸우며, 확신이 서, 서지……. 않으면 싸우라는…… 명령을 내리더라도…… 싸우지 않는 법……."

그 순간 윤근수가 자리를 박차고 일어섰다.

"뭘 하느냐? 죄인이 주둥아리를 마음대로 놀리는 것을 보고만 있을 테냐? 더 이상 신문할 것도 없다. 지금 당장 난장을 치도록 해라. 어서!"

뜰에 늘어선 장졸들이 모조리 붉은 곤(棍)과 장(杖)을 들고 이순신을 에워쌌다.

"죽여도 좋다. 사정 보지 말고 쳐라. 매우 쳐!"

난장질은 황혼이 찾아들 때까지 계속되었다. 이순신 몸은 참을 수 없는 고통으로 흉측하게 뒤틀렸다. 이윽고 백정이 휘두른 쇠망치에 정수리를 맞은 황소처럼 이순신 사지가 축 늘어졌다.

윤근수는 힐끗힐끗 이순신 몸뚱어리를 쳐다보며 오늘 신문한
결과를 쓰기 시작했다.

　신(臣) 해평 부원군 윤근수 삼가 아뢰나이다. 역적 이순신은 그
죄를 극구 부인하였으나 엄히 문초한 결과 죄상이 차례로 드러나
고 있사옵니다. 특히 전하 뜻을 어기고 삼 년이 넘도록 한산도에
숨어서 왜를 치지 않은 죄는 백 번 죽어도 그 벌이 과하지 않을
것이옵니다…….

쓰기를 마친 윤근수는 추안궤(推案櫃, 신문한 내용을 보관하는 함)
에 문서를 넣고 '신 윤근수 근봉(謹封)'이라고 써서 봉한 다음 서
명을 했다. 그런 후 곁에 있던 승전색을 불러 추안궤를 곧바로
탑전에 올리도록 하였다.

이레 동안 죄를 묻고 부인하는 일이 반복되었다.
하루하루가 지날수록 죄를 인정하고 함께 반역을 꾀한 잔당을
밝히라는 채근이 심해지고 고문도 더욱 가혹해졌다. 무릎에 각진
바위를 얹는 압슬형(壓膝刑)과 대나무 채찍[竹鞭]을 휘둘러 등을
난타하는 태배형(笞背刑)까지 동원되었다. 그러나 이순신은 끝까
지 무죄를 주장할 뿐이었다.
마지막으로 위관들은 비공입회수형(鼻孔入灰水刑)을 쓰기로 뜻

을 모았다. 비공입회수형은 죄수를 거꾸로 매달아 놓고 코와 입에 잿물[灰水]을 들이붓는 고문이다. 잿물이 폐로 흘러 들어가거나 기도가 막혀 호흡을 못하는 날에는 그대로 황천길인 것이다.

나졸 하나가 벌써 잿물을 들고 나왔다. 이결은 거꾸로 매달린 피투성이 이순신을 발끝에서 머리끝까지 훑어 내렸다. 참으로 질긴 목숨이었다. 범인(凡人) 같으면 숨이 끊어져도 벌써 몇 번은 끊어졌을 것이다. 그러나 이순신은 달랐다. 곧 생명이 다할 것 같으면서도 실눈을 뜨고 가쁜 숨을 내뿜으며 삶에 대한 집착을 버리지 않았다.

윤근수가 헛기침을 뱉어 대며 계단을 내려섰다. 이결이 그 뒤를 따랐다. 윤근수는 죄인과 두어 걸음 간격을 두고 멈춰 섰다. 죽음의 냄새가 코를 찔러 왔다. 윤근수는 허리를 젖히고 배를 들이밀며 위풍당당한 모습으로 마지막 신문을 시작했다.

"죄인 이순신은 들어라. 이제 네 집안은 멸문지화를 면치 못할 것이며 처첩과 자식들은 관노(官奴)가 될 것이다. 마지막으로 묻겠다. 죄를 인정하는가?"

이순신은 고개를 천천히 좌우로 흔들었다. 윤근수가 혀를 차며 잿물을 든 나졸에게 삿대질을 해 댔다.

"에잇, 고얀지고, 더 지켜볼 것도 없다. 어서 들이부어라!"

"예이!"

나졸이 바가지를 기울이자 잿물이 이순신 코로 콸콸 흘러 들어가기 시작했다. 이순신이 커억컥 구역질을 하며 마구 도리질을 쳐 댔다. 그 바람에 잿물이 턱과 목 가슴으로 흩어졌다. 다른 나졸이 그 뒷목을 움직이지 못하도록 힘껏 붙들었다.

숨이 막혀 왔다. 출렁대는 물소리가 쉬지 않고 온몸을 흔들어 댔다.


주위가 온통 캄캄해지더니 그 위로 푸른빛 한 줄기가 내려앉았다. 푸른빛은 점점 자라기 시작했고, 곧 온통 푸른빛만 남았다. 낯익은 풍경이었다. 한산도와 여수를 잇는 푸른 뱃길이 펼쳐졌다. 더위와 갈증을 단숨에 날려 버린 해풍이 섬과 섬 사이를 휘휘 돌며 갈매기 떼와 숨바꼭질을 했고, 만선을 자축하는 노랫가락이 넘쳐흘렀다. 전쟁은 어디에도 없었다.

이순신이 직접 성을 쌓고 군선을 배치했던 해안들은 평화로운 어촌으로 변해 있었다. 어부들 얼굴을 자세히 살폈다. 놀랍게도 모두 휘하에 있던 장수들이었다. 선거이, 정운, 이억기, 그리고 이영남. 이순신은 투구와 갑옷을 벗고 칼과 활을 내던진 후 그들과 함께하기로 마음먹었다. 전쟁이 끝났다면 더 이상 장수로 남을 까닭이 없는 것이다. 이제 부끄럽지 않은 죽음보다 행복한 삶을 생각할 때가 온 것이다.

평복(平服)으로 바다에 뛰어들기 직전, 갑자기 거대한 파도가 휘몰아쳤다. 삶을 구걸하는 조선인과 왜인들의 절규. 조총과 대포 소리가 바다를 뒤흔들었고 코와 귀가 잘려 나간 시체들이 움직이는 섬처럼 몰려다녔다.

벗어 둔 갑옷을 다시 입기 위해 뒤돌아섰다. 그러나 갑옷이 없었다. 그 대신 그곳에는 사지와 머리를 동아줄로 꽁꽁 묶인 죄수

가 엎드려 있었다. 자세히 살펴보니 그 죄수는 바로 이순신 자신
이었다. 주위에는 동아줄을 어깨에 걸고 코를 벌름거리며 사방으
로 달려갈 준비를 마친 늠름한 황소 다섯 마리가 힘차게 뒷발질
을 해 댔다. 파도가 흰 물보라를 튀기며 솟아오르는 것과 함께
황소들은 미친 듯이 붉은 바다를 향해 달리기 시작했다. 몸통에
서 찢겨 나간 머리와 두 팔, 두 다리가 황소와 함께 바다 밑으로
사라졌다. 어디에선가 날아온 갈까마귀가 날카로운 발톱으로 몸
통을 움켜쥐었다. 하늘로 솟구쳐 올라가서 한산도 앞바다를 빙빙
맴돌았다.

　바다는 어느새 푸른빛으로 바뀌었다. 어부들은 큰 소리로 태평
가를 합창하기 시작했다. 그러나 그 몸통은 바다로 돌아가지 못
하고 허공에서 시간의 바람을 견디며 천천히 썩어 갈 따름이었
다. 그 바람에 실린 목소리 하나가 육신을 감싸며 속삭였다.

　"왜 그대는 능지처참을 당했는가? 분노를 가라앉히고 그대 심
장을 보여주지 않으려는가?"

十三、류성룡, 이순신의
유언을 듣다

사월 이일 밤.

봄비가 하루 종일 추적추적 내렸다. 한양은 쥐 죽은 듯 조용한 폐허의 도시로 바뀌어 야경을 도는 군사들이 치는 딱따기 소리만이 정적을 깼다.

숭례문을 지키는 문지기들도 칙칙한 봄비가 거추장스럽기는 마찬가지였다. 실비라도 맞으면 이내 한기(寒氣)가 들었고, 콜록콜록 기침을 쏟으며 감환을 앓았다. 대문을 열어 두긴 했으나 오가는 행인은 거의 없었다. 어둠이 짙어 가면서 빗방울이 더욱 굵어졌다. 한 며칠 또 줄기차게 쏟아질 모양이다. 유난히 큰 개구리 울음소리를 자장가 삼아 성벽이나 팽나무에 기댄 채 꾸벅꾸벅 조는 군사들도 있었다. 십 년 넘게 숭례문을 지키고 있는 텁석부리 막둥이 역시 길게 하품을 해 대며 남문 밖을 멍하니 바라보고 있었다.

처음에는 등짐을 진 보부상이겠거니 여겼다. 그런데 가볍게 몸을 놀리는 모양새가 여느 보부상과는 달랐다. 뻘 길을 차며 뛰어오는 꼴이 영락없는 물 찬 귀제비다. 사내가 숭례문 앞에 거의 다다를 무렵 막둥이는 또 한 번 놀랐다. 사내 등에 장정 한 사람이 업혀 있었던 것이다.

'장정을 업고도 저렇듯 빠르게 움직이다니……! 간자인가?'

왜병들이 바람처럼 내달리며 칼을 휘돌린다는 것은 널리 알려진 사실이다. 산이나 강을 경계로 하지 않고 평야에서 왜군과 맞선다면 목숨을 잃을 수밖에 없다.

창을 쥔 막둥이 손에 힘이 들어갔다. 아무리 신출귀몰한 왜군 간자라 하더라도 열 명이 넘는 숭례문 문지기를 혼자 감당하기는 어려울 것이다. 호흡을 가다듬으며 성벽에 바짝 붙어 서서 사내가 가까이 접근하기를 기다렸다. 막 창을 내지를 참에. 빗길을 달려온 사내가 품속에서 마패를 꺼냈다. 전쟁터를 오가는 전령에게 특별히 내리는 신표였다.

'그랬구먼. 그래서 진흙탕 길도 쏜살같이 달릴 수 있었구먼.'

막둥이는 긴장을 풀고 사내에게 다가갔다. 사내 어깨에서 더운 김이 아지랑이처럼 피어올랐다.

"업은 건 누군가? 많이 다친 것 같은데."

막둥이가 수염을 쥐어뜯으며 물었다. 겹이불이 이마까지 덮여 있어서 업힌 이 얼굴을 확인할 수 없었다.

"함께 남쪽으로 길을 나섰던 전령이오. 어젯밤부터 열이 심하게 오르고 설사를 합니다. 보시겠소?"

"아, 아니오."

"오늘밤 안으로 급히 비변사에 전할 장계가 있소이다. 왜 그런 눈으로 보시는 게요? 정 의심나면 확인하시오. 하나 혹 일이 잘못되어도 나는 모르오."

"아니, 됐소. 어서 가시오."

막둥이는 두어 걸음 물러서며 손을 휘휘 내저었다. 발열에 설사라면 돌림병일지도 모른다. 돌림병에 걸린 자는 도성으로 들일 수 없다. 그러나 지금처럼 비가 억수같이 쏟아지는 밤에 돌림병을 확인하러 의원이 올 리도 없고, 섣불리 환자를 살폈다가 병이라도 옮으면 자신만 손해인 것이다. 대문이 닫힌 후에도 전령은 도성 출입이 자유로우니 통과시켰다고 큰 문제가 되지는 않으리라.

"으으응, 으으으으으!"

등에 업힌 남자 신음 소리가 막둥이 귀에까지 들려왔다. 막둥이는 그 소리를 못 들은 체하며 전령에게 물었다.

"남쪽 사정은 그래 어떻소? 왜장 가토가 지난 임진년처럼 올라오고 있다는 게 사실이오?"

사내는 무릎과 허리를 차례로 튕기며 자세를 고쳤다.

"걱정 마슈. 여기까지 오려면 아직 멀었소."

사내는 깊게 숨을 들이마신 후 숭례문에 당도할 때보다도 더욱 빠르게 어둠으로 사라졌다. 막둥이는 사내가 축지법을 쓰는지도 모른다고 생각했다. 저런 전령이 열 명만 있다면 한양에 앉아서도 하삼도 전황을 훤히 꿰뚫을 수 있으리라.

문을 통과한 날발은 조금도 머뭇거리지 않고 저잣거리를 가로질렀다. 진흙이 발목을 더럽히고 빗방울이 얼굴을 때려도 괘념치 않았다. 가끔씩 고개를 돌려 미행이 없는가를 살폈고, 근심 어린 표정으로 등에 업힌 남자 신음 소리를 들었다. 날발은 어금니를 악다물었다.

'이런 몸이신데, 우중에 모시고 나선 건 역시 될 일이 아니었어.'

목적지가 가까워지자, 날발은 천천히 걸음을 늦추었다. 희미한 불빛이 쪽문을 통해 새어나오고 있었다. 날발은 고개를 끄덕이며 다시 좌우를 살핀 후 눈 깜짝할 사이에 쪽문 안으로 사라졌다.

귀에 익은 목소리가 들렸다. 이순신은 아득한 나락으로 빠져드는 의식을 겨우 돌이켰다. 눈앞에 흐린 빛망울이 아물거렸다.

"이보시게, 여해! 날세, 나야. 정신이 드는가?"

"여…… 영상 대감!"

이순신이 간신히 부어터진 입술을 움직였다. 류성룡 눈에 눈물이 가득 고였다. 날발은 젖어 버린 옷을 재빨리 벗기고 수건으로 남은 물기를 찍어 낸 후 마른 옷으로 갈아입혔다. 그러곤 손바닥으로 차디찬 이순신 가슴을 정신없이 비벼 댔다.

류성룡은 차마 눈을 똑바로 뜨고 벗은 이순신 몸을 볼 수 없었다. 새우처럼 잔뜩 웅크린 채 벌벌벌 떨고 있는 그 몸은 이미 인간이라 할 수 없었다. 검붉게 그을린 흉측한 화상 흔적이 얼굴과 목덜미, 등과 배에 고스란히 남아 있었다. 주리를 틀린 허벅지는 살점이 떨어져 나가 허연 뼈가 드러났고, 곤장을 맞은 엉덩이는 크게 부풀어 올라 앉을 수조차 없었다.

'이것이 진정 천하를 호령하던 삼도 수군 통제사 이순신이란 말인가.'

류성룡은 이 끔찍한 몸 안에서 신음하는 영혼, 고통에 헐떡이는 영혼을 생각했다. 이렇게까지 추하게 만들 필요가 있었던가. 그 이름을, 그 명예를 패대기쳤으면 그만일 것을 그 몸까지 난도질할 필요가 있었던가.

'여해! 아직은 죽을 때가 아닐세. 자네를 사지로 몰아넣은 내게 속죄할 기회를 주어야지. 이 나라를 백척간두에서 구한 자네에게 무슨 죄가 있나. 반드시 기운을 차려 일어나시게. 이 전쟁이 끝난 후 자네가 만들어 놓은 한산도 구경을 가야 하지 않겠는가. 자네와 뱃놀이 할 날을 그리며 하루하루를 보냈건만……. 여해! 날 용서하게. 어심을 붙들지 못한 내가 죄인이야.'

급히 들여 온 미음으로 건입맛만 겨우 다신 후 이순신은 다시 죽음보다 깊은 잠으로 빠져들었다. 어제 아침 의금옥에서 풀려난 후 두 차례나 피를 토하고 제대로 잠조차 이루지 못했던 것이다. 조카인 봉(菶)과 분, 둘째 아들인 위(蔚) 앞에서 약한 모습을 보일 수 없어 비명을 삼켰으나 살갗이 찢긴 고통은 말로 다할 수 없었다. 몸이 천근만근 무거웠지만 이순신은 꼭 류성룡을 만나겠다고 고집을 부렸다. 이 세상 그 누구보다도 자신을 이해해 준은인과 재회하여 지친 몸과 마음을 위로받고 싶었던 것이다.

류성룡은 이순신에게 손을 뻗어 이마에 내려온 흐트러진 머리카락을 쓸어 넘겼다. 거기에도 시퍼렇게 보기 흉한 피멍이 들었다.

'김덕령처럼 최후를 맞지 않은 것을 다행이라 해야 할까.'

정탁이 신구차(伸救箚, 죄인의 구명을 진정하는 상소)를 올리고 이덕형이 최선을 다해 이순신을 변호했으나 어심은 좀처럼 바뀌지 않았다. 고문을 해서라도 이실직고를 받아 내라는 하교는 이순신을 죽여도 좋다는 뜻이다. 선조는 이순신을 참(斬)하지 않고 고문으로 죽이는 편이 낫다고 여기는 듯했다. 이순신을 처형하면 삼도 수군들 반발을 사겠지만 신문하던 중에 죽었다고 하면 나달과 함께 일 자체가 유야무야 될 수도 있었다. 죽은 자는 말이 없다고 했던가. 일단 죄인을 죽인 후 혐의를 확정해 버리면 그만인 것이다. 그래서인지 선조는 이순신 죄상을 낱낱이 밝히라고 위관들을 추궁하면서도, 이덕형과 정탁에게는 이순신을 꼭 처형할 필요까지야 없지 않겠느냐는 말을 넌지시 흘렸다.

물론 선조는 이순신이 김덕령처럼 의금옥에서 유사(幽死, 옥에서 병들어 죽음)하는 것을 바라지 않았다. 대역 죄인을 방면하여 왕실이 얼마나 자애로운가를 널리 알린 후 그 죽음을 기다리려는 것이다. 며칠 내에 죽기만 한다면 이순신을 위해 비망기 한 장과 어주 한 병 정도는 내려 줄 수도 있었다.

그러나 아직 이순신은 죽지 않았다.

어젯밤, 죄인이 풀려났다는 소식을 듣자마자 류성룡은 류용주를 급히 이순신에게 보냈다. 숭례문 밖에서 이순신을 만나고 온 류용주는 죽음이 임박했음을 알렸다.

　"그 정도이더냐?"

　"고문으로 만신창이가 되었더이다. 화상이야 치료하면 나을 테지만 문제는 각혈이옵니다. 옥을 나서자마자 피를 토해 독주(毒酒)로 겨우 다스렸다고 합니다."

　류용주가 비관론을 펴고 있을 때 이순신이 사람을 보내왔다. 윤기가 흐르는 긴 수염과 짙은 눈썹이 낯익은 사내였다.

　"자네는…… 이순신(李純信)이 아닌가?"

　"그러하옵니다, 영상 대감! 그간 별고 없으셨사옵니까?"

　이순신(李純信)은 방답 첨사를 거쳐 이순신 천거로 충청 수사까지 올랐던 인물이다. 그러나 이순신이 삭탈관직을 당하기 직전 그 역시 군량미를 남용하였다는 누명을 쓰고 경상 우수사 권준과 함께 파직당했다. 이순신(李純信)과 권준은 훗날을 위해 군량미를 비축하였을 뿐 사사로이 유용한 것이 아니라고 항변했다. 이순신은 삼도 수군과 전라도 육군이 한 해를 버틸 만한 군량미를 항상 비축하고 싶어 했으나 조정에서 파견한 순무사들은 이것을 월권으로 받아들였다. 이순신은 최소한 그 정도 군량미와 무기들을 보유해야지만 전쟁을 치를 수 있다고 믿었고, 이순신(李純信)과 권준은 가장 충실한 동조자였다.

　"그대가 한양에 있었던가?"

　"통제사께서 방면되신다는 소식을 접하고 급히 상경하였사옵니다."

이순신(李純信)이 침착하게 답했다. 갑오년에 충청 수사로 임명되면서 인사차 잠시 한양에 들렀을 때도 바위처럼 단단한 모습이었다. 이순신(李純信)이 찾아온 용건을 말했다.

"통제사께서 내일 저녁 영상 대감을 은밀히 찾아뵙겠다고 하셨사옵니다."

"통제사가 나를? 성치 않은 몸으로 어찌 이곳까지 온단 말인가?"

류성룡이 있을 수 없는 일이라며 고개를 설레설레 저었다.

"소장도 그같이 말씀드렸습니다만 통제사 뜻이 워낙 굳으신지라……. 죽기 전에 꼭 영상 대감을 뵙겠다는 말씀까지 하셨습니다."

"……통제사가 그랬단 말이지? 죽기 전에 날 만나고 싶다고?"

류성룡은 목소리가 침울해졌다.

"그러하옵니다. 하나 통제사께선 쉽게 가실 분이 아닙니다. 영상 대감께서 통제사 마음을 붙잡아 주십시오. 지금 통제사께 생기를 불어넣을 분은 영상 대감뿐이십니다."

류성룡은 잠시 시선을 거두어 천장을 바라보았다.

'유언을 남기려고 찾아오겠다는 것인가.'

류성룡 역시 이순신을 만나고 싶었다. 그러나 자신이 도성을 벗어났다가는 곧 선조 눈에 띌 터였다. 그렇게 되면 이순신은 방면이 취소되고 다시 혹독한 고문이 이어질지도 모른다. 지금은 경거망동하지 말고 자리를 지키는 것이 상책이다.

그러나 이순신 병이 위중하고 만나고픈 마음이 그토록 간절하다면 물리칠 수 없었다. 마지막이 될지도 모를 일이었다. 만나기로 마음을 굳힌 다음, 류성룡은 이순신(李純信)에게 물었다.

"삼도 수군은 어찌하고 있는가?"

"짐작하시겠지만, 군사들 동요가 성난 파도와 같사옵니다. 탈영병이 속출하고 장졸들 사기가 땅에 떨어졌사옵니다. 이런 상태로 왜군과 맞선다면 십중팔구 패할 것이옵니다."

"원균이 수군을 잘 이끌고 있다는 장계가 속속 올라오고 있네."

이순신(李純信) 음성이 커졌다.

"영상 대감! 그 말을 믿으시는지요? 원 장군은 장졸들에게 호통이나 치고 힘으로 위협할 뿐이옵니다. 오직 이 통제사만이 삼도 수군을 이끄는 심장과 눈동자 노릇을 할 수 있사옵니다."

'심장과 눈동자!'

류성룡은 자기도 모르게 눈을 짓감았다.


의식을 놓았던 이순신이 끊는 듯한 신음을 토하더니 천천히 눈을 떴다. 몸을 일으키려는 듯 고개를 들었다. 그러나 그게 전부였다.

류성룡은 다시 이순신에게 손을 뻗어 그 부어오른 눈두덩을 더듬었다. 갈라 터진 윗입술과 피가 굳은 턱수염, 인두에 덴 자국이 선명한 목덜미를 지나 가슴을 쓸어내렸다. 손 아래 느껴지는 심장 박동이 폭발하기 일보 직전인 활화산과도 같았다.

'다행히 목숨을 건진다 해도 이제 조선 수군을 이끄는 심장과 눈동자 노릇을 하기는 힘들리라. 아내와 자식들 도움을 받아 편

안히 생을 이어 갈 방도를 찾아야 하리.'

류성룡 두 눈에 다시 눈물이 어리었다. 눈물 한 방울이 이순신 이마로 툭 떨어져 내렸다.

"여해! 날 용서하게. 내가 자넬 이렇게 만들었어."

이순신이 조용히 고개를 저은 후 손을 들어 방문 옆 옥주전자를 가리켰다. 갈증이 심한 모양이었다. 류성룡이 이순신을 부축하여 앉힌 뒤 옥주전자를 입에 가져다 댔다. 이순신이 캑캑 사례들린 소리를 내며 힘겹게 물을 목에 넘겼다. 다시 자리에 누운 다음 겨우 입을 열었다.

"대감! ……절 버리십시오. 저는 대감께 누만 끼칠 뿐입니다. 자책하지 마십시오……. 대감을 끝까지 지켜 드리지 못하고……이 꼴로 누워 있는 것이 원망스러울 따름……입니다."

"그 무슨 소리인가? 자넬 버리라니? 날 짐승만도 못한 사람으로 만들 셈인가? 괜한 소리 말게. 이제 내 집에 머무르면서 치료를 받도록 하세. 오늘 당장 천하 명의 허준을 불러 자네 몸을 살피겠네. 아무 걱정 마시게나."

이순신은 가쁜 숨을 가라앉히기 위해 잠시 눈을 감았다.

"이, 이미 틀렸습니다. 제게 사약을 내리라고 전하께 아뢰십시오……. 제가 대감께 드릴 수 있는 마지막 선물입니다. 제가 대감 주청에 의해 사약을 받으면 저로 인해 그동안 대감께 쏟아졌던…… 많은 비난과 오해는 사라질 것입니다. 제게 마지막으로 결초보은할 기회를 주십시오."

"그만두게. 자넬 희생양으로 삼아 벼슬자리를 지키고 싶지는 않아. 사람 목숨보다 귀한 게 어디 있단 말인가. 잔말 말고 쉬도록 하게. 뒷일은 내 다 알아서 함세."

이순신 얼굴에 잔잔한 미소가 감돌았다.

"절 탄핵하는 어전 회의에서…… 대, 대감이 아무 말씀 없으셨다는 소식을 듣고 기뻤습니다. ……올가미에 둘 다 걸려들 필요는 없지요. 대감, 이제 저 같은 놈은 잊으십시오. 어차피 죽을 목숨입니다."

"여해……!"

류성룡은 말을 맺지 못했다. 이순신은 이미 죽음을 각오하고 있었다. 그 죽음에 류성룡이 함께하지 않기를 바랐다. 류성룡은 더 이상 이순신을 위해 할 일이 없었다. 권율 막하에서 백의종군하라는 어명이 내렸으므로, 이순신은 늦어도 내일 아침에는 남쪽으로 떠나야만 했다. 내의원 허준을 데려오고, 자기 집에서 며칠을 묵게 하고픈 것도 그저 헛된 바람일 뿐이다.

"하늘을 따르는 자는…… 살아남고, 하늘을 거역하는 자는…… 죽는다고 했지요. 어명을 어긴 제가 어찌 살기를 바라겠습니까. 대감! 구차하게 사느니 깨끗하게 죽음을 택하도록 도와주십시오."

갓밝이가 될 때까지 실랑이가 계속되었다. 이순신은 가쁜 숨을 몰아쉬며 인연을 끊어 달라 청했고 류성룡은 마음을 고쳐먹고 백의종군하기를 종용했다. 하늘이 다시 기회를 줄 것이라는 충고도 잊지 않았다. 그러나 이순신은 이미 많은 부분을 체념한 듯했다. 저 허탈한 웃음은 죽음이라는 긴 안식을 하루라도 빨리 얻고 싶은 인간만이 지을 수 있는 것이다. 류성룡은 이순신을 살리고 싶었다.

"난 자넬 아네. 자넨 들풀같이 질긴 사람이야. 자네가 어떻게 삼도 수군 통제사까지 올라갔는지를 생각해 보게. 자넨 늘 내게 말했지. 자네에겐 원균의 용맹도, 신립의 꾀도, 이일의 융통성도 없다고 말이야. 그러나 결코 쉽게 물러나지는 않겠다고 했지. 난 자넬 믿네. 왜인 줄 아는가? 자넨 패배가 얼마나 아픈가를, 백의종군이 얼마나 고통스러운가를, 천상에서 나락으로 떨어지는 그 아득한 휘청거림이 무엇인가를 아는 사람이야. 그런 장수는 쉽게 모험을 하지 않는다네. 지금 조선에 필요한 장수는 용맹한 장수도 꾀 밝은 장수도 융통성 많은 장수도 아니네. 승장이라는 명예나 얻기 위해 부하들을 위태롭게 하지 않을 장수, 군사들 목숨을 제 것처럼 아끼는 장수가 필요해. 자넨 내 뜻을 충분히 이해했고 그 누구보다도 훌륭하게 남해 바다를 지켰어. 잠시 때를 잘못 만났을 뿐이라고 여기게. 곧 다시 복귀할 날이 올 걸세."

이순신은 힘없이 팔을 늘어뜨린 채 웃기만 했다. 다시 전쟁터로 돌아가 장졸들을 지휘할 여력이 남아 있지 않은 듯했다.

"요신 형님이 그랬지요……. 헉, 서애가 시키는 대로만 해라, 그럼 넌 네 능력보다 더한 광영을 얻게 될 것이라고……, 허어억……. 요신 형님 말씀은 사실이었습니다. 영상 대감이 과분하게 살펴 주신 덕분에 삼도 수군을 이끄는 으뜸 장수까지 되어 보았으니……, 이제 죽어도 여한이 없습니다. 먼저 가신 형님들을 뵈올 때가 가까운 듯합니다……. 헉헉, 커어어억!"

손으로 가릴 틈도 없이 검은 피가 솟구쳤다. 이순신을 내려다보던 류성룡은 옷이 온통 피로 물들었다.

"여, 여해!"

류성룡은 쏟아지는 눈물을 참을 수 없었다.

'죽는구나. 네가 정말 죽어. 어찌 네가 나보다 먼저 저세상으로 간단 말이냐. 이 전쟁이 끝나기도 전에 흙 속에 묻히겠구나. 죽는구나. 네가 정말 죽어. 네 붉은 마음 아직 반도 거두지 못했는데. 아, 여해!'

# 十四、회생의 밤, 불효의 아침

　날발은 동이 트기 전에 이순신을 업고 다시 숭례문을 나섰다. 밤새 쏟아지던 비가 그치자 언제 그랬냐는 듯이 하늘이 개며 붉은 기운이 동쪽 하늘을 덮었다. 고지새(밀화부리라고도 하는 되샛과의 새) 울음소리가 뒤를 따랐다.

　숙소에 도착했을 때 이순신은 온전한 정신이 아니었다. 눈동자가 자꾸 위로 넘어가면서 사지에 경련이 일었다. 입이 오른쪽으로 비틀려 침이 질질 턱으로 흘러내렸다. 이위가 퍼더버리고 앉아 대성통곡을 했다. 이분과 이봉은 이순신을 아랫목에 누인 후 전신을 주무르기 시작했다. 이순신 얼굴이 고통으로 일그러졌다. 심장이 아픈 듯 자꾸 손을 들어 가슴을 치는 시늉을 했다. 이순신(李純信)이 머리맡에 앉아 고함을 질러 불러도 알아듣지 못했다.

반쯤 남아 있던 정신마저 차츰 흐려져 갔다. 손등을 꼬집어도 더 이상 아픔을 느끼지 못했다. 그렁그렁 거친 숨소리와 함께 식은땀이 비 오듯 흘러내렸다. 저러다가 어느 순간 그르렁 소리가 멈추면, 그것으로 삶이 끝나는 것이다. 방 안에 있는 사람들은 아무 말도 하지 않고 그 거친 숨소리에 귀를 기울였다. 신음 소리만이 이순신이 살아 있는 유일한 증거였다.

"계십니까?"

텁텁한 목소리가 방 안으로 밀고 들어와 이순신 숨소리에 섞였다. 집 앞을 지키던 군졸 하나가 문을 벌컥 열었다.

"비렁뱅이 하나가 통제사 어른 뵙기를 청하옵니다."

이순신(李純信)과 날발이 밖으로 나갔다. 흰 천으로 얼굴과 온몸을 휘감은 사내가 엉거주춤 서 있었다. 눈을 찡그리며 다가서던 이순신(李純信)이 갑자기 걸음을 멈추고 호통을 쳤다.

"네 이놈! 문둥이가 감히 여기가 어디라고 왔느냐? 썩 꺼지지 못할까?"

문둥이라는 말에 군졸들은 화들짝 놀라며 창을 비껴들고 물러섰다. 그러나 사내는 꿈쩍도 하지 않았다.

"통제사를 뵙게 해 주십시오. 위독하시지요? 소인이 그 병을 치료할 수 있습니다."

이순신(李純信)은 장창을 내리 뻗어 단숨에 찌를 듯한 자세를 취했다.

"어떻게 그걸……? 넌 누구냐?"

문둥이 사내가 한 걸음 다가서며 이순신(李純信) 뒤에 서 있는 날발을 향해 웃었다. 날발은 눈이 점점 커졌다.

"아, 아니 당신은……!"

"오랜만입니다. 정읍에서 폭우가 쏟아지던 밤에 잠깐 만난 적이 있죠? 여전히 그림자처럼 통제사를 모시고 있군요."

이순신(李純信)이 두 사람을 번갈아 쳐다보았다. 날발이 한 걸음 나섰다.

"최중화라고, 정읍에서 용하기로 소문났던 의원입니다. 장군께서도 그 이름을 익히 들으셨을 것입니다. 난이 터지자 강릉을 중심으로 널리 피난민들을 구휼한 신의(神醫)가 바로 저 사람이지요. 한데 문둥병에 걸리다니, 이게 도대체 무슨 일입니까?"

최중화는 즉답을 피했다.

"과거지사를 논하기보다는 통제사 목숨을 구하는 것이 더 급한 일이 아니겠습니까?"

이순신(李純信)이 재차 물었다.

"진정 통제사 병을 고칠 수 있는가?"

최중화가 여유 있는 목소리로 답했다.

"소인은 통제사 나리 체질을 잘 압니다. 지독한 고문을 당하셨다고 들었습니다. 바로 침을 놓지 않으면 회생하지 못합니다. 소인에게 맡겨 주십시오."

이순신(李純信)은 선뜻 응낙할 수 없었다. 과거에 명의였다고 하더라도 지금은 한낱 문둥이가 아닌가. 자칫 방에 들여놓았다가 몹쓸 병이라도 옮으면 어찌할 것인가. 잠시 주저하고 있는데 이위가 방문을 열고 소리쳤다.

"아버님께서…… 숨을 내쉬지 못하십니다."

이순신(李純信)과 날발이 급히 방으로 들어갔다. 이순신은 오른손으로 가슴을 쥐어뜯으며 왼손을 허공에 뻗어 무엇인가를 움켜쥐는 시늉을 하고 있었다. 얼굴이 벌겋게 달아오른 것이 당장이라도 숨이 넘어갈 판이었다. 이순신(李純信)이 지푸라기라도 잡는 심정으로 결단을 내렸다.

"날발! 데려오게."

최중화 몸에서는 땀 냄새와 흙냄새, 음식 썩는 냄새가 동시에 풍겨 나왔다. 아들과 조카들은 이순신 앞을 가로막으며 어쩌자고 이런 자를 들이느냐 따졌다. 이순신(李純信)이 그 시선을 되쏘아 주며 크게 고개를 끄덕였다. 믿고 맡겨 달라는 뜻이었다.

최중화는 아랫목에 자리를 잡고 앉자마자 심장을 중심으로 목, 등, 머리에 있는 경혈(經穴)을 짚어 나갔다. 대여섯 군데 혈을 짚자 이순신이 "푸우웃" 하고 탁한 숨을 토해 냈다. 구경하던 사람들도 안도하여 긴 숨을 내쉬었다.

최중화가 천천히 고개를 돌렸다.

"나가 주십시오. 방해가 됩니다."

그 말투는 단호하고 힘이 넘쳤다.

"부탁하네."

이순신(李純信)이 이봉, 이분, 이위, 날발을 모두 데리고 밖으로 나갔다.

텅 빈 방에는 이제 이순신과 최중화 두 사람만이 남았다. 거친 숨소리가 메아리쳤다. 최중화는 천천히 손에 감겨 있던 천을 풀었다. 엄지를 제외하곤 손가락이 모두 떨어져 나간 뭉툭하고 흉측스러운 손이다. 누런 진물이 계속 흘러내렸다. 머리와 얼굴을 감쌌던 천도 풀어헤쳤다. 움푹 들어간 코와 심하게 일그러진 왼쪽 눈두덩이 드러났다. 그 상처투성이 이마에는 어느새 땀방울이 맺히기 시작했다. 최중화는 엄지 두 개를 사용해서 이순신이 걸친 것을 속옷까지 남김없이 벗겨 냈다.

이순신 몸뚱이는 최중화와 진배없었다. 갈라지고 터지고 허물어져서 살색이 도는 부위가 한 군데도 없었다. 최중화는 삐뚤어진 입가에 희미한 웃음을 띠었다.

'장군! 오랜만입니다. 정읍에서 헤어진 지도 벌써 칠 년이 흘렀군요. 이런 재회가 참으로 뜻밖입니다그려. 장군 몸은 고문 때문에 만신창이가 되었고 소인 몸은 몹쓸 병 때문에 사람 형체를 잃었습지요. 장군! 패하지 않는 장수가 되려 하던 소원은 이제 이루셨는지요? 청사(靑史)에 길이길이 이름을 남길 명장이 되셨는지요?

그동안 소인은 명의가 되기 위해 팔도를 돌아다녔답니다. 더러 신의라는 칭송까지 받았으나 덜컥 불치병에 걸리고 말았군요. 운명을 깔본 탓입니다.

장군! 정읍 시절은 참으로 행복했습니다. 끝없이 펼쳐진 크고 작은 봉우리를 오르느라 눈코 뜰 새 없는 시절이었지요. 장군! 하나 우리는 늘 봉우리에 오를 생각만 했던 것 같습니다. 우리네 운명에서 두 번 다시 실패하지 않으리라 자신했던 겁니다. 아니, 추락을 생각하기조차 싫어 철저히 외면하였던 것이겠지요. 장군은 백의종군이라는 치욕을 원치 않았고, 소인은 허준과 대결해 승리하고 싶었습니다. 하나 운명은 다시 우리를 절벽으로 밀어붙였군요. 장군은 또다시 백의종군을 당했고 소인은 이렇게 문둥이가 되었습니다. 장군께서 넘고 싶어 했던 원균 장군은 어디에 있나요? 소인이 넘고 싶어 했던 허준은 어디에 있나요? 우린 둘 다 경쟁자를 누르지 못했군요. 결국 더 높은 광영을 헌납했을 뿐입니다.'

최중화는 품에서 대침을 꺼내 엄지와 반쯤 떨어져 나간 검지 사이에 끼우고 빠른 속도로 이순신 몸을 찔러 대기 시작했다.

'장군! 이제 소인은 인생을 알겠습니다. 허준을 넘어서지 못하고, 허준이 탁월한 의서(醫書)를 편찬할 수 있도록 돕는 것이 소인 운명이었던 거지요. 장군! 느끼십니까? 이것이 이승에서 베푸는 소인의 마지막 의술입니다.'

머리끝부터 발끝까지 대침을 찌른 최중화는 벌렁 뒤로 나자빠져서 거친 숨을 몰아쉬었다. 그는 천천히 이마 위로 오른손을 들었다. 엄지 끝마디가 반쯤 떨어져 나가 건들거렸다. 왼쪽 엄지 역시 마찬가지였다. 두 손을 마주 잡으니 손가락 두 개가 맥없이 콧등으로 툭 떨어졌다.

두 팔을 벌리고 웃음을 터뜨렸다. 소리 없는 웃음이었지만 참으로 크고 호방한 웃음이었다.

"큭……, 컥컥!"

그 웃음소리를 들은 것일까. 이순신이 움찔하더니 고개를 돌리고 울컥울컥 피 섞인 가래를 뱉어 냈다. 최중화는 급히 일어나서

흰 천으로 다시 얼굴과 손을 감쌌다. 엄지가 없어지니 전보다 더 어려웠다. 퉁퉁 부은 이순신 눈꺼풀이 파르르 떨렸다.

'장군! 부디 쾌유하십시오. 장군을 괴롭히는 심고(心苦)에서 벗어나 큰 깨달음을 얻으십시오!'

정신을 잃은 이순신에게 큰 절로 작별을 고하고 물러났다.


마루에 앉아 기다리던 이순신(李純信)이 나오는 최중화를 보고 다급한 목소리로 물었다.

"통제사는 어떠신가?"

최중화는 대답 대신 눈짓으로 날발을 불렀다.

"내 바지춤을 찾아보시오."

날발은 주저 없이 최중화 옆구리에 손을 쑥 집어넣었다. 남루한 옷과는 비교할 수 없이 깨끗하고 고운 비단 보자기가 나왔다. 이순신(李純信)이 그 보자기를 건네받았다.

"일단 응급 처방을 해 두었습니다. 하나 워낙 상처가 깊어 침술만으로는 완치시킬 수가 없습니다. 그 속에 목멱산 자락에서 거둔 약초가 들어 있습니다. 피를 맑게 할 뿐만 아니라 각혈을 막고 혈도를 계속 뚫어 줄 겁니다. 그 약초를 달여 마시면 위중한 지경에는 더 빠지지 않으실 겁니다."

"고맙네."

최중화는 멀찍이 서 있는 이순신 자질(子姪)들에게 허리 숙여 작별 인사를 했다. 이순신(李純信)이 물었다.

"좀 더 장군 곁에 머무는 것이 어떠한가? 치료도 하고 옛 추억도 더듬으면서 말일세."

최중화가 정중하게 그 청을 거절했다.

"사람이 있을 곳과 문둥이가 있을 곳은 다릅니다."

"어디로 갈 텐가?"

"이젠 살아서 할 일이 없을 것 같습니다. 묻힐 자리를 찾아봐야죠. 어서들 들어가세요. 장군께서 곧 깨어나실 겁니다. 마지막으로 한 가지 청이 있습니다."

"뭔가?"

"장군께 소인이 문둥병에 걸렸다는 이야긴 마십시오. 돈도 많이 벌고 의술도 훌륭하게 익힌 최중화가 우연히 들렀다고만 말씀드려 주십시오. 이 불쌍한 놈 마지막 소원입니다."

"……알겠네!"

최중화는 시선을 날발에게 옮겼다.

"마지막까지 장군을 잘 보필해 주오."

최중화는 다시 한 번 허리를 숙인 후 미련 없이 뒤돌아섰다. 은인을 이대로 보내는 것은 예의가 아니었지만, 이순신(李純信)은 최중화를 붙들 수 없었다. 최중화 말대로 문둥이가 갈 길과 장수가 갈 길은 너무나도 달랐다.

'이 통제사를 뵙지 않고 서둘러 길을 떠나는 것도 부끄러운 말년을 보이기 싫어서이리라. 열심히 공부하는 최중화, 밤낮 없이 환자를 치료하는 최중화, 사시사철 산하를 누비며 약초를 캐는 최중화로 기억되고 싶어서이리라.'

방에 들어서자, 의식을 찾은 이순신이 이분과 이봉에게 부축 받아 벽에 기대고 앉아 있었다. 힘에 겨운 듯 시선을 내린 채 간간이 숨을 몰아쉬었다. 이순신(李純信)이 그 곁에 바짝 다가앉았다.

"누우시지요. 아직 일어나시면 아니 됩니다."

이순신이 천천히 고개를 저었다.

"아······니야. 오늘 길을 나서야 하네. 기일을 어기고 싶지······ 않으이. 한데 누가 날······ 돌보았는가?"

이순신(李純信)이 답했다.

"옛날 정읍에서 의원 노릇을 하던 최중화란 사람이 왔습니다."

"최 의원이······!"

이순신은 고개를 들어 주위를 둘러보았다.

"벌써 아까 떠났사옵니다."

"무, 무정한 사람! 육 년 만에 만났는데 그냥 가다니······. 혹 날 대면하지 못할 이유라도 있다던가?"

"아닙니다. 급한 환자가 있어서 인사도 못하고 떠나는 것을 용서해 달라고 했습니다. 약초를 팔아 꽤 많은 돈을 모은 것 같았습니다. 곧 다시 찾아뵙겠다고 하였지요."

"약초를 팔아서······ 돈을 모아?"

이순신은 의심스러운 듯 눈을 크게 뜨고 좌중을 둘러보았다. 무거운 침묵이 흘렀다. 이순신(李純信)이 서둘러 말머리를 돌렸다.

"날밭을 뱃길로 여수까지 보내도록 하겠습니다."

"어머님께? ······그래 주게."

이순신은 올해로 여든세 살인 어머니 변 씨의 주름진 얼굴을 떠올렸다. 어머니 근심 걱정을 하루라도 빨리 풀어 드리고 싶었다. 통제사 아들 곁에 있고 싶어 했기에 한산도 근처 여수로 모셨던 터였다.

날발이 떠난 후, 이순신은 조카 이분 등에 업혀 남행을 시작했다. 다행스럽게도 온화하고 맑은 날씨가 이어졌고, 최중화가 준 약초를 달여 먹으니 병세도 호전되었다. 초사흘에는 수원성에 머물렀고 초나흘에는 오산에서 여장을 풀었다. 그리고 초닷새, 꿈에도 그리던 충청도 아산에 도착했다. 이순신은 곧장 아버지와 두 형이 묻힌 어라산(於羅山)으로 찾아갔다. 전쟁 통에 산불이 나서 무덤 주위 수목들이 모두 시커멓게 타 죽어 있었다.

쏟아지는 눈물을 주체할 수 없었다. 울음을 삼키다가 까무러쳤고 다시 깨어나서 눈물을 쏟았다.

'벌하여 주소서. 이런 몰골로 엎드리게 된 몹쓸 죄인이옵니다. 가문을 욕보인 죄인이옵니다. 임금을 업신여기고 나라에 누를 끼친 죄인이옵니다. 전쟁터에서 죽을 수 있도록 도와주소서. 다시는 한양 땅을 밟지 않고 바다에서 삶을 끝맺도록 굽어 살피소서. 이 몸이 죽기 전에 조선 바다를 핏빛으로 물들인 저 왜적을 한 놈이라도 더 베도록 허락하소서. 제 칼은 무디고 제 활은 힘을 잃었습니다. 제 몸은 병들고 제 마음은 작은 바람에도 흔들립니다. 제게 힘을 주소서. 영광스럽게 죽을 수 있는 자리를 살펴 주

소서.'

아침부터 시작된 통곡은 해가 뉘엿뉘엿 지기 시작한 해거름까지 이어졌다. 마침내 탈진하여 제대로 몸을 일으키지도 못했다.

다음 날 아침, 여수로 떠났던 날발이 돌아왔다. 이순신은 날발 손을 꼭 붙들고 차근차근 물었다.

"어머님은 어떠신가?"

"건강하십니다."

"소식은 전했는가?"

"예, 장군! 무척 기뻐하셨습니다. 서해안 뱃길로 이리 오겠다 하셨습니다."

이순신이 깜짝 놀라며 언성을 높였다.

"무엇이? 어머님이 배를 타신다고? 아니 될 일이야. 여든 노인이 그 험한 바닷길을 어찌 오신단 말인가?"

"아무리 말려도 한사코 고집을 꺾지 않으셨습니다. 장군과 만나는 걸 한시라도 미룰 수 없다시면서……. 이미 길을 떠나셨을 겁니다."

"아, 어머니!"

이미 엎질러진 물이었다. 온화하고 따뜻한 성품을 가진 어머니이지만 한 번 정한 일은 기어이 성사시키고야 말았다. 이제는 무사히 올라오시기만을 기원할 뿐이다.

날발을 내보내고 자리에 누웠다. 어머니 얼굴이 자꾸 눈앞에 어른거렸다.

'남편과 두 아들을 먼저 보내고 오직 나만을 의지하며 살아오

신 분. 장수의 길로 들어선 내가 좌절할 때마다 언제나 용기를
북돋워 주신 분. 슬픔을 감내하는 법과 고통을 견디는 법, 절망
속에서도 희망을 찾는 법을 가르쳐 주신 분. 내게 몸과 마음을
주신 분. 어머니!'

　인기척이 느껴졌다. 이순신(李純信)이 조심스레 방문을 열고 들
어섰다. 낯익은 얼굴이 뒤를 따랐다.

　"장군! 권 도원수께서 전령을 보내왔사옵니다."

　도원수의 전령이 눈물로 아뢰었다.

　"장군! 그간 안녕하셨사옵니까? 송대립이옵니다."

　아우인 송희립과 함께 독전고(督戰鼓)를 두들겨 대던 북의 달인
송대립이었다.

　"그대가 웬일인가?"

　"장군께서 잡혀가신 후 권 도원수를 찾아뵙고 모시기를 청했습
니다. 아, 어찌 이런 일이 있을 수 있습니까? 이것은 모두 저 간
사한 원 수사 때문입니다. 분하고 분합니다."

　송대립이 눈물을 뚝뚝 떨어뜨렸다.

　"다 내 탓이야."

　이순신은 짧은 대답으로 송대립 마음을 달래었다.

　"도원수 말씀은 무엇인가?"

　송대립이 손바닥으로 눈물을 훔쳤다. 따로 서찰을 보낸 것은
아닌 듯했다. 도원수가 무군지죄를 범한 죄인에게 전령을 보내거
나 서찰을 전하는 것은 위험천만한 일이다. 그래서 충성심이 남
다른 송대립을 택했으리라.

"도원수 말씀은 이렇습니다. '혹독한 고문을 당했다는 것을 잘 알고 있다. 급히 내려올 생각 말고 고향에 머물러 잠시 몸을 치료하도록 하라. 필요하다면 군사와 양식을 보낼 수도 있다. 재회를 손꼽아 기다리겠다.'"

"분에 넘치는 배려로구나. 도원수께 고마운 말씀 전하게. 늦어도 이달 말까지는 순천에 도착하겠다고 여쭙고. 알겠는가?"

"예, 장군!"

이순신은 아산에서 어머니를 기다리기로 마음을 굳혔다. 타향에서 상봉하기보다는 아산에서 뵙고 가족들에게 어머니를 부탁하고 떠나야 마음이 놓일 성싶었다.

이레가 물처럼 흘러갔다. 그동안 이순신 몸은 몰라보게 회복되었다. 이제는 날발 등에 업히지 않아도 방화산(芳華山)을 마음대로 오르내릴 정도였다. 열사흗날이 되었지만 어머니는 도착하지 않았다. 어머니를 실은 배가 초아흐렛날 안흥량(安興梁, 충남 서산군 근흥면)에 닿았다는 소식이 전해졌지만, 그래도 마음이 편치 않았다. 이틀 전에 꾼 악몽이 자꾸 마음에 걸렸다.

거대한 새가 방화산으로 날아들었다. 몸에는 황구(黃狗) 털이 나 있고 돼지 어금니가 이빨로 박혀 있었다. 눈을 똑바로 뜨고 새 얼굴을 살폈다. 이목구비가 참으로 인간과 비슷했다. 이마에는 불효(不孝)라고 적혀 있었고 입술 아래에는 부자(不慈)라는 붉은 글씨가 선명했다. 콧잔등에는 부도(不道)라고 적혀 있었다. 겨드랑이를 살피려는데 갑자기 그 새가 고개를 치켜들고 하늘로 날

아뢰었다. 그때 누군가가 등 뒤에서 속삭였다.

"불효조(不孝鳥)구먼!"

꿈에서 깨어서도 줄곧 그 새 이름이 마음에 걸렸다. 어머니를 기다리는 마당에 불효조가 날아든 것이 불쾌했다.

방문 밖에서 목소리가 났다.

"아버님. 소자 면이옵니다."

"들어오너라."

어느덧 셋째 아들 면도 스물한 살이 넘었다. 얼굴이 갸름하고 눈매가 날카로운 것이 아버지를 쏙 빼닮았다.

"밤새 평안하셨사옵니까?"

"오냐, 너는 요즘 무슨 서책을 읽느냐?"

"『사기』를 읽고 있사옵니다."

"그 책에 등장하는 수많은 인물들 중에서 누가 가장 마음에 드느냐?"

"오자서(伍子胥)이옵니다."

"오자서라! 그 이유가 무엇이냐?"

"오자서는 초나라 평왕(平王)이 자기 가문을 멸하자 일평생 복수를 꿈꾸며 살았사옵니다. 소자도 오자서처럼 한 번 세운 뜻을 죽는 순간까지 지키고 싶사옵니다."

"하나 오자서는 복수심에 눈이 멀어 인륜에 어긋나는 짓을 많이 저질렀느니라. 초 평왕 묘를 파헤쳐 그 시신을 300번이나 매질한 것은 참으로 지나친 행동이다. 그렇지 않으냐?"

면이 물러서지 않고 맞받아쳤다.

"어떤 일을 헤아리기 위해서는 그 일의 전후 사정을 따져야만 합니다. 오자서가 타국에서 흘린 피눈물에 비하면 그 정도 매질은 약과가 아닐는지요?"

이순신은 이글이글 불타는 아들 눈을 똑바로 들여다보았다.

"면아! 아비가 관직을 잃고 백의종군을 당한 것은 모두 이 아비 잘못이다. 그 누구도 원망해서는 아니 된다. 왕실과 조정에 딴 뜻을 품어서는 결코 아니 되느니라. 우리 가문이 멸문을 당한다 해도 왕실을 상대로 복수를 할 수는 없다. 내 말 명심하렷다."

"하오나 아버님, 승장(勝將)을 잡아 가두고 고문하여 죽이는 나라가 제대로 된 나라인지요?"

이순신이 호통을 쳤다.

"넌 『사기』의 참뜻을 모르고 있구나. 역사가 무엇이냐? 대의(大義)를 지키고 도(道)를 따르는 것이 역사이니라. 한 나라 장수된 자가 그걸 지키고 따르지 않는다면 어찌 역사에 맑은 이름을 남길 수 있겠느냐. 개개인이 맞는 사소한 죽음은 대의에 어긋날 수도 있겠지만 역사는 거짓을 담지 않는다. 알겠느냐?"

"……명심하겠사옵니다."

면은 마지못해 답한 후 자리에서 물러났다. 이순신 얼굴에는 근심이 가득했다. 면은 세 아들 중 장수 기질이 가장 넘쳤다. 키가 크고 기골이 장대할 뿐만 아니라 외가에서 배운 활솜씨가 보통이 넘었고, 장검을 휘두르는 실력은 이순신을 능가할 정도였다. 이순신은 면이 오자서와 같은 길을 가도록 허락할 수 없었다. 그 길은 참으로 고난과 아픔의 가시밭길이다.

'할머니를 닮아 면도 고집이 보통이 넘지. 시간을 내서 다독거려야겠어. 장수의 길은 나 하나로 족해.'

이순신은 채비를 차리고 길을 나섰다. 해암(蟹岩) 근처 바닷가에 숙소를 정하고 어머니를 기다릴 참이었다. 날발을 먼저 보내고 천천히 걸음을 옮겼다. 만류하는 손길을 뿌리치고 비릿한 바다 냄새가 불어오는 곳으로 점점 다가갔다.

멀리서 파도 소리가 들려왔다. 하늘을 빙빙 도는 갈매기 떼가 보였다. 이순신 표정이 밝아졌다. 무사히 안흥량에 도착했다고 하니, 어머니를 실은 배가 오늘내일 안에 해암으로 들어올 것이다. 어머니와 상봉할 것을 생각하자 마음이 한없이 따뜻해졌다.

'어머니!'

하늘을 향해 가슴을 활짝 폈다. 팔순 노모의 주름진 얼굴이 하늘을 온통 뒤덮었다. 야트막한 언덕을 넘으니 푸른 바다가 펼쳐졌다. 옹기종기 모인 섬들이 수면을 헤엄치는 물고기를 닮았고, 어선들이 그 섬 사이를 오가며 숨바꼭질을 했다.

이순신 얼굴에 미소가 피어올랐다. 아! 참으로 평화로운 풍경이었다. 바로 이런 풍경을 지키기 위해 장수가 되었다. 결코 헛된 나날이 아니었다. 그토록 끔찍한 전쟁도 황해만은 비켜 갔던 것이다.

문득 해안선이 굽어지는 남쪽 끝에서 한 사내가 질풍처럼 달려왔다. 날발이었다. 저렇게 있는 힘을 다해 뛰어오는 것을 보니 어머니를 실은 배가 도착한 것이 분명했다. 이순신은 크게 심호흡을 하고 점점 가까워지는 날발을 그윽이 쳐다보았다.

달려온 날발은 숨을 고를 새도 없이 그대로 모래사장에 이마를 박고 흐느끼기 시작했다. 미소를 머금었던 이순신 얼굴이 일그러졌다. 놀라움과 답답함으로 뒤범벅이 되었다.

"무슨 일이냐?"

차갑게 물었다.

"……대부인…… 마님께서……."

날발은 말을 맺지 못했다. 날카로운 비수가 이순신 가슴을 찔렀다.

"어머님이 왜?"

"지난 열하룻날…… 안흥량에서…… 돌아가셨다 하옵니다."

"……"

이순신은 두 주먹을 치켜들다가 고목이 쓰러지듯 뒤로 넘어갔다. 날발이 재빨리 달려들어 부축했다.

의식이 점점 희미해져 갔다. 눈앞에 검은 어둠이 비단처럼 펼쳐졌다. 어둠을 찢고 거대한 새 한 마리가 날아올랐다. 이틀 전 꿈에서 본 불효조였다. 파도가 바위를 때리는 소리와 흡사한 울음소리를 내지르며 곧장 북쪽으로 향하던 불효조가 갑자기 몸을 돌려 머리 위를 한 바퀴 비잉 돌았다.

그때 이순신은 똑똑히 보았다. 불효조 목덜미를 부여잡은 채 손을 흔들고 있는 늙은 여인 얼굴!

어머니였다.

# 十五, 동전록을 쓰고 환란 책임을 따지고

사월 십사일 아침.

정칠품 세자 시강원 설서(説書) 허균은 아침 일찍 입궐했다. 어둑새벽에 광해군으로부터 속히 오라는 전갈을 받았기 때문이다. 오늘은 경연이 열리는 날도 아니기에 늦잠을 푹 잔 후 스승인 이달, 한호와 어울려 술이라도 거나하게 마실 계획이었다. 예문관 검열과 춘추관 기사관으로 바쁜 나날을 보내느라 어울릴 틈이 없었던 것이다.

작년 동짓달, 선조는 허엽의 아들이자 허성과 허봉의 동생인 허균을 지목하여 임진년 이후 지금까지 있었던 전란을 기록하라는 어명을 내렸다. 춘추관 사료(史料)들을 뒤적거려 보니 부족한 점이 많았다. 지난 오 년 넘도록 조선 팔도에서 벌어진 수많은 전투들을 그 정황이며 의병과 관군 수, 조선에 들어온 명나라 장

207

수들 신상 명세까지 낱낱이 밝혀 적는다는 것은 보통 일이 아니었다. 허균은 우선 세간에 떠도는 소문과 이름 없는 선비들 기록까지 모조리 수집하여 편년체로 기록하는 데 힘을 쏟았다. 이제 다음 달이면 이 일도 일단락된다. 허균은 내심 책 제목을『동정록(東征錄)』으로 정해 두었다. 북서쪽으로 몽진했던 조정이 다시 동정(東征)하여 왜군을 몰아내는 것을 기본 틀로 삼았기 때문이다.

사료들을 정리하면서 임진년 전란 공과(功過)를 확실히 알 수 있었다. 전세를 반전시킨 일등 공신은 전라도를 지켜 낸 수군 통제사 이순신과 도원수 권율이다. 전라도가 무사했기에 북서쪽 장수들이 수시로 연통을 취할 수 있었고, 군량미와 병력을 지원받을 수 있었다. 전라도마저 적 수중으로 넘어갔다면 조정은 요동으로 물러나는 것 외에 별다른 대안이 없었을 것이다.

그 다음으로 공을 세운 이는 하삼도 의병이다. 의병들은 부산에서 평안도나 함경도로 가는 왜군 보급로를 차단하고 군량미와 의복을 빼앗았다. 추위와 배고픔에 시달린 왜병들은 사기가 크게 꺾였다. 곽재우, 조헌을 비롯한 대부분 의병장들이 남명 조식의 제자라는 점도 이채로웠다.

조정 대신 중에서 공이 큰 사람은 류성룡과 이덕형, 윤두수였다. 류성룡과 윤두수는 요동으로 건너가려는 선조 마음을 되돌렸을 뿐만 아니라 도체찰사로 직접 전투에 참가하였다. 이덕형은 목숨을 걸고 여러 차례 왜진을 넘나들었다. 분조를 이끌고 강원도와 하삼도에서 전쟁을 지휘한 세자 광해군 공도 컸다. 그 용기 있는 행동은 궁궐을 불 지르기까지 했던 민심을 다시 왕실로 되돌리는 데 큰 역할을 했다.

공이 높은 사람들이 있는 반면에 과오 또한 적지 않았다. 먼저 전쟁이 일어나지 않으리라고 예상했던 동인들 잘못을 지적해야 한다. 왜국을 미개한 오랑캐 나라로 치부하지 않고, 도요토미 히데요시가 품은 야망과 그 야망을 현실로 옮길 수 있었던 군사력을 바로 살폈더라면 단숨에 평양까지 밀리지는 않았을 것이다. 전쟁이 난 후 무엇보다 심각한 문제는 명나라와 왜국이 강화 회담을 벌이는 동안 조선이 철저하게 배제되었다는 것이었다. 류성룡과 이덕형, 이항복 등이 백방으로 뛰었지만 심유경과 고니시 유키나가 사이에 오간 밀담 내용을 알아내지 못했다.

이에 이르면 또한 조선 조정이 명나라에 대해 지나치게 의존하고 있음을 지적하지 않을 수 없었다. 전쟁에서 승리하기 위해서는 참전국들 이해득실을 면밀히 따져 적절히 대응하는 것이 필요한데, 조선 조정은 명나라를 천자의 나라라고 하여 무조건 신뢰했다. 오히려 명나라가 조선과 왜국이 힘을 합쳐 요동을 치지나 않을까 의심하고 두려워한 흔적이 원군 파병을 미루던 개전(開戰) 초기에 속속 드러났다.

허균은 이 전쟁에서 가장 큰 잘못을 범한 사람은 군왕인 선조라고 생각했다. 왜군이 처음 부산에 상륙했을 때 안일하게 쓰시마 정벌을 논한 것부터 시작해, 나라 땅을 버리고 내부(內附)하려 했던 일, 툭하면 대침(大侵, 큰 가뭄이나 홍수가 나서 오곡이 익지 않는 것)을 핑계로 양위를 거론해서 신하들 공론을 흐트러뜨린 일, 명군이 거둔 작은 승리는 일일이 챙기면서 하삼도 의병이 올린 큰 승첩은 철저히 외면한 일. 김덕령을 죽이고 곽재우를 옥에 가두려 하고 이순신을 고문한 일까지. 따지자면 과오가 끝이 없었다. 아무리 대신과 장수들이 큰 전공을 세워도 군왕이 중심을 바로 잡지 못한다면 승리는 요원하다.

"오랜만이구나."

광해군은 편전에 문안 인사를 다녀온 후 허균을 기다리고 있었다. 세자 시강원은 정일품 사전(師傅)에서 정칠품 설서에 이르기까지 스무 명 남짓 되는 관리들이 장차 이 나라 지존이 될 세자가 학문을 닦고 덕성을 기르도록 돕는 기관이다. 정칠품인 설서는 직접 세자를 가르치기보다 공부에 필요한 서책을 구하고 해제(解題)하는 일을 전담했기에 세자와 대면하는 일은 드물었다. 더구나 허균은 사초(史草)를 정리하고 편찬하는 일을 맡았기 때문에 홍문관이나 춘추관에 머무르는 시간이 더 많았다.

허균이 자리를 잡고 앉자 광해군이 먼저 입을 열었다.

"역사를 기록하는 일은 참으로 중요하다. 한 치도 흐트러짐이 없어야 할 것이야."

"명심하겠사옵니다. 세자 저하!"

광해군은 임진년 칠월 강소풍(強素風. 음력 칠월에 불어오는 동풍) 불던 강원도 이천에서 만났던 일을 잊지 않았다. 그때 허균은 도제천하(道濟天下)를 이야기했다. 도로써 만백성을 구제하기 위해서는 승패에 집착하지 말고 민심을 먼저 사핵(査覈. 실정을 자세히 조사함)하라는 주장이었다. 허균은 그때보다 얼굴에 살도 붙고 건강해 보였다. 세자 앞에서도 거침없이 자기주장을 폈기에 이 나라에 꼭 필요한 인물이 되겠거니 예상했지만, 이렇게 세자 시강원에서 다시 만날 줄은 몰랐다.

"장원 급제를 축하하기 위해 불렀느니라."

"망극하옵니다."

허균은 삼월에 있었던 문과 중시(重試)에서 장원 급제를 했다. 중시는 이미 과거에 급제한 젊은 신료들이 얼마나 학업에 매진하는가를 알아보기 위해 특별히 치르는 과거였다. 거기서 장원을 하였다는 것은 허균의 글 솜씨가 또래 신료들 중에서 으뜸이란 뜻이다.

"축하주 한 잔이 없어서야 쓰겠느냐? 여봐라! 주안상을 내오도록 하라."

세자가 세자 시강원 설서와 낮술을 마신다는 것은 듣도 보도 못한 일이다. 더구나 고니시와 가토가 이끄는 왜군이 북상을 시작한 때에 술상을 내오라는 것은 광해군답지 않았다. 허균은 잠자코 주안상이 들어오기를 기다렸다.

"기방 출입이 잦다고 들었는데 학문은 언제 닦았는가?"

광해군이 먼저 기선을 제압하고 나섰다. 허균에게 사행(四行, 선비의 네 가지 인품. 곧 돈후, 질박, 손양(遜讓), 절검(節儉))이 몹시 부족하다는 평판은 익히 들어 알고 있었다. 허균은 당황하지 않고 침착하게 답했다.

"스승님들께서 훌륭히 가르치신 덕분이옵니다."

광해군이 짐짓 너스레를 떨었다.

"허 설서 스승이 누군가?"

"서애 대감께 문(文)을 익혔고 손곡 이달로부터 시(詩)를 배웠
사옵니다."

"손곡은 어미가 기생이라지?"

"그러하옵니다."

광해군은 은밀히 사람을 풀어 신하들을 살펴 왔다. 분조에서
거느렸던 여러 대신 및 장수들 대소사를 치밀히 챙겼는데, 특히
전주와 홍주에서 만났던 하삼도 의병장들은 광해군에게 큰 힘이
되었다.

"왜적이 또다시 남해안에 상륙했다고 한다. 허 설서도 알고 있
겠지?"

"예, 저하!"

"전쟁이다. 강화 회담이 결렬되었을 때부터 예상은 했지만 이
제 다시 전면전을 벌여야 해. 허 설서!"

"예, 저하!"

"이 전쟁을 어떻게 생각하는가? 어느 편에 승산이 있다고 보
는가?"

"......"

광해군은 오랑캐인 왜가 동방예의지국인 조선을 결코 이길 수
없다는 명분론을 버린 지 오래였다. 전쟁은 힘으로 하는 것이다.
힘이 센 군대가 약한 군대를 짓밟고 승리하는 것이 전쟁이다.

"무엇하는 겐가? 아무 걱정 말고 솔직하게 말해 보아라."

광해군에게는 마음 놓고 전황을 논의할 사람이 필요했다. 류성
룡이나 이덕형은 매일 편전에서 선조 노여움을 다독거리느라 정

신이 없었다. 그때 생각난 이가 허균이었다. 허균은 강원도와 평안도에서 유리파천(流離播遷, 떠돌아다니면서 피난함)을 겪었기에 민심을 누구보다도 잘 알고 있으며, 세자 앞에서도 자기 생각을 떳떳하게 밝힐 배짱을 지녔다. 더구나 서애 류성룡 제자가 아닌가.

"저하! 임진년에 들불처럼 일어났던 하삼도 의병을 기억하시는지요?"

광해군이 고개를 끄덕였다.

"임진년에 조선이 승기를 잡은 것은 의병 역할이 컸사옵니다. 하온데 가토 기요마사가 대군을 이끌고 상륙한 지금 하삼도에서 의병이 일어났다는 소식을 접하셨는지요?"

"듣지 못했다."

"그게 무엇을 뜻하는지 생각해 보시옵소서."

잠시 침묵이 흘렀다. 광해군이 두 눈에서 빛을 발하기 시작했다. 먹이를 발견한 맹수와 같은 눈빛이다. 허균은 그 시선을 외면한 채 말을 이었다.

"산천도 그대로이옵고 백성도 그대로이옵니다. 임진년에 거병했던 의병장들도 하삼도에 그대로 머물고 있사옵니다. 한데 이제 의병장들은 군사를 일으키지 않사옵니다. 세자 저하! 그 까닭을 아시겠사옵니까? 민심이 돌아선 것이옵니다. 백성들이 아예 전쟁을 외면하옵니다. 나라가 어떻게 되든지 제 한 몸 안위만을 걱정하는 것이옵니다. 민심은 곧 천심이라 하였사옵니다. 천심이 돌아섰는데 조선이 어찌 전쟁에서 승리할 수 있겠사옵니까. 저하! 먼저 민심을 살피시옵소서. 백성들 아픔을 어루만져 주시옵소서."

광해군이 되물었다.

"승리할 수 없다? 조선이 패한다 이 말이렷다?"

허균이 방바닥에 닿을 만큼 머리를 조아렸다.

"허 설서! 그대 말에도 일리가 있다. 하면 왜 민심이 돌아선 것이냐?"

"상벌을 분명히하지 않아서이옵니다. 하삼도 의병장 중에서 전공에 합당한 상을 받은 자가 몇이나 되옵니까? 상은커녕 터무니없는 중벌이 내려졌사옵니다. 김덕령은 고문을 받다가 목숨을 잃었으며, 곽재우 역시 겨우 목숨을 부지했사옵니다. 의병장 최후가 이와 같은데 누가 나라를 위해 큰 뜻을 세우겠사옵니까. 그뿐만이 아니옵니다. 임진년에 자기가 맡은 고을을 버리고 산으로 도망친 수령들이 버젓이 원직으로 복귀하였사옵고 도리어 벼슬이 오른 자도 수십 명이옵니다. 저하! 백성들 눈과 귀를 속일 수는 없사옵니다. 공을 세운 자들에게는 합당한 상을, 죄를 지은 자들에게는 엄한 벌을 내리시옵소서. 그리하면 백성들은 마음을 돌려 나라를 위해 목숨을 바칠 것이옵니다. 통촉하시옵소서."

그 목소리가 부글부글 끓어오르면서 힘이 넘쳤다. 광해군이 눈을 부라리며 이야기를 시작했다.

"한 번 내린 결정을 바꿀 수는 없다. 이는 왕실 위엄과 직결되는 일이니라. 나라가 위태로울 때 백성이 목숨을 걸고 전쟁터로 나가는 것은 당연한 일이다. 어찌 그 일에 공과를 따지겠느냐. 도망친 관리들을 용서한 것도 다 그만한 이유가 있다. 그자들을 모조리 벌하고 나면 고을은 누가 다스린단 말이냐. 허 설서와 같은 불만을 가질 수는 있겠으나, 어찌 그게 이 나라 백성들 마음이리요. 지난번에 난을 일으킨 이몽학도 허 설서 그대와 똑같은 주장을 폈다. 하나 조정이 잘못을 범했다고 해서 백성들 죄가 사라지지는 않는다. 무릇 백성들 뜻은 수만 갈래로 나뉘게 마련이다. 민심이 곧 천심이라면, 그 수만 가지 뜻 중에서 어떤 것이 천심이겠느냐. 전쟁을 하려면 우선 왕실과 조정이 안정되어야 한다. 김덕령이나 곽재우는 왕실을 위협할 만큼 권세를 누렸으니 어찌 그자들에게 죄가 없다 하겠는가. 나 역시 김덕령을 죽인 것은 지나쳤다고 생각하지만, 의병들에게서 무기와 군량미를 빼앗고 관군에 편입한 것은 너무나도 당연한 일이다. 이 땅에는 사사로운 군대가 있을 수 없다. 김덕령이나 곽재우 명령만을 따르는 군대가 있어서는 결코 아니 된다. 오직 어명만이 조선 군대를 움직일 수 있다. 그것만이 조선이 강해지는 길이며, 힘을 갖는 길이며, 승리하는 길이다. 아니 그런가?"

광해군은 왕권 강화를 통해 산적한 현안을 해결하려는 것이다.

"저하! 한나라가 무너질 때 황건적이 일어났듯이, 수백 수천 도적떼가 방방곡곡을 휩쓸고 있사옵니다. 그자들은 이미 이 나라를 버렸사옵니다. 그들 마음을 헤아리시옵소서."

"도적떼는 도적떼일 뿐이다. 쳐서 멸하면 그만인 것이야."

허균은 입을 굳게 다물었다. 광해군은 강원도 이천에서와 조금도 달라진 것이 없었다. 왕권 강화를 위해서라도 민심을 살피는 것이 급선무라는 허균 주장과 흐트러진 민심을 붙잡기 위해서라도 왕권을 강화해야 한다는 광해군 주장은 평행선을 달렸다. 허균은 가슴 깊이 묻어 두었던 생각을 꺼냈다.

"저하! 어명도 틀릴 수 있사옵니다."

"그래?"

광해군 눈길이 매서워졌다.

"장수가 잘못된 명령을 내려 군사들을 잃으면 중벌을 받사옵니다."

"그래서?"

"왕권과 신권의 대결은 헛것이옵니다. 어디에 힘을 실어 주는가 하는 것보다 무엇이 옳은가를 살피시옵소서. 어명이라도 그릇된다면 고쳐야 하옵고, 촌무지렁이 이야기라도 옳다면 따라야 하옵니다."

"……어명과 촌로(村老)의 말을 함께 논할 수 있단 말인가?"

"그러하옵니다."

"내 의견보다 허 설서 주장이 옳을 수도 있고?"

"그러하옵니다."

"아바마마 뜻보다 이순신 생각이 타당할 수도 있다는 말이렷다?"

광해군 목청이 점점 더 높아졌다.

"……"

"대답해 보라. 허 설서 말을 따르자면, 아바마마 뜻보다 이순신이나 이몽학 주장이 옳을 수도 있는 게 아닌가?"

허균은 그제야 너무 많이 말했다는 생각이 들었다. 그러나 이미 날아간 화살이다.

"이몽학은 역적이옵고 이순신은 무군지죄를 범한 죄인이옵니다. 어찌 그들 생각과 주장이 옳을 수 있겠사옵니까?"

허균은 앞서 말한 자기 논리와 상반된 주장을 폈다. 사태를 수습하기 위해서는 어쩔 수 없었다. 광해군 역시 더 이상 언쟁을 원치 않는 듯 시선을 거두었다. 허균으로부터 하삼도 상황과 조정 분위기를 들었으니 애써 몰아세울 필요가 없었다. 오히려 오늘 일을 약점으로 잡아 더 많은 이야기를 들을 수 있으리라.

"허 설서! 이것만은 명심하라. 충신과 역적은 하루아침에 뒤바뀔 수 있으나, 군왕과 신하는 결코 자리바꿈을 할 수 없다. 지방 수령과 백성들도 서로 자리를 바꾸지 못하고, 조선과 왜의 관계도 마찬가지이다. 비교할 수 있는 것과 비교할 수 없는 것을 혼동하지 마라. 역사는 과거에서 미래로 흐르게 마련이며 인류는 위에서 아래로 베풀어지는 법이다. 이를 거부하면 그때부터 우리는 오랑캐가 된다. 왜국의 히데요시를 보아라. 비렁뱅이 무식꾼이 칼춤으로 한 나라를 집어삼키지 않았는가. 그래서 그들은 오랑캐일 수밖에 없다. 조선에서는 결코 그런 일이 일어나지 않을 것이다. 혁명을 꿈꾸는 자에게는 능지처참만이 기다릴 뿐이다. 알겠느냐?"

"명심하겠사옵니다. 세자 저하!"

"그만 됐다. 물러가도록 하라."

광해군이 서책을 펼치는 것과 동시에 허균은 자리에서 물러났다. 식은땀이 등허리를 타고 흘러내렸다. 너무 앞서 가지 말고 말조심을 하라는 허성의 충고가 떠올랐다.

그러나 오늘 대화가 헛된 것만은 아니다. 허균은 이제 광해군에 대한 미련을 완전히 버렸다. 광해군이 용상에 올라 아무리 개혁 정책을 편다고 해도 우물 안에서 일어나는 작은 파문일 뿐이다. 광해군은 선조보다도 더 엄하고 무서운 군왕, 왕실을 위해 백성들 목을 가차 없이 자르는 군왕이 될 것이다.

'아직은 때가 아니다. 그러나 전쟁이 조선 팔도를 휩쓸기 시작하면 백성들 무관심도 분노로 바뀌리라. 그때는 궁궐을 불태우는 것으로 끝내지 않고 그 궁궐 주인까지 죽이려 들 것이다.'

민심을 잃은 왕조는 오래가지 못한다. 전쟁이 터진 지 벌써 육 년이 흘렀다. 이 년만 더 이런 상황이 이어진다면 이 나라는 무너지고 말 것이다. 그렇다면 누가 그 뒤를 이을까?

'왜에게 금수강산을 넘길 수는 없다. 민심을 하나로 모아 왜를 몰아낸 다음 요순의 태평성대를 이 땅에 다시 펴야 한다. 백성 뜻에 따라 물 흐르듯 흘러가는 정치를 시작해야 한다. 광해군이 그 길을 가로막는다면 마땅히 베고 지나가야 하리. 어차피 죽이지 않으면 내가 죽을 것이다. 손에 피를 묻히지 않고서는 혁명을 이룰 수 없다. 이 나라 조선도 왕씨 피를 제물로 나라 기틀을 다졌다. 그렇다면 다가오는 혁명에서 누구 피를 제물로 쓸 것인가는 명확하지 않은가.

때가 점점 다가오고 있다. 그때까진 죽은 듯이 기다려야 하리. 더 이상 조정에서 말장난을 하지 말자. 차라리 후일을 함께 도모할 인재를 찾아서 변방을 둘러보는 편이 낫다. 조정에 불만이 큰 장수들을 찾아야 한다.'

그렇다면 누가 있을까. 백의종군을 당한 이순신과 늘 감시당하는 의병장 곽재우라면 함께 대의를 도모할 법했다. 이순신 휘하 장수들도 만나 볼 필요가 있었다. 권준, 이순신(李純信), 배흥립, 신호, 이영남, 김완 등은 하나같이 뛰어난 장수들이다. 이순신을 구심점으로 모인다면 더할 나위 없이 좋은 일이지만, 이순신 본인은 그토록 지독하게 고문을 당했으니 회생하더라도 다시 장졸을 통솔하지는 못할 듯싶었다.

'하나 삼도 수군이 거둔 불패 신화는 아직도 백성들 사이에 회자(膾炙)되고 있으니까……. 이순신이 대의에 동참하는 것만으로도 큰 힘이 되리라.

이 장군! 내내 건강하시오. 그대 원통함을 풀기 위해 나 허균이 곧 가리다.'

또다시 피비린내가 도성을 휘감았다. 조정이 이번에도 몽진을 떠나리라는 소문이 돌았고, 지난밤에는 천 년 묵은 은행나무가 벼락을 맞았다. 짐을 꾸려 피난을 나서는 백성이 눈에 띄게 늘었다. 인육을 먹는 도적 떼가 하삼도에서 청주를 거쳐 한양으로 올라오고 있다는 풍문과 함께 한양은 점점 죽음의 도시로 변해 갔다.

"사랑 사랑 사랑 내 사랑이야!"

술에 전 노랫가락이 어둠을 타고 멀리멀리 퍼졌다. 흥겨운 사랑가 첫 대목이다. 한 사내가 두 손을 쳐들고 노래를 뽑으면 다른 사내는 몸을 비틀며 덩실덩실 어깨춤을 추었다. 장옷으로 머리와 얼굴을 가린 여인이 두어 걸음 뒤에서 미소를 지으며 따랐다. 전운(戰雲)이 감도는 도성 분위기와는 전혀 다른 풍광이었다.

두 사람은 허리에 찬 술병을 주고받으며 막힘없이 노래를 이어 불렀다. 아무리 고래고래 고함을 질러도 대문 밖으로 나오는 사람은 없었다. 노래를 뽑던 사내가 다른 사내 어깨를 툭 쳤다.

"시인! 소피가 마렵소이다."

"천하 명필이 옷에다 실례를 할 수는 없는 일! 잠시 저 참나무를 빌리도록 합시다."

두 사람은 어깨동무를 하고 길 옆 아름드리 참나무 아래로 갔다. 찌징찌징 노랑할미새가 울었다. 시인은 바지춤을 내리려다가 고개를 돌려 뒤따라오던 여인을 불렀다.

"청향아! 저 모퉁이만 돌면 교산(蛟山) 집이다. 우린 급히 의논할 일이 있으니 먼저 가려무나."

"예. 천천히 일들 보시고 오시어요."

청향은 전혀 당황하는 기색도 없이 두 사내 엉덩이를 향해 고개를 숙이고 돌아섰다. 명필이 먼저 광대나물 붉은 꽃 위로 오줌을 내갈기며 탄복했다.

"살 냄새가 여기까지 나는구먼. 교산은 좋겠어."

시인이 맞장구를 쳤다.

"올해 스물이니 영글 대로 영글었겠지. 하나 저 아인 아직 교산과 몸을 섞지 않았다네."

명필이 웃음을 터뜨렸다.

"허허허허. 농담 말게. 교산이 저 아이를 만난 지 햇수로 오 년이야. 오 년 동안 술만 따랐단 말인가? 천하 난봉꾼 교산을 무시해도 유분수지. 지나가는 개가 웃겠네."

시인도 슬슬슬 따라 웃었다.

"교산이 계집 후리는 솜씨가 탁월하긴 해도 저 아이를 품지 못한 것은 사실이네. 손목도 제대로 쥐지 못했을걸."

"믿지 못하겠네."

"그만큼 교산이 저 아이를 사랑하는 게야."

"사랑? 허허허허. 중시에 장원한 촉망받는 사대부가 노류장화를 사랑한다. 이 말인가? 자넨 사랑을 믿나?"

"저 아이도 오 년 동안 머리를 올리지 않았다네. 보통 인연은 아닌 듯하이."

명필이 바지춤을 올린 후 주먹으로 이마를 가볍게 톡톡 쳤다.

"아무래도 전쟁이 교산을 망쳐 놓은 것 같아."

시인이 가늘어지는 오줌 줄기를 바라보며 고개를 갸우뚱했다.

"그럴까? 오히려 전쟁이 교산에게 삶의 비의(秘義)를 가르쳤는지도 모르지. 임진년 이전에는 박식함과 글재주만 믿고 날뛰었었네. 이백 흉내나 내며 흥뚱항뚱 세월을 죽이지 않았는가. 하나 지금은 많이 진지해졌다네. 앞뒤가 딱딱 들어맞는 박학 대신 뭔가 자꾸 미끄러지고 어긋나는 현실에 눈을 뜬 걸세. 교산은 자네와 나처럼 한뉘 방랑하지는 않을 듯하이."

"우리가 어때서? 멋진 삶이 아니었나? 자네 설마 후회하는 건 아닐 테지?"

"후회는 무슨……. 하나 교산이 걱정되는구먼. 저렇게 파고들다가는 미쳐 버리든가 큰일을 저지를 걸세."

"큰일이라……. 자네도 그걸 염려하고 있었구먼."

"그럼, 자네도?"

"교산은 하곡(荷谷)을 빼닮았네. 하곡이 율곡을 탄핵했을 때는 정말 대단했지. 하나 지나치게 곧으면 부러지게 마련이야."

시인이 표정을 바꾸고 진지하게 속삭였다.

"그래서 저 아이를 교산에게 주려는 걸세. 저 아이라면 교산 마음을 붙들 수 있지 않겠는가?"

명필이 손에 묻은 흙고물을 털며 고개를 설레설레 저었다.

"계집한테 빠지면 나라도 팔아먹는다고 하지만 그게 꼭 그렇기만 할까? 내 생각엔 저 아이가 교산을 더욱 곧게 만들 수도 있다고 보네만."

"운명에 맡기도록 하세. 어쨌든 희뜩머룩이(실없이 희떠운 짓을 하여 돈이나 물건을 주책없이 써 버리는 사람) 교산을 홀로 두고 떠날 수는 없는 일이 아니겠는가? 도와주게."

"세상에 공짜가 어디 있나? 부탁을 들어줄 테니 자네도 내 청 하나 들어주게."

"말해 봐. 뭔가?"

"자네가 가진 『성당십이가(盛唐十二家)』를 빌려 주게. 내 깨끗이 베껴 쓰고 돌려줌세."

시인이 웃었다.

"아무리 그래도 자넨 날 따라올 수 없어. 하나 모처럼 자네 부탁이니 들어줌세. 대신 오늘 잘해야 하네."

"염려 붙들어 매게나."

두 사람은 거나하게 취한 상대방 얼굴을 손가락질하며 모퉁이를 돌았다. 막다른 골목에 아담한 기와집이 있었다. 장옷을 벗은 청향과 교산 허균이 대문 앞에 나란히 서서 두 사람을 기다리고 있었다.

"어서 오십시오. 그러지 않아도 오늘밤에 찾아뵈려고 하였습니다. 주안상을 봐 두었으니 별채로 가시지요. 마침 어머님과 설경이가 형님 댁에 가셔서 집이 비었답니다. 마음 놓고 대취하셔도 좋습니다."

허균이 앞장서고 세 사람이 뒤를 따랐다. 맑은 우물과 깨끗한 정자를 품은 뒤뜰 깊숙한 곳에 별채가 자리 잡고 있었다. 아무리 노래를 불러도 소리가 담 밖으로 새어나가지 않을 듯했다. 손곡 이달이 상석을 차지하고 석봉 한호와 허균이 좌우로 마주보며 앉았다. 이달 맞은편에 앉은 청향이 부산하게 술을 따랐다. 한호가 먼저 입을 열었다.

"쓰고 있다던 서책은 어떠한가?"

허균이 술잔을 내려놓으며 시원시원하게 답했다.

"재주가 짧아 죽을 지경입니다. 무엇보다 왜군이 평양에서 부산까지 후퇴한 대목을 쓰기가 힘이 듭니다. 아시다시피 왜군은 패퇴한 것이 아니라 자진해서 병력을 되돌렸지요. 극심한 추위와 굶주림, 돌림병 등을 이유로 들 수도 있겠으나, 그 사실만으로는 납득이 가지 않습니다. 명나라와 밀약을 한 것 같은데 그게 무엇인지 알 수가 없습니다. 한마디로 오리무중이지요."

이달이 입맛을 다셨다.

"확실한 건 이번에는 결코 스스로 군사를 물리지 않으리라는 거야. 한 번 속지 두 번 속겠는가? 황폐해진 국토와 처참하게 죽어 간 백성들 모습을 낱낱이 그려 넣어야 할 걸세."

"전하와 사서(史書) 편찬 총책임자인 해평 부원군 윤근수 대감은 명나라 장졸의 활약상을 부각시켜 사초를 정리하라고 하십니다. 평양에서 있었던 무자비한 학살, 하삼도 조선군이 왜군을 공격할 때 의도적으로 방해한 일 따위는 절대로 넣어서는 안 된다 하셨지요."

한호 목소리가 커졌다.

"눈 가리고 아웅 하는 짓이지. 그런다고 이미 저질러진 일들이 사라질까?"

"이 나라 왕실과 조정은 어차피 대의명분을 잃었습니다. 상실한 명분을 천자의 나라에 기대어 회복하겠다는 생각이지요. 명군 활약이 빛날수록 조선 조정이 저지른 과오는 묻히는 법이니까요. 조정은 아직도 깨닫지 못하고 있습니다. 백성들은 더 이상 천자의 나라도 대의명분도 믿지 않는다는 것을. 명군이든 왜군이든 조선 산하와 민초들을 짓밟기는 마찬가지인 줄 이미 알고 있다는 것을……."

분위기가 어두워졌다. 이달은 울분에 찬 허균 얼굴에서 하곡 허봉의 그림자를 읽어 냈다.

"자네 혼자 세상을 바꾸겠다고 덤비진 말게. 글을 쓸 땐 더더군다나 조심해야 하네. 자네 글이 비수가 되어 심장을 찌를 수도 있어. 세자 시강원 설서답게 말을 아끼며 글을 다듬도록 해. 알겠는가?"

한호가 이달을 거들었다.

"벼슬이 올라가면 권력도 커지는 법. 서애 대감을 보게. 사 년이 넘도록 이 나라 모든 일을 관장하고 있지 않은가. 혁명을 하기보단 영의정이 되게. 오히려 그쪽이 안전하고 쉽게 도달할 수 있는 길이야. 혁명은 위험해. 자네가 능지처참을 당하는 것은 어쩔 수 없다 하더라도 가족을 생각하게나. 자네 큰형 허성과 자네 딸 설경까지 죽음을 면치 못할 걸세. 그래도 좋은가? 그만큼 자네 신념이 확고한가? ……허허허허. 나는 아닐세. 나는 차라리 중심을 부수기보다 외곽을 떠돌겠네. 중심을 부수면 또 다른 중심이 생겨나는 법이지. 자네가 혁명에 성공하면 허균 자네가 중심이 되는 거야."

허균은 잠자코 두 사람 충고를 들었다. 어쩌면 두 사람은 허균보다도 더 이 나라 왕실과 조정에 실망하고 분노하는지도 몰랐다. 그들은 식인(食人)을 몸소 겪으며 열병에 들떠 죽어 가는 민초들을 직접 살피지 않았던가. 허균이 주먹을 굳게 쥐며 세상을 바꿔야 한다고 주장할 때마다, 두 사람은 그 마음을 헤아리고 고개를 끄덕였다. 그러나 그뿐이었다. 힘으로 이 나라를 무너뜨리는 혁명의 길에는 동참하지 않았다. 허균은 그런 태도가 비겁함이 아니냐고 물었다. 이달은 조용히 웃기만 했고 한호는 성급하게 끝장을 보려는 것이 바로 비겁함이라며 화살을 되돌렸다.

"다시 전쟁이옵니다. 하늘이 주신 기회가 아닐는지요?"

이달이 대답했다.

"뜻이 옳다면 태평성대에도 혁명을 이룰 수 있고, 뜻이 그르다면 아무리 세상이 어지러워도 왕조를 무너뜨리지 못하는 법이네. 내가 보기에 자넨 아직 세상을 몰라. 뜻을 세울 만큼 도(道)를 깨치지도 못했어. 조정에서 좀 더 많은 것을 배우도록 하게. 정치가 무엇인지. 대의가 무엇인지를 깨달을 날이 올 거야. 그때 다시 세상을 바꾸는 것을 진지하게 생각하게나. 지금은 혁명할 때가 찾아온다고 해도 그냥 흘려보내도록 해. 아직 자넨 아무 준비도 못했네. 그렇지 않은가?"

한호가 사람 좋게 웃었다.

"허허허허. 그 이야긴 그만하지. 공자 왈 맹자 왈로 이별 술자리를 더럽힐 수야 있는가?"

"이별 술자리라뇨?"

술잔을 기울이다 말고. 허균은 두 눈이 커졌다.

"뭘 그렇게 놀라는가? 전쟁이 다시 시작되었으므로 손곡과 나는 피난을 떠나기로 했다네. 우린 원래 비겁한 족속이니까."

이달이 맞장구를 쳤다.

"비겁한 족속이라……, 오랜만에 멋진 말을 했군. 그래. 그렇지. 잔재주로 사는 예인(藝人)은 원래 비겁한 족속이야. 세상이 두렵고 삶이 두렵고 죽음이 두려운 족속이지. 그 두려움을 숨기기 위해 시를 짓고 글씨를 쓰는 게야. 자기 위안이 없다면 당장에 목숨을 끊을지도 모르지. 나도 한때는 이몽학을 도와 용기를 내려 했지만 헛되고 헛되었다네. 교산! 언젠가 자넨 비겁함을 가장 싫어한다고 했지? 그렇다면 우리처럼 예인이 되어서는 안 돼. 자넨 조정에서 훌륭하고 큰 정치를 하게."

청향은 고개를 숙이고 다소곳이 있었다. 이달로부터 언질을 받아서인지 이별을 언급해도 놀라는 기색이 아니다. 허균은 울상이 되어 두 사람을 만류했다.

"아니 됩니다. 두 분을 아버님처럼, 형님처럼 믿고 의지하며 지냈는데 이렇게 훌쩍 떠나시다니요? 가시려거든 소생도 함께 데려가십시오. 이젠 다시 두 분과 떨어져 지내기 싫습니다. 힘을 주십시오. 늘 소생 곁에 계시면서 채찍질해 주시고, 소생이 바로 설 수 있도록 도와주십시오."

한호가 웃음으로 받아넘겼다.

"허허허! 혁명을 하겠다는 사람이 어리광을 부려서야 쓰나. 중시에 장원까지 하였고 한 나라 사초를 살피는 자네야. 이제 곧 서른이니 누가 있다고 좋아하고 누가 없다고 슬퍼할 나이가 아니지. 이제 손곡과 난 자네에게 거추장스러울 뿐이야. 오늘도 보게. 사사건건 자네에게 시비만 걸고 있지 않은가? 세상을 바꾸고 싶다면 스승 그림자를 따를 것이 아니라 자네 스스로 모든 것을 보고 듣고 느끼고 결정해야 하는 걸세."

이달이 술잔을 비우며 물기가 배어 나오는 음성으로 말했다.

"우린 늙고 지쳤네. 얼마 남지 않은 생, 팔도 유람이나 하며 마감하고 싶으이. 한양은 답답해. 이젠 그 답답함을 배겨 낼 힘도 없다네. 허허롭게 한뉘 보내고 싶어. 알겠는가?"

"스승님!"

허균이 자세를 고쳐 무릎을 꿇었다.

"올해까지라도 소생에게 가르침을 주십시오. 부족한 시문들을 청감(淸鑑, 자기 시문, 서화 등을 지체 높은 사람 앞에 보일 때 상대방을 존대하여 일컬음)하여 주십시오."

이달은 그 간절한 눈빛을 외면했다.

"서산 대사가 그랬다네. 마음이 가는 대로 움직이라고. 그러면 큰 잘못은 저지르지 않는다고 말일세. 참으로 옳은 말이야. 아니 그런가?"

한호가 말없이 고개를 끄덕였다. 이달은 남아 있는 술잔을 비우고 천천히 자리에서 일어났다. 한호 역시 마지막 잔을 거두고 몸을 일으켰다.

"스승님!"

허균이 무릎걸음으로 다가가서 두 사람 팔을 붙들었다. 이달이 허리를 숙여 허균을 일으켜 세웠다. 그러곤 그때까지도 자세를 흐트러뜨리지 않고 시선을 내리깐 채 앉아 있던 청향을 눈짓으로 가리켰다.

"교산! 내 저 아이에게 자네 망처(亡妻) 김 씨에 대해 이야기했다네. 정삼품 숙부인 직첩을 받기 전에는 편히 눈을 감지 못하리라는 것도 알려 줬어. 저 아이는 잠시 고집을 꺾고 세월을 기다리기로 나와 약조했네. 그러니 이제 저 아이를 거두게. 시를 가르쳐 보니 지난날 난설헌을 연상시킬 만큼 재주가 뛰어나네. 경우 바르고 신중하며 매사에 맺고 끊음이 분명하니 자네에게 큰 도움이 될 거야. 부디 저 아이 몸이 아니라 저 아이 마음을 아껴 주게. 부탁하이. 석봉! 가세. 묘향산에 오른 지도 참으로 오래되었군."

이달과 한호는 대문 밖까지 따라 나와 만류하는 허균 손길을 뿌리쳤다. 이미 오래전부터 정한 길이다. 허균은 참을 수 없는 허탈감에 빠져들었다. 한양에는 아직 허성과 류성룡이 있지만, 마음을 탁 터놓고 이야기를 나눌 상대는 이달과 한호뿐이었다. 허봉과 허난설헌이 죽은 후, 허균은 이달과 한호에게서 피붙이의 정을 느꼈다. 어머니와 딸 설경을 거두어야 하는 책임, 예술에 대한 열망, 시대에 대한 불만, 분노, 슬픔, 좌절을 모두 두 사람에게 토로했고 그들은 넉넉하게 그 투정을 받아 주었다. 두 사람과 함께라면 지옥도 두렵지 않았다. 그런데 그들은 자진해서 허균 곁을 떠났다. 아무런 정도 없었다는 듯이, 만난 적도 없었다는 듯이.

별채로 돌아왔다. 두 사람이 앉았던 자리가 덩그러니 남아 있었다. 청향은 문 앞에 서서 두 손을 모은 채 기다리고 있었다. 허균은 설렁설렁 안으로 들어가 연거푸 술을 마셔 댔다. 청향이 그 손에서 술병을 빼앗았다.

"천천히 드시어요."

허균이 다시 청향 손에서 술병을 앗아 들었다.

"나는 지금 눈이 뽑히고 귀가 잘렸느니라. 술이 아니면 어찌 이 고통에서 벗어나겠느냐."

청향이 술잔을 내밀었다.

"하면 소녀에게도 한 잔 주시어요. 손곡 선생과 석봉 선생은 소녀에게도 아버지와 같은 분들이시니까요."

그제야 허균은 청향 얼굴을 보았다. 흘러내린 눈물로 양 볼이 온통 얼룩져 있었다. 세 사람 대화가 이어지는 동안, 시선을 내리깐 채 소리 죽여 울고 있었던 것이다.

"청……향!"

허균은 술병을 내려놓았다.

"소녀가 이곳까지 온 것은 두 분이 간절히 부탁하셨기 때문이어요. 나리가 돌아가신 부인께 숙부인 직첩을 올리든 말든, 그건 소녀와 상관없어요. 나리가 소녀를 아내로 받아들이기 전에는 결코 몸과 마음을 허락하지 않겠다는 생각엔 변함이 없어요. 하지만 두 분은 나리가 홀로 계시는 것을, 독단과 아집이 눈덩이처럼 커지는 것을 안타까워하셨어요. 그래서 소녀에게 나리 버팀목이 되어 달라 부탁하셨지요."

"……"

"물론 소녀는 죽은 사람을 대신하고 싶지 않아요. 큰일을 하려면 마음이 평안해야 하는데 나리께선 언제나 망나니처럼 날뛰셨지요. 추억과 회한으로 스스로를 탓하고 학대하셨지요. 이제 소녀는 나리 방종을 두고만 보지 않겠어요. 나리께서 큰 뜻을 이루실 때까지 함께 있겠어요."

허균이 천천히 술병을 들어 청향 잔을 채웠다. 청향은 고개를 오른쪽으로 돌려 단숨에 술잔을 비웠다. 이번에는 청향이 허균 잔에 술을 따랐다. 허균이 술잔을 내려놓고 가만히 청향 손을 잡아끌었다.

"나는 네게 행복을 약속할 수 없구나. 부유함도 명예도 줄 수 없을 것이야."

"그깟 것들, 보기에 좋은 노리개일 뿐이지요. 소녀는 한결같은 나리 마음을 원할 뿐이에요."

허균이 주안상을 옆으로 밀고 성큼 다가앉았다. 청향은 눈을 깜박이며 그 움직임을 하나도 놓치지 않았다.

"십중팔구 너는 불행해질 게야. 나 때문에 모진 고문을 받을 수도 있고 목숨을 잃을 수도 있다. 그래도 좋으냐?"

"나리 뜻이 곧 소녀 뜻이니 어찌 그것을 불행이라 하겠어요. 소녀가 고문 받으면 나리 역시 소녀 곁에서 고문 받을 것이요, 소녀가 목숨을 잃게 되면 나리 곁에 묻힐 것이 아니겠어요? 나리가 세상을 버린다면 소녀 혼자 살아서 무엇 하겠어요. 아황(娥皇)과 여영(女英)처럼 소녀도 나리 뒤를 따를 뿐이랍니다."

"청향!"

허균은 청향을 끌어안았다. 품 안에 쏙 들어오는 작고 아담한 몸이다. 청향은 두 손으로 허균 등을 감쌌다. 뭇 사내 손길을 오 년이 넘도록 뿌리치면서, 참을 수 없는 수치도 맛보았고 목숨을 끊고 싶을 때도 있었다. 기생 따위가 어쩌고 하는 매몰찬 험담에 눈이 멀고 심장이 터져 버릴 때도 있었다. 다시 이 세상에 태어난다면 기생이 되지 않겠노라고 다짐하고 또 다짐하면서 보낸 나달이었다. 그래도 꿋꿋하게 몸과 마음을 지킬 수 있었던 것은 손곡 이달의 한결같은 보살핌과 허균의 따뜻한 눈길이 있었기 때문이다.

청향은 허균을 처음 만난 순간부터 하늘이 정해 준 배필이라 여겼다. 그러나 사랑이란 세월과 함께 병들고 시드는 법. 청향은 이 만남이 한순간 기쁨으로 전락하는 것을 원치 않았다.

허균이 망설이는 건 당연하다. 허균에게는 가문 위신을 무엇보다 중히 여기는 홀어머니와 형이 있었다. 그 속박에서 벗어나기란 말처럼 쉬운 일이 아니다. 허균은 머뭇거림을 숨기거나 속이지 않았고 솔직하게 아직 마음을 정하지 못했노라고 고백하였다. 때로는 그 눈에서 강한 욕정을 발견하기도 했지만 청향은 철저하게 그 불길을 외면했다.

아직 청향의 바람을 허균이 완전히 들어준 것은 아니다. 그러나 벌써 오 년이 흘렀다. 더 이상 고집을 부리다가는 허균을 영영 잃을 수도 있다. 손곡 이달과 석봉 한호가 한양을 떠나고 나면 허균은 더 이상 기방을 찾지 않을 것이다. 함께 술잔을 기울일 말벗이 없는데 기방을 드나들 마음이 생기겠는가.

"청향!"

허균이 그 이름을 입 안 가득 채우며 저고리 고름을 잡아 쥐었다. 두 사람 시선이 마주쳤다. 청향은 옅은 미소와 함께 고개를 끄덕였다.

'나리! 이제 소녀는 나리와 한 마음 한 몸이 되어요. 탕(湯) 임금의 아내 유신(有莘)이나 주(周)나라 선왕(宣王)의 아내 강후(姜后)처럼 어질고 현명한 아내가 될게요. 나리 마음에 꼭 드는 여자가 될게요.'

허균은 저고리를 벗긴 후 양 볼을 두 손으로 어루었다. 앵혈(鶯血)처럼 붉은 입술이 눈에 들어왔다. 얼마나 저 입술에 입 맞추고 싶었던가. 청향의 몸이 눈사태를 만난 된비알(몹시 험한 비탈)처럼 앞으로 쏠렸다. 그 봉긋한 가슴에 얼굴을 묻었다. 향긋한 살 냄새가 코를 찔렀다.

"청향!"

허균은 더 이상 참지 못하고 청향 입술을 거칠게 빨았다. 앵무새 혀처럼 작고 날렵한 혀가 입 속으로 들어왔다. 눈을 꼭 감은 청향은 모든 것을 맡겼다. 얼음장처럼 차갑고 단정했던 몸이 벼락 맞은 참나무처럼 뜨겁게 넘실거렸다. 허리를 돌려 허균은 청향을 뉘었다. 그리고 정신없이 옷을 풀어 헤쳤다. 청향은 양손을 활짝 벌린 채 허리와 엉덩이를 들어 올려 허균을 도왔다.

이윽고 두 사람은 알몸이 되었다. 요를 깔지 않은 방바닥은 차고 딱딱했다. 그러나 청향은 이부자리를 원하지 않았다. 허균과 한 몸이 될 수만 있다면 청소옥녀(靑霄玉女. 서리나 눈을 관장하는 신. 즉 서리의 별칭.)가 앉은 바위면 어떻고 얼음이 꽁꽁 언 강둑이면 또 어떠랴. 허균의 거친 숨소리가 심장을 활활 타오르게 했고 허균의 손끝이 닿을 때마다 몸은 꽃보라로 흩날렸다. 허균이 구름이라면 청향은 소낙비였고 허균이 하늘이라면 청향은 옥토였다. 드디어 천둥 번개와 함께 허균이 몸속으로 들어왔다. 청향은 고개를 젖히고 밀려오는 파도를 기다렸다. 집채만큼 부풀어 오른 파도가 해일이 되어 덮쳤다. 그때 청향은 가슴 깊이 묻어 두었던, 그러나 밤마다 독백처럼 되뇌었던 말을 태어나서 처음으로 내뱉었다.

"사……랑해요!"

# 十七. 통제사 원균, 수군 장악에 나서다

사월 이십오일 아침.

삼도 수군 통제사 원균은 조선 수군을 한산도로 집결시켰다. 부산으로 진격하기 위해서였다. 울산 근해에 있는 경상 좌수사 이운룡은 왜 선단에 뱃길이 막혀 합류하지 못했지만, 전라 우수사 이억기, 경상 우수사 배설(裵楔), 충청 수사 최호(崔湖)가 이끄는 군선이 속속 통제영으로 모여들었다. 한산도는 짙은 전운에 휩싸였다.

아침 식사를 마친 원균은 흙바람벽에 걸린 경상도 해도(海圖)를 노려보았다. 충청 병사로 쫓겨 가면서부터 하루도 거르지 않고 저 지도를 살폈다. 시선이 한산도를 출발하여 거제도를 지나 가덕도를 스치고 부산에 닿았다. 씹어 삼켜도 시원치 않을, 자신에게 처음으로 패배의 치욕을 안긴 왜 수군이 거기 있었다. 장검

237

을 뽑아 들고 천천히 숨을 들이마셨다.

"얍!"

비호처럼 칼끝을 날렸다. 칼날이 해도에 닿기 직전 장검은 바위처럼 멈춰 섰다. 칼과 지도 사이는 새끼손가락이 겨우 들어갈 정도밖에 간격이 남아 있지 않았다.

"이……순신!"

원균 입에서 난데없이 이순신이라는 이름이 흘러나왔다. 사흘 전, 무군지죄를 범하고도 참형을 면한 이순신이 도원수 권율 막하에서 백의종군 하게 되었다는 소식이 전해졌다. 통제영 장졸들은 너나 할 것 없이 서로 부둥켜안고 기뻐했다. 눈물까지 쏟는 자들도 있었다.

원균 역시 이순신이 목숨을 건진 것을 다행이라 여겼다. 아무리 전공을 다툰 장수라지만 죽일 필요까진 없는 것이다. 왕실 위엄을 가르친 다음 평안도나 함경도로 백의종군시키기를 원했고, 판중추부사 윤두수 대감에게도 은밀히 서찰을 보내 그런 뜻을 비추었다.

그러나 이순신은 원균 바람과 달리 권율 막하로 내려오게 되었고, 원균은 그 점이 마음에 걸렸다. 지금 권율은 전라도 순천에 머무르고 있다. 순천에서 한산도는 엎어지면 코 닿을 거리다. 이순신이 순천까지 내려온다면 수군들이 다시 동요하기 시작할 것이다. 그렇지 않아도 통제영에는 원균이 이순신을 모함했다는 뒷말이 좀처럼 자지 않았다.

또 하나 걱정되는 것은 이순신이 권율과 담합하여 음모를 꾸미지 않을까 하는 점이었다. 무군지죄를 범한 장수는 이순신만이 아니다. 권율 또한 계사년(1593년)에 행주대첩을 거둔 이후 지금까지 제대로 왜군과 맞선 적이 없다. 아는 사람은 다 아는 일로, 지난 사 년 동안 권율과 이순신은 은밀히 서찰을 주고받으며 부산을 치라는 어명을 어겨 온 것이다. 이순신이 또다시 권율 막하로 가서 손을 잡는다면 부산을 치기 위해 육군을 움직이는 일은 더욱 어려워질 터였다. 그렇지 않아도 권율은 안골포와 가덕도 방향으로 육군을 움직이라는 원균 요청을 번번이 거절하지 않았던가. 두 사람은 그동안 자신들이 견지해 온 전략이 옳았음을 입증하기 위해서라도 부산 진격을 거부할 것이다.

'도체찰사가 이원익에서 오음 대감으로, 도원수가 권율에서 대장군 이일로 바뀌기만 한다면 얼마나 좋을까. 이일과 수륙 합공으로 부산을 친다면 함경도 육진에서 야인들을 혼냈듯이 멋진 승리를 거둘 수 있을 텐데.'

"대감! 무옥이옵니다."

"드시게."

원균은 장검을 놓고 자리에 앉았다. 무옥이 꿀물을 받쳐 들고 들어섰다. 여진의 춤추는 보석. 함경도에서 한양을 거쳐 남해 바다로 내려오고, 다시 충청도 전라도를 오가는 동안 무옥은 늘 그림자처럼 원균 곁에 머물렀다. 원균이 청주에서 토굴 생활을 할 동안 무옥은 성문 앞에 작은 초가집을 얻어 아침저녁으로 밥을 지어 날랐다. 밟아 온 세월만큼 이제 무옥 눈가에도 주름이 자글자글했다.

둘 사이에는 자식이 없었다. 무옥이 고향에서 가져온 약으로 아기가 들어서는 것을 막는 눈치였다. 원균은 아이를 꼭 가지고 싶다며 윽박지르기도 하고 타이르기도 했다. 그때마다 무옥은 눈을 크게 뜨고 고개를 저었다.

"대감께 누가 될까 두려워요. 야인 계집 소생이 제대로 사람 구실을 할 리도 만무하고, 무엇보다 소첩에겐 대감뿐입니다. 다른 것은 필요치 않아요."

"하나 너무 적적하지 않소? 혹시 내가 잘못되면 임자가 의지할 데가 있어야 하지 않겠소?"

이 말은 진심이었다. 장수는 언제 어디서 목숨을 잃을지 모른다. 지금은 왜군과 전면전을 벌이고 있는 상황이 아닌가. 그러나 무옥은 그 바람을 물리쳤다.

"대감 없는 세상에 소첩 혼자 살아 무엇 하겠어요."

원균은 꿀물을 내미는 손을 가만히 쥐었다. 처음에는 뱃멀미도 곧잘 했지만 이제는 아무리 오랫동안 배를 타도 탈이 나지 않는다. 조선말도 완전히 익혔고 조선 춤과 노래도 능숙했다. 원균은 무옥을 안을 때마다 두만강 너머에서 불어오는 칼바람 소리를 들었다. 바다를 건너온 철새들이 북쪽으로 날아갈 때, 육진에서 옛 휘하 장수들이 찾아올 때, 무옥은 눈이 더욱 촉촉해졌다. 고향이 못내 그리운 것이다. 그러나 무옥은 내색하지 않았다. 고향을 버리고 종족을 버리면서까지 선택한 길이 아니었던가. 삶이 다할 때까지 두만강을 건너 고향으로 돌아갈 수는 없을 것이다. 귀향이 어려울수록 그리움은 더 단단해져만 갔다.

"이제 몸 생각도 하세요."

무옥은 긴 말을 하지 않았다. 원균은 그 손을 끌어당겨 품에 안았다.

"허허허허. 내 나이 겨우 쉰여덟이오. 임자, 아직 사십 년은 끄떡없소. 걱정일랑 마시구려."

"하오나 밤을 꼬박 새워 통음(痛飮)하는 일은 피하세요."

어제는 참으로 기쁜 날이었다. 사도 첨사 김완과, 흥양 현감이었다가 이순신 휘하에서 조방장과 경상 우수사까지 지낸 배홍립이 조방장이 되어 달라는 원균 제의를 받아들인 것이다. 병오년(1546년)에 태어난 동갑내기 김완과 배홍립은 삼도 수군 장수들 중에서 가장 나이가 많은 축에 속했다. 갑오년(1594년)에 어영담이 죽고, 수군의 버팀목 역할을 해 오던 신호마저 올해 들어 남원부 별장(別將)으로 차출되었기에 수군 내에서 두 사람이 차지하는 위치는 더더욱 컸다. 원균으로서는 두 사람을 통해 나머지 장수들을 간접적으로 지휘할 필요가 있었다. 권준이나 송희립처럼 자진해서 통제영을 떠나는 장수들은 어쩔 수 없다 해도 나대용이나 이언량처럼 여전히 자리를 지키고 있는 장수들 동요를 막아야 한다. 원균은 이순신에 대한 미련을 버리지 못한 장졸들을 가려내어 후군으로 멀리 돌릴 생각이었다. 그래야 군선 전체가 일사불란하게 움직일 수 있을 것이다. 그들을 결코 선봉에 세워서는 아니 된다.

임진년 해전 때 녹도 만호 정운과 함께 원균의 용맹함을 높이 인정했던 배홍립과 김완이었다. 처음 권유를 받고서는 생각할 여유를 달라고 했다. 열흘이 넘도록 아무런 연통이 없기에 원균은 그들도 등을 돌리는 것인가 낙담했다. 그들마저 외면한다면 어떻게 삼도 수군을 지휘한단 말인가.

그런데 어젯밤 두 사람이 웃는 낯으로 찾아왔다. 원균은 당장 주안상을 차리고 관기들을 불렀다. 밤이 꼬박 새도록 김완은 술고래라는 별명답게 연거푸 술을 들이켰고 배흥립은 그 큰 손으로 좌우에 앉은 기생들 가슴과 허벅지를 움켜쥐며 걸쭉한 입담을 과시했다. 원균도 갑옷을 벗어던진 채 정신을 잃을 정도로 술을 들이켰다.

동이 터 오기 시작할 즈음 원균이 물었다.

"이순신은 그대들을 각별히 아꼈다고 들었소. 한데 내 청을 받아들인 까닭이 무엇이오?"

배흥립이 대답했다.

"소장은 불패 신화를 이어 가고 싶소이다. 통제사는 바뀔 수 있지만 조선 수군은 영원한 것이 아니오니까? 승리를 위해서는 통제사를 중심으로 뭉쳐야지요. 또한 통제사 군령에 절대 복종해야 할 것이오."

배흥립은 원칙론을 제시했다. 통제사가 누구든 조선 수군을 위해 싸울 뿐이라는 것이다. 원균은 고개를 끄덕이면서도 뭔가 미진한 생각이 들었다. 지난 사 년여 동안 이순신은 삼도 수군의 해상왕으로 군림했다. 배흥립과 김완은 이순신이 누린 권력과 영광의 수혜자들이었다.

'그런데 이제 와서 통제사가 누구든 상관하지 않겠다?'

앞뒤가 맞지 않았고 무엇인가를 감추고 있다는 느낌이 들었다. 원균은 과음으로 몸을 가누지 못하는 김완에게 시선을 돌렸다.

"김 조방장은 어떻소?"

미리 조방장이라는 직책을 갖다 붙였다. 김완이 박쥐처럼 작은 눈을 가늘게 찡그리며 답했다.

"배 조방장과 같소이다. 소장 역시 주상 전하와 조선 수군을 위해 싸울 따름이지요. 이 통제사께서도 그리 당부하셨고……."

원균이 말꼬리를 붙들고 늘어졌다.

"이순신이 그런 말을 했단 말이오?"

김완이 자기도 놀란 듯 양손으로 입을 막는 시늉을 했다. 배흥립이 허허허 웃음을 뱉으며 말했다.

"니미랄. 저놈 주둥이가 문제라니까……. 허허허, 들켜 버렸습니다그려. 이 통제사께서는 당신이 자리를 옮기고 난 다음 조선 수군이 어찌 될지 늘 걱정하셨지요. 지난 정월. 김 조방장과 소장을 불러 놓고 이런 말씀을 하시더이다. '벼슬자리야 갈리게 마련이다. 누가 통제사로 오든지 군령에 따라 최선을 다하도록 하라.' 참으로 지당한 말씀이 아니오니까? 그때 소장은 미처 그 뜻을 헤아리지 못했는데, 이제야 이 통제사 마음을 알 것 같소이다."

원균은 술이 확 깨는 기분이었다.

'이순신 그림자가 이다지도 짙고 길단 말인가.'

"하면 왜 벼슬 자리를 버리고 통제영을 떠나는 장수들이 생기는가?"

배흥립이 입맛을 쩝쩝 다시며 대답했다.

"그거야 인지상정 아니겠소이까? 이 통제사와 의리를 지키기 위함이겠지요. 하나 그건 결코 이 통제사 뜻이 아니오이다."

원균은 갑자기 쓸쓸해졌다. 작년에 세상을 떠난 기효근의 부리부리한 두 눈이 그리웠다.

'숙흠(叔欽, 기효근의 자), 그대만 있었다면······.'

기효근은 어영담처럼 돌림병을 얻은 탓에 벼슬에서 물러나 요양을 떠났다가 왜군 복병을 만나 목숨을 잃었다. 경상 우수군 선봉장이자 임진년에 왜선을 무수히 격침시켰던 맹장으로서는 참으로 어처구니없는 죽음이었다. 원균은 전라 병사로 있을 때 비보(悲報)를 접하고 사흘 밤 사흘 낮을 통곡했다. 그러나 죽은 자는 말이 없었고 살아남은 자는 새로운 내일을 준비해야만 했다.

'이제 확실한 내 사람은 순천 부사 우치적뿐이구나.'

남해 바다를 비운 동안 이순신이 우치적을 각별히 아꼈다는 소문은 이미 들어 알고 있었다.

'그러나 우치적은 그런 달콤한 이야기에 넘어갈 장수가 아니다. 그는 사나이의 의리가 무엇인지를 누구보다도 잘 아는 장수다. 나를 결코 배신하지 않을 것이다. 김완과 배흥립은 조방장 직무를 하겠으나 온전히 내게 마음을 주지는 않을 것이다. 아직도 두 사람은 이순신 사람이다. 이순신이 백의종군을 마치고 복직이라도 하면 두 사람은 둥지를 되찾은 새처럼 돌아갈지도 모른다.

방법은 하나다. 부산 왜군을 쓸어버리고 이 전쟁을 승리로 이끈다면, 이순신에게 돌아갈 자리도 없을 것이고 장수들 마음도 내게 쏠리리라. 지금으로서는 오로지 부산을 함락하는 길 외에는

없다.'

원균은 포옹을 풀고 무옥의 불그레한 볼을 양손으로 어루만졌다. 무옥은 잔잔한 웃음을 머금었다. 호수처럼 크고 깊은 눈이다. 그 눈망울 속으로 들어가 따뜻함과 편안함을 오랫동안 누리고 싶었다.

"이 전쟁이 끝나면 두만강을 건너 네 고향으로 가자꾸나."

무옥은 여전히 웃는 낯으로 고개를 끄덕였다.

"거짓이 아니니라. 전쟁은 결코 오래가지 않아. 오 년 동안 서로 장단점을 너무나도 잘 파악했으니까. 피차 장기전을 할 필요가 없지."

무옥은 반벙어리처럼 입을 굳게 다문 채 다시 고개를 끄덕였다.

"함께 범 사냥을 가자꾸나. 눈발을 헤치며 하늘이 낸 영물(靈物)을 뒤쫓자꾸나. 내 말이 믿기지 않느냐?"

이번에는 고개를 가볍게 저었다. 한 떨기 오랑캐꽃이 한들한들 흔들린다. 원균은 무옥의 반짝이는 두 눈에 입을 맞추었다.

"대, 대감!"

무옥이 움찔 몸을 뒤로 뺐다. 해가 중천에 뜬 시각에 운우지락을 나눈다는 것이 마음에 걸렸다. 이곳은 수많은 장수들이 수시로 드나드는 통제영이 아닌가. 누가 언제 찾아올지 모르는 일이다.

"쉬이! 가만……"

양팔을 붙든 원균 손에 힘이 들어갔다. 두 눈이 붉은 기운을 내뿜고 있었다. 무옥은 가만히 고개를 모로 돌렸다. 거친 숨소리에 무옥도 몸이 서서히 달아올랐다. 저고리 고름을 풀다 말고 원균 손이 쑤욱 밀고 들어와서 봉긋한 젖가슴을 꽉 움켜쥐었다.

원균은 늘 그랬다. 처음부터 차근차근 사랑을 나누는 것이 아니라 홍수를 만난 고기떼처럼 자기 감정이 이끄는 대로 두서없이 움직였다. 어떤 때는 저고리를 풀지도 않은 채 성급히 운우지락을 이루기도 했다. 벌써 십사 년이나 사랑을 나누었지만 무옥은 매번 당황스러웠다.

무옥의 몸이 만주 벌판을 흐르는 장강(長江)처럼 늘어졌다. 원균의 손놀림은 벌판을 가로지르는 백마들 발놀림을 닮았다. 먹구름이 밀려오고 채찍비를 부르는 천둥소리가 칼바람 사이로 우렁차게 터져 나왔다. 어둠이 빛을 삼키고 빛이 다시 어둠을 갈랐다. 거대한 폭포가 빛과 어둠 위로 쏟아지려는 순간이었다.

"아버님! 소자 사웅이옵니다."

문밖에서 원사웅이 그를 찾았다.

'이런!'

원균은 이불을 걷어 내며 열에 들뜬 목소리로 외쳤다.

"무슨 일이냐?"

아버지 목소리가 평소와 다른 것을 깨닫고, 원사웅은 그제야 섬돌 위에 원균 신발과 나란히 놓인 꽃신을 발견했다. 고개를 돌려 뒤에 선 장흥 부사 이영남 표정을 살폈다. 삼도 수군 통제사가 이 시각까지도 애첩과 잠자리에 있다는 것은 큰 흉이다. 운주당에서 기다리겠다는 이영남을 한사코 별채까지 데려온 것이 실수였다. 호형호제하던 사람과의 상봉이 기뻤던 탓이다.

'아버님께서도 크게 반기시리라 생각하고 팔을 잡아끌었건만.'

"……장흥 부사께서 오셨습니다."

방 안에서는 아무런 대답이 없었다. 하늘로 향했던 이영남 눈이 섬돌 위로 내려갔다. 원사웅은 이영남 양미간이 일그러지는 것을 놓치지 않았다.

"운주당으로 가시지요."

원사웅은 허겁지겁 이영남을 다시 운주당으로 데리고 갔다. 이영남은 피식 실없는 웃음을 흘리며 뒤돌아섰다.

운주당 앞마당으로 들어선 두 사람은 막 전라 좌도 군선을 둘러보러 떠나는 월인과 마주쳤다. 쌍도끼를 등에 두른 천무직이 월인을 호위하고 섰다. 이영남은 천무직을 쏘아보다가 월인이 합장을 하자 마지못해 양손을 모으고 허리를 조금 숙였다.

"대사께서는 세 치 혀를 놀려 조선 수군을 우롱한 꼽추와 의형제 맺은 자를 믿으십니까?"

천무직 왼손이 등 뒤로 향했지만 이영남은 꿈쩍도 하지 않았다. 월인이 웃음 지으며 답했다.

"소승은 감히 대사로 불릴 수 없습니다. 장사를 할 때는 장사의 도에 충실하고 전투를 할 때는 전투의 도에 충실해야 하지 않겠습니까? 우롱한 이도 없고 우롱당한 이도 없습니다."

이영남이 다시 물었다.

"대사께서는 어떤 도에 의지하여 군막에 머무시는 겁니까?"

월인이 잠시 고개를 들어 하늘을 올려다보았다. 엷은 입술에서 당장이라도 휘파람 소리가 흘러나올 것만 같았다.

"중생을 위한 도이고, 소승 자신을 위한 도이며, 또한 저 왜적들을 위한 도이겠지요."

"그런 도가 있습니까?"

"이 전쟁을 빨리 끝내는 길. 그게 바로 소승이 바라는 도입니다. 장흥 부사께서도 부디 이 도와 함께하셨으면 좋겠습니다. 통제사가 바뀌었다고 해도 우리가 이룰 도는 하나니까요. 그럼 먼저 나가 보겠습니다. 5관 5포를 다 둘러보려면 며칠 걸릴 겁니다. 갑시다."

월인이 다시 합장을 한 후 천무직과 함께 군선이 있는 곳으로 바삐 걸어갔다. 이영남은 쓸쓸히 웃으며 혀끝으로 "도. 도. 도."를 외웠다.

뒤미처 운주당으로 나온 원균은 원사웅을 쏘아보는 것으로 꾸짖음을 대신했다. 지금은 이영남을 달래는 것이 급선무다.

"왔는가? 몇 번이나 전령을 보내도 오지 않기에 아예 나와 인연을 끊은 줄 알았지. 이렇게 보니 반갑구먼. 몸이 좋지 않아 잠시 쉬고 있었다네. 그런데 몰라보게 야위었군. 어디 아픈 데라도 있는 겐가?"

"아니오이다."

여전히 어색한 분위기였다. 원균은 가슴을 쭉 펴고 이영남을 찬찬히 훑어 내렸다. 이영남이 먼저 입을 열었다.

"이 통제사께서는 모진 고문을 받아 돌아가실 뻔했소이다. 그 몸으로도 계속 남행 중이십니다. 아시는지요?"

"알고 있네. 아직 순천 권 도원수 군영까진 이르지 못했다고 들었네."

"이 통제사 댁 대부인께서 돌아가신 것은 알고 계시는지요?"

"그 또한 들었네. 순천에 도착하면 내 친히 위문하는 글을 띄울 생각이야."

"이 통제사가 그리 되신 것은, 장군께서 부산을 당장 칠 수 있노라고 호언장담하셨기 때문임도 알고 계시는지요?"

쉽게 대답해 주던 원균은 표정이 험악해졌다.

"이 부사! 그대는 말끝마다 이 통제사, 이 통제사만 찾는구나. 이순신은 더 이상 통제사가 아니라 무군지죄를 범한 죄인이야. 옥에서 풀려났다지만 아직 그 죄가 사라지지 않았어. 이제 백의종군을 하명 받았으니 말 그대로 일개 군졸에 불과해. 그런 자를 이 통제사라고 꼬박꼬박 경칭해서는 아니 될 것이야. 이순신이 그대를 아낀 것은 잘 알고 있지만 나라 법도를 그르칠 수는 없는 일!"

이영남이 원균 눈길을 피하지 않고 되받아쳤다.

"차라리 소장 목을 베시오. 이 통제사가 죄 없음은 천하가 아는 사실이오이다."

원균 얼굴이 벌겋게 달아올랐다. 움켜쥔 두 주먹으로 당장이라도 이영남 턱을 후려칠 기세였다. 그러나 눈을 지그시 감고 마음을 진정시켰다.

"장흥 부사, 그대와 내 인연은 참으로 질기지 않으냐? 임진년에는 경상 우도에서 수많은 해전을 치렀고, 경상 우수영과 전라 좌수영을 오가며 내 분신처럼 일했지. 내가 충청 병사로 쫓겨 갔을 때에는 그대도 곧 내 곁으로 와서 근 100일토록 함께 토굴에서 지냈다. 그 인연을 그냥 버릴 텐가. 내겐 그대가 필요해. 나를 도와주게."

이영남이 굳은 표정으로 답했다.

"먼저 이 통제사께 잘못을 비는 서찰을 쓰십시오. 그러면 장군을 돕겠소이다."

원균의 분노가 폭발했다.

"뭣이라고? 잘못을 비는 서찰을 써라? 이런 배은망덕한 놈이 있나. 누가 누구에게 잘못을 했다는 말이냐? 이순신은 어명을 수없이 거역했다. 자그마한 전공을 살펴 백의종군 시킨 것만 해도 주상 전하의 하해와 같은 은혜에 죽음으로써 보답해야 해. 한데 날더러 서찰을 쓰라고? 죄 없는 이순신을 내가 죽게 했다. 이 말이냐?"

"장군께선 이 통제사께 복수할 마음뿐이었소이다. 토굴에 웅크리고 해도를 들출 때부터 소장은 알고 있었소이다."

"무엇을 알았단 말인가?"

"이 통제사 앞에 놓인 암울한 미래를 보았소이다. 장군께서 이 통제사를 모함하는 서찰들을 끝없이 조정에 올린 것이 아니오니까?"

원균이 자리에서 벌떡 일어섰다.

"문안 서찰이었을 따름이야. 그대도 이순신 곁에 있었으니 잘 알 것이 아닌가? 이순신은 사시사철 영의정 류성룡에게나 지중추부사 정탁, 이덕형, 이항복 같은 이들에게 서찰을 보내지 않았는가? 왜 그대는 이순신 허물은 감추고 내 허물만 꼬집는가?"

"······"

변방 장수가 조정 대신과 서찰을 주고받는 것은 어쩔 수 없는 자구책이다. 군왕은 조정 대신들과 의논하여 장수를 임명하고 상벌을 내렸다. 따라서 장수들이 벼슬자리를 유지하기 위해서는 조정 분위기를 파악하고 도움을 줄 수 있는 문신들과 교분을 두텁게 할 필요가 있었다. 특히 정삼품 수군 절도사나 병마 절도사 이상 지위에 오르려면 조정 대신들 도움이 절대적이다. 이순신이 류성룡과 서찰을 주고받고, 원균이 윤두수와 뜻을 통하고, 왕실 친척인 이억기가 선조에게 자주 비밀 차자를 올린 것은 모두 이런 이유에서였다.

원균은 분위기를 부드럽게 바꾸려는 듯 목소리를 낮추었다.

"지나간 일은 접어 두세. 아직 남은 앙금이 있다면 그건 이순신과 내가 풀 일이지. 그대가 나서서 왈가왈부할 게 아니야. 이순신이나 나는 그대 능력을 아끼고 있어. 그러니 나를 도와주게. 조방장을 맡아 줘."

"싫습니다."

이영남은 분명한 목소리로 거절했다.

"김완과 배흥립도 조방장을 맡기로 약조를 했어. 그대까지 내 곁에 머무르면 무엇이 두렵겠는가. 그러니 부디 내 뜻을 거스르지 말게."

"싫습니다. 다른 장수를 찾아보십시오."

"그댄 내 밑에서 경상 우수영 살림을 도맡아 했어. 자질구레한 통제영 일에도 열심이었지. 과거 시험을 치를 때도 꼼꼼하게 일 처리를 했고, 어영담에게서 해도 보는 법은 물론 구름과 물살 살 피는 법도 익혔지 않은가? 그대만한 적임자도 없어. 조방장을 맡게. 이순신과 의리 때문이라면 마음을 고쳐먹도록 해. 그 의리는 사사로운 것이지만 조방장이 되는 것은 나라를 구하는 큰일일세. 알겠는가?"

"소장은 옹졸하고 생각이 짧아 장군께 누가 될 뿐이오이다. 차라리 소장을 멀리 내쳐 주십시오."

원균은 고개를 설레설레 저었다. 이영남의 결심이 바위처럼 단단했던 것이다. 이순신이 죽기 전에는, 아니, 죽은 후에도 이영남은 결코 도움을 주지 않으리라. 원균은 좀 더 시간이 필요하다는 것을 깨닫고 그쯤에서 이야기를 접었다.

"알았네. 그대 뜻이 정 그러하다면 내 시간을 더 주지. 하나 너무 오래 날 버려두진 말게나. 내가 그댈 친아들로 생각하고 있음을 기억하게."

두 사람 실랑이가 끝나자마자 전라 우수사 이억기와 충청 수사 최호, 경상 우수사 배설이 휘하 장수들을 거느리고 운주당으로 들어섰다. 왜군 동정도 살필 겸 어제 아침 칠천량 근방으로 나갔다가 돌아오는 길이었다. 원균은 반갑게 사람들을 맞이했다. 이억기는 임진년에 전쟁이 나고부터 줄곧 전라 우수영을 지켰고, 최호는 충청 수사로 있으면서 이몽학의 난을 진압하여 그 능력을 인정받았다. 배설은 경상도에서 조방장을 지낸 후 여러 곳을 전전하다가 경상 우수사로 옮겨왔다. 원균은 삼도 수군 통제사를 맡기 전에 이순신 측근인 권준, 이순신(李純信) 등을 먼저 교체해 달라고 윤두수에게 간곡히 청했다. 조선 수군이 한 몸처럼 움직이려면 통제사가 각 도 수사들을 휘어잡아야 하는 것이다.

저돌적인 최호는 원균의 젊은 날을 닮았고, 배설은 말수가 적고 겁이 많았지만 군령을 충실히 따르는 점이 마음에 들었다. 이억기는 여진족과 맞서던 육진 시절부터 오랫동안 함께 지내 왔기에 눈빛만 보고도 무슨 생각을 하는지 알 수 있었다.

장수들이 모두 좌정한 후 원균이 먼저 이억기에게 물었다.

"왜놈들은 어찌하고 있소?"

"어디들 숨었는지, 바다에는 배 한 척 보이지 않소이다."

최호가 눈초리를 치뜨며 괄괄한 음성으로 주장했다.

"당장 출정하십시다. 이렇게 한산도만 빙빙 돌고 있자니 좀이 쑤셔서 죽겠소이다."

원균이 호탕하게 웃었다. 이영남과 대화하느라 상했던 기분이 금방 회복되었다.

"최 수사! 내 어찌 그대 뜻을 모르겠소. 하나 수군만 출정하면 왜놈들은 모조리 육지로 숨어 버릴 것이오. 도원수가 이끄는 육군이 함께 움직여야만 완전한 승리를 거둘 수 있어요. 내 도원수께 다시 서찰을 띄웠고 조정에도 장계를 올렸으니 곧 좋은 소식이 있을 것이외다."

배설이 걱정스러운 듯 고개를 갸우뚱거렸다.

"그래도 매사에 조심해야 합니다. 척후 보고에 따르자면, 이번에 건너온 왜선들은 임진년 왜선들보다 크기가 갑절이요 두께도 탄환에 뚫리지 않을 만큼 두껍다 하더이다."

최호가 혀를 끌끌 찼다.

"이보시오, 배 수사! 전투가 벌어지면 경상 우수군이 응당 앞장서야 할 것인데 그런 약한 소릴 해서 쓰겠소? 선성후실(先聲後實)이라 하였소이다. 먼저 기세로써 상대를 제압하지 않고서야 어찌 전투에서 승리할 수 있겠소? 장군! 차라리 소장에게 경상 우수군을 맡겨 주십시오."

배설이 자리에서 벌떡 일어섰다.

"최 수사! 다시 한 번 말해 보시오. 나는 어명을 받들어 경상 우수사가 되었소이다. 한데 그대가 어찌 내 자리를 빼앗는단 말이오?"

원균이 두 사람 다툼을 말렸다.

"배 수사, 앉으시오! 허허허허. 그동안 나는 배 수사가 백면서생처럼 워낙 말이 없기에 걱정을 많이 했소이다. 하나 오늘 보니 배 수사도 패기를 지닌 조선 수군 장수구려. 배 수사! 지금의 그 분노를 최 수사에게 풀 것이 아니라 왜적을 향해 폭발시키도록 하오. 군사들을 싸우게 만드는 것이 기세라면, 그 기세를 촉발시키는 것은 분노가 아니겠소?"

배설이 머쓱한 낯으로 자리에 앉았다. 원균이 크게 웃음을 터뜨리자 휘하 장수들도 모두 따라 웃었다. 바야흐로 승리 기운이 넘쳐났고 사기는 하늘을 찌르고도 남음이 있었다.

"장군, 우치적이올시다."

순천 부사 우치적이 운주당 앞뜰을 가로질러 성큼성큼 걸어 나왔다. 돌처럼 굳은 얼굴이 운주당에 모인 장수들 표정과 묘한 대조를 이루었다.

원균은 한산도에 오자마자 우치적을 조방장으로 임명하려 했다. 그러나 우치적은 고개를 설레설레 저으며 거절했다.

"장군! 장졸들 마음을 살피십시오. 장졸들은 이 통제사가 의금부에 압송된 것을 슬퍼하고 있습니다. 이때 소장이 조방장에 앉으면 그 슬픔은 더욱 깊어져서 장군을 향한 원망으로 바뀔 수도 있습니다. 조방장에는 이 통제사가 수족처럼 부리던 장수들을 임명하도록 하십시오. 그래야지만 군사들 마음을 다시 잡을 수 있습니다. 소장은 아무래도 좋습니다."

원균은 우치적 말을 청납(聽納, 아랫사람이나 남의 권고를 받아들임)하여 김완과 배흥립, 이영남에게 조방장을 권했던 것이다. 원균이 한산도에 머물면서 삼도 수군의 전체 윤곽을 잡아 가는 동안, 우치적은 판옥선 두 척을 이끌고 전라 좌수영 곳곳을 누볐다. 우치적은 가는 곳마다 임진년 해전에서 원균이 왜선을 당파하던 모습을 거듭 상기시키면서 장졸들을 설득하기에 힘을 다했다. 때로는 왜군을 물리쳐야 한다는 명분을 앞세웠고, 때로는 삼도 수군이 곧 부산으로 진격할 것이라는 소문을 흘려 군막을 들끓게 했다. 그러나 장졸들은 우치적 앞에서는 고개를 끄덕이면서도 기뻐 함성을 지른다거나 두 주먹을 불끈 쥐지는 않았다. 장졸들 마음을 장악하기까지는 아직 더 시간이 필요했다.

원균이 딱딱한 우치적 얼굴을 살피며 웃음을 거두었다.

"왔는가?"

"전라도 옥과(玉果)에 숨어 있던 정사준을 잡아 왔습니다."

우치적이 주먹을 높이 치켜들자 군사들이 오랏줄에 꽁꽁 묶인 정사준을 끌고 들어왔다. 격투를 벌였던지 이마와 볼에 시퍼렇게 멍이 들어 있었다. 군사들은 그를 뜰 가운데 꿇어앉혔다. 정사준은 들창코를 벌렁거리며 좌중을 둘러보다가 말석에 엉거주춤 서 있는 이영남을 발견하고 히죽 웃어 보였다.

원균이 직접 정사준을 신문했다.

"너는 왜 몰래 통제영을 떠났느냐? 탈영은 목이 달아나는 중죄란 걸 모르느냐?"

정사준이 고개를 뻣뻣하게 쳐들고 대답했다.

"장군! 소생은 장수가 아니오이다. 이 통제사께 군량미를 바치려고 찾아왔다가 잠시 머문 것뿐이지요. 전투에 참가한 적도 없고 군중 회의에 참석한 적도 없습니다. 한데 어찌 소생에게 탈영죄를 물으시는지요?"

원균이 허리를 젖히며 잠시 하늘을 우러렀다. 정사준의 명석한 두뇌는 권준에 버금간다고 들었다. 곤장을 치거나 태형을 가하면 그에게서 바른 소리를 듣는 것이 더욱 힘들어진다. 조용히 물었다.

"좋다. 그 일은 잠시 접어 두자. 하나 너는 그동안 삼도 수군 군량미를 관리하지 않았느냐?"

정사준이 고개를 저었다.

"아니옵니다. 어찌 소생 같은 놈이 그런 대임(大任)을 맡겠습니까. 천부당만부당하신 말씀입니다. 군량미는 전(前) 경상 우수사 권준 장군이 도맡아 처리했지요. 의심나시면 장흥 부사께 물어보세요. 소생은 그저 이 통제사께서 심심하실 때 종정도나 놀고 말 벗이나 해 드렸을 따름입니다."

우치적이 무릎으로 정사준 등을 내리찍었다. 정사준은 비명을 지르며 꼬꾸라졌다.

"네놈이 대장장이들을 거느리고 조총을 만들었으며, 정경달과 함께 군량미와 유황을 관리했음을 아는 사람은 다 알고 있다. 어느 안전이라고 거짓부렁을 늘어놓느냐. 네가 정녕 오늘을 마지막으로 이승과 이별하고 싶은 모양이구나."

정사준이 오랏줄에 묶인 채 날개 꺾인 거위 새끼처럼 뒹굴며

흙먼지를 일으켰다. 어쩐지 그 행동이 과장되고 비명도 어색했다.

"아야, 아야! 죽네……. 죽어. 정사준이 오늘 죽어."

원균이 눈짓으로 우치적을 말렸다. 다시 정사준을 일으켜 앉혔다. 굵은 눈물이 들창코로 미끄러져 들어갔고, 그때마다 심한 기침을 해 댔다. 원균이 빙그레 웃었다.

"그놈, 죽는 시늉이 그럴싸하구나. 괜한 짓 마라. 내 이미 네놈 뒤를 모두 캤느니라. 네놈은 통제영에서 따로 관리하는 군량미를 은밀히 감춘 장본인이야. 자, 말해 보아라. 군량미는 어디에 있느냐?"

정사준이 눈알을 굴리며 시치미를 뗐다

"금시초문인뎁쇼."

"전 충청 수사 이순신(李純信)이나 전 경상 우수사 권준이 어떤 죄를 짓고 벼슬을 삭탈 당했는지 아느냐? 조정에 상납할 곡물을 빼돌린 죄이니라. 그들이 단독으로 그렇게 대담한 짓을 했겠느냐? 그것은 모두 당시 삼도 수군 통제사였던 이순신이 묵인했기에 가능했다. 그렇게 따로 관리한 곡물은 다 어디로 갔느냐?"

"그걸 왜 소생에게 물으십니까? 이순신(李純信) 장군이나 권준 장군께 따지십시오."

정사준은 끝까지 고집을 꺾지 않았다. 월인이 마지막으로 정사준을 설득하고 나섰다.

"괜한 고집 피우지 마십시오. 손바닥으로 하늘의 해를 가릴 수는 없는 일. 이 통제사를 향한 그대 마음은 이해합니다. 하나 이제 조선 수군은 여기 계신 원 장군 지휘 아래 똘똘 뭉쳐 왜 선단

과 싸워야 합니다. 우리에겐 군량미가 필요합니다. 한데 알다시
피 보릿고개는 올해도 높기만 하지요. 이런 처지로 군사들을 이
끌고 부산으로 나아갈 수는 없어요. 이 통제사는 특별한 날을 대
비하여 분명히 군량미를 따로 모아 두었겠지요."

정사준은 코를 벌렁대며 딴전을 피웠다.

"소생이 솔직히 말씀드리지요. 이 통제사께서 한산도를 떠나시
기 전. 한산도에 군량미가 얼마나 있는지 살펴보라고 하셨습니
다. 아마도 소생이 계산에 조금 밝아서 그러셨던 모양입니다. 그
때 조사한 것은 원 장군께서 한산도로 이 통제사를 잡으러 오신
바로 그날 모두 내드렸지요. 우 부사, 아니 그렇소? 그때 소생이
작성한 장부와 군량미를 직접 대조해서 살핀 이가 우 부사가 아
니었던가요?"

원균이 언성을 높였다.

"이순신은 장기전에 대비해서 충분한 군량미를 확보하려 했다.
그러니 당장 네가 작성한 비밀 문서와 비밀 창고가 있는 곳을 대
라. 그렇지 않으면 너는 죽은 목숨이니라."

"곡물을 빼돌리고 문서를 중복해서 작성하다니요? 천벌을 받을
말씀이십니다. 이 통제사는 무서울 만큼 정확하신 분입니다. 화
살촉이 하나만 비어도 밤새 섬을 뒤져 그 화살촉을 찾고야 마는
분입죠. 그런 분이 어찌 군사들을 굶기면서까지 곡물을 따로 관
리할 수 있겠는지요? 소생을 죽이고 싶으시다면 죽는 도리밖에
없겠으나, 있지도 않은 창고와 쓰지도 않은 문서 때문에 죽는다
면 그 원통함이 가슴에 사무쳐 구천을 떠돌 것이오이다."

원균은 분노를 안으로 삭였다.

"지금 바른 대로 고하면 네 죄를 묻지 않겠느니라. 우리에겐 군량미가 필요하다. 당장 부산을 치면 이 전쟁은 끝이 날 것이야. 그때 그 많은 군량미를 어디에 쓰겠느냐? 이순신도 네가 군량미를 내놓기를 원할 것이다. 자. 어찌하겠느냐?"

"소생은 모르는 일이옵니다."

"저런 발칙한 것! 아니 되겠다. 저놈을 형틀에 묶어라."

군사들은 형틀을 내와서 정사준을 그 위에 묶느라 분주하게 움직였다. 말석에 앉아 있던 나대용이 나섰다.

"죄 없는 사람에게 곤장을 칠 수는 없소이다."

이언량이 나대용을 도왔다.

"소장도 한산도에 오래 머물러 있었지만 그런 군량미는 본 적도 들은 적도 없소이다."

이영남도 차분한 어조로 부당함을 아뢰었다.

"통제영을 떠난 것을 벌할 수는 있으나, 있지도 않은 군량미와 비밀 문서를 밝히라며 곤장을 치는 것은 불가하오이다."

원균이 그들을 꾸짖었다.

"그대들이 지금 항명을 하는 것인가? 이순신이 전라도 바다를 지배하기 위해 돈과 곡물과 무기를 숨겨 두었다는 것은 천하가 다 아는 사실이야. 어찌 그대들만 모르는 일이라고 잡아떼는가? 미망(迷妄)에서 깨어나라. 그대들이 기다리는 이순신은 결코 돌아올 수 없다. 그는 어명을 어긴 큰 죄인이야. 어찌 그런 자에게 다시 이 나라 수군을 맡길 수 있겠는가? 치도곤을 당하고 회술레

(죄인을 얼굴에 회칠을 하고 사람들 앞에 내돌리던 일)를 돌아야 바른말을 하겠는가? 이순신이 떠난 후 그대들이 맡은 바 일을 흑죽학죽(일을 정성껏 하지 않고 되는대로 어름어름 넘기는 모양) 하고 있음을 모르는 줄 아는가?"

나대용이 고함을 버럭 질러 댔다.

"어명을 어긴 큰 죄인? 도대체 누가 죄인이란 말씀이오? 연전연승을 거둔 장수가 어찌 죄인이 될 수 있단 말씀이오? 장군! 임진년을 기억하시오. 그때 이 통제사께서 군선을 이끌고 경상 우도 바다로 가지 않았다면 장군은 이미 죽은 목숨이오이다."

"저, 저놈을 당장 끌어내라!"

군사들이 우르르 나대용에게 몰려들었다. 나대용이 포박되어 뜰로 끌려 내려가는 사이에 이언량이 목소리를 높였다.

"하늘이 무섭지 않소이까? 장군께서 이 통제사께 한 일을 생각해 보시오. 이 통제사를 흑책질(교활한 수단을 써서 남의 일을 방해함)하고 모함해 끌어내린 것만도 천벌을 받을 일인데 이제 군량미를 후무린(남의 물건을 슬그머니 훔침) 도둑으로 몰다니요."

원균이 눈을 부라리며 명령했다.

"저놈도 포박하라."

이번에는 시선이 일제히 이영남에게 쏠렸다. 이영남은 원균을 쏘아보며 아무 말도 하지 않았다. 그 대신 하늘을 우러러 크게 한숨을 내쉰 다음 자진해서 뜰로 내려갔다. 형틀에 묶인 정사준 곁에 나대용과 이언량, 이영남이 나란히 섰다. 나대용이 눈물을 뿌리며 소리쳤다.

"장군! 장군께서 통제사에 오르실 때부터 이런 날이 올 줄 알았소이다. 자, 어서 우리들 목을 치시오. 구차한 변명일랑 하고 싶지 않소이다."

원균 눈두덩이 가늘게 떨렸다. 삼도 수군 장수들이 모두 보는 앞에서 저들은 지금 통제사에게 항명하고 있다. 군율에 따른다면 참해도 할 말이 없을 것이다. 그러나 저들 목을 베면 이순신에 대한 보복으로 받아들여질 터였다. 모두 이순신이 아들이라 부르며 끔찍이 아끼던 장수들이 아닌가.

경상 우수사 배설이 원균 눈치를 살피며 끼어들었다.

"자, 진정하십시다. 왜놈들을 치기도 전에 우리 장수부터 죽일 수는 없는 노릇이 아니오니까?"

이억기가 배설을 편들고 나섰다.

"그렇소이다. 지난 전공을 생각해서 나대용, 이언량, 이영남을 이번 한 번만 용서하는 것이 어떻겠소? 정사준도 아직 그 죄가 밝혀지지 않았으니 통제영을 무단이탈한 죄만 벌하도록 하십시다."

순천 부사 우치적도 고개를 끄덕였다.

"그렇게 하시지요. 지금은 장수가 한 사람이라도 더 필요한 때입니다. 정사준을 문초하여 군량미 숨긴 곳을 밝히는 일은 소장이 맡겠습니다. 정사준 고향이 옥과이니 그곳을 중심으로 비밀 창고를 찾도록 하지요."

원균은 못 이기는 척하고 그들 제안을 받아들였다.

"내 특별히 그대들을 하옥하지는 않겠다. 하나 지금 맡은 자리를 내놓고 후군(後軍)에서 근신하라!"

이언량이 발끈했다.

"거북선 돌격장인 나를 후군으로 돌리겠다, 이 말씀이외까?"

원균도 언성을 높였다.

"그런 썩어 빠진 정신으론 돌격장을 맡을 수 없어. 이번 해전 돌격장은 우치적이 맡는다. 이언량, 그대는 후군에서 구경이나 하라. 내 명을 따르지 않는다면 지금 이 자리에서 베겠다!"

원균이 장검을 쥐자, 이영남이 이언량 팔을 뒤에서 잡아끌었다. 개죽음을 당할 필요는 없는 것이다.

정사준은 곤장 쉰 대를 맞은 후 군사들과 함께 옥과로 돌아갔다. 나대용, 이언량, 이영남은 다른 장수들에게 이끌려 다시 운주당으로 올라섰다. 오늘 수모를 평생 잊지 않겠다는 듯이 어금니를 깨문 채였다.

원균은 장수들을 위로하기 위해 푸짐한 음식을 내오도록 명령했다. 각종 술과 함께 탕, 찜, 전유어, 적, 회가 한 상 가득 나오고 도기(都妓, 행수기생)를 따라 관기들이 등장하자 영내 분위기는 한결 부드러워졌다.

나대용과 이언량은 서로 눈짓을 교환하더니 슬그머니 뒤뜰로 빠져나왔다. 이영남도 곧 뒤따랐다.

세 사람은 숲길을 걸었다. 거제도가 어렴풋이 보이는 산꼭대기에 이를 때까지 말이 없었다. 꼭대기 바로 아래에는 그루터기들이 들쭉날쭉 자리 잡은 빈 터가 있었다. 원래는 솔숲이었는데 판옥선을 만들기 위해 소나무를 모두 베어 버렸다. 세 사람은 아무렇게나 자리를 잡고 앉았다. 이영남이 먼저 혼잣말처럼 입을 열었다.

"다행이오. 하옥되어 큰 고초를 겪는 게 아닐까 걱정했소."

이언량이 화를 냈다.

"차라리 갇히는 게 낫소. 후군이라니! 임진년 이후 난 한 번도 선봉에서 물러선 적이 없소. 나한테서 거북선을 빼앗아 가려고 수작을 부린 게요. 경상 우수영 소속 부하 장수들을 선봉에 두고 이 통제사를 따르던 우리들은 응달로 내모는 게지. 머지않아 수군 장수 전체를 원 통제사 사람으로 채우려 들 것이오. 용서할 수 없소."

잠시 침묵이 흘렀다. 세 사람은 의금부로 끌려가던 비참한 이순신 몰골을 떠올리고 있었다.

"이 통제사께선 무사하신지……. 어찌해서 아직까지 순천에 도착하지 않으시는 것일까……."

나대용이 이언량을 다독거렸다.

"걱정 마시오. 날발이 곁에 있고 이 수사까지 갔으니 별일이야 있겠소? 곧 도착하실 게요."

나대용이 고개를 돌려 이영남에게 물었다.

"권 수사와 송 군관으로부터는 연통이 있소?"

권준과 송희립이 사라진 지도 두 달이 넘었다. 급한 일이 생기면 이영남에게 연통을 넣겠다는 말만 남기고 전라도 내륙으로 숨어 버린 것이다. 오늘 같은 일을 당할까 염려해서 서둘러 통제영을 떠난 것일까. 권준이 이순신 오른팔인 것은 누구나 다 아는 사실이고, 송희립 역시 지휘선에서 항상 출정 북을 울렸다.

"아직 없소이다."

나대용이 의미심장하게 미소를 지으며 고개를 끄덕였다. 이언
량이 답답한 듯 주먹으로 가슴을 퉁퉁 쳐 댔다.

"배 장군과 김 장군이 조방장을 승낙한 것이 사실이오?"

이영남이 고개를 끄덕였다.

"내게도 조방장 자리를 제의했소이다."

이언량이 다그쳐 물었다.

"그래 무어라 하시었소?"

이영남이 짧고 굵게 답했다.

"거절했소이다."

나대용이 가까이 다가와 굳게 손을 잡았다.

"이 부사! 이제 우린 살아도 같이 살고 죽어도 같이 죽읍시다.
이 통제사께서 다시 한산도로 돌아오실 때까지 함께 수군을 지키
며 이 어려움을 극복합시다."

# 十九. 누가 겁장의 오명을 쓸 것인가

바다가 가까울수록 바람은 거세고 빗방울은 굵어졌다. 말발굽 소리가 정적을 깼다. 황부루(누런 바탕에 흰 빛이 섞인 말)에 올라앉은 도원수 권율을 비롯해 수행하는 장졸들은 굵은 빗줄기에도 아랑곳 않고 말을 재우쳐 몰았다. 말발굽 아래 흙탕물이 튀고 채찍 소리가 폭포수처럼 가빴다. 마상에 앉은 권율은 두 눈에 핏발이 섰다. 앙다문 입술, 부루퉁한 볼이 그 표정을 더욱 날카롭게 만들었다.

'원균, 이놈! 감히 나를 속이고 출정을 하지 않다니. 그러고도 네가 살기를 바라느냐.'

도체찰사 이원익이 토한 불호령이 아직도 고막을 찢는 듯했다. 권율은 세차게 고개를 가로저었다.

유월 이십구일 밤, 권율은 이원익 부름을 받고 급히 남원으로 갔다.

영의정 류성룡이 한양에 남아 조정 중론을 이끌면서 전세를 총괄한다면, 우의정 겸 도체찰사 이원익은 하삼도 장졸들을 거느리고 전투를 직접 진두지휘하고 있었다. 나이로는 권율이 열 살이나 위였지만, 이원익은 대하기가 늘 어려웠다. 이원익은 류성룡과 같은 남인이면서도 성품이 강직하고 꼼꼼한 원칙주의자였다. 왜군을 쓸어버리기 전에는 편히 잠들 수 없다며 권율이 선물한 비단 이불도 돌려보냈다.

이원익은 권율과 마주 앉자마자 앞뒤 가리지 않고 다그쳤다.

"권 도원수! 그대가 삼도 수군 통제사 원균을 제대로 통솔하지 못한다는 게 사실이오?"

"누가 그딴 망발을 입에 담소이까?"

이원익이 사한(詞翰, 편지)을 꺼내 쑥 내밀었다.

"한양에서 온 것이오. 비변사에서 그대가 제대로 수군을 이끌지 못한다는 논의가 있었소. 권 도원수! 왜 원균을 군율에 따라 엄히 다스리지 않는 것이오? 지금은 전쟁 중이오이다. 아무리 통제사라고 하더라도 항명을 하면 죽음으로 다스려야 하오."

권율은 서찰을 빠르게 훑어 나갔다.

……체찰사는 대신(大臣)이며 도원수는 주장(主將)이다. 그런데 체찰사와 도원수가 수군 통제사를 제대로 통솔하지 못하는 것은 매우 해괴한 일이 아닐 수 없다. 통제사가 항명하면 마땅히 군율

로 다스려야 할 것이다.

"이, 이런!"

권율은 저도 모르게 두 눈을 부릅떴다. 조정 분위기가 또렷하게 감지되었다.

이순신에서 원균으로 삼도 수군 통제사가 바뀐 후, 권율은 원균에게 부산 진격을 독촉했다. 원균이 전라 병사로 있으면서 줄기차게 주창했던 부산 출정이다. 이미 이순신이 잡혀 올라가 죽을 고비를 넘긴 터였다. 권율 또한 더 이상 출정을 거부할 도리가 없었다. 원균이 이끄는 삼도 수군을 앞장세우고 전라도 육군으로 뒤를 받친다는 게 권율 계획이었다. 그러나 원균은 뜻밖에도 거꾸로 육군더러 안골포와 가덕진을 선제공격 하라고 요구했다. 그리고 권율이 거절하자 조정에 직접 장계를 올려 육군을 먼저 움직여야 한다고 주장하면서 도원수 권율이 전투를 기피한다는 분위기를 은근히 풍겼다. 권율을 겁장(怯將)으로 몰아 도원수를 이일로 바꾸기 위한 포석이었다.

"이건 터무니없는 모함이오이다. 대감께서 직접 종사관 남이공(南以恭)을 보내 출정을 독촉하였고 소장도 사천 앞바다까지 갔다 오지 않았소이까? 말을 바꾸고 발을 빼고 있는 것은 원균이오. 한데 조정에서는 마치 우리가 무책임한 원 통제사 행동을 방임하는 것처럼 몰아세우고 있소이다."

이원익은 권율 얼굴을 똑바로 응시하며 목소리를 높였다.

"지금 남의 탓만 하고 있을 때요? 명나라 원군이 남원, 성주,

전주까지 내려왔다고 하나 아직 그 수가 미미하오. 그런데 조선 수군이 왜 수군에게 밀린다면 싸움이 어찌 되겠소? 권 도원수! 도원수가 직접 원 통제사를 만나서 조정 뜻을 전달하도록 하시오. 끝까지 항명한다면 군율로 다스리시오."

"군율로 다스리라시면……?"

"무슨 수를 써서라도 조선 수군을 당장 부산으로 출정하도록 만들라, 이 말이오. 이번에도 조선 수군이 움직이지 않는다면 그땐 도원수에게 책임을 물을 것이오. 알겠소?"

앞산 너머에서 먹구름이 밀려오고 있었다.


곤양에 도착한 권율은 곧바로 전령을 경쾌선에 태워 한산도로 보냈다. 그러곤 아침도 거르고 방에 틀어박혔다. 원균을 질책하여 군선을 움직이게 만들 일을 생각하니 머리가 지끈지끈 아파 왔다. 원균은 쉬운 상대가 아니다. 벌써 몇 번이나 글로 꾸짖고 말로 타일러도 귀 기울이는 기색이 없었다. 권율은 언젠가 이순신에게 원균이 어떤 사람인지를 물은 적이 있었다. 그때 이순신은 쓸쓸하게 웃으며 이렇게 답했다.

"장졸들 심장을 손아귀에 틀어쥐는 법을 아는 장수지요. 휘하에 둔다면 천군만마를 얻는 것보다 더 기쁜 일이나, 함께 쟁공을 하기로 한다면 백만 대군과 맞서는 것보다 힘이 듭니다."

묵묵히 내실을 기하는 이순신과는 달리 원균은 자기 의지를 다른 사람에게 관철하기를 즐기는 위인이었다. 권율은 원균이 저지르는 월권행위를 결코 좌시할 수 없었다. 그 높은 콧대를 꺾어

놓지 않는다면 원균이 제멋대로 전라도와 경상도 육군들을 부추겨 부산으로 내보낼 수도 있는 일이다. 도체찰사 이원익 역시 비슷한 걱정을 하고 있었기에 군율로 엄히 다스리라는 말까지 나왔다.

금방이라도 부산을 치겠노라 호언장담한 원균이었지만, 통제사로 부임하자 들고 나온 전략은 수륙병진이었다. 이원익과 권율은 조정에서 시키는 대로 수군이 부산 앞바다로 나아가 쓰시마 바닷길을 차단하라는 지시를 내렸다. 왜 수군에 봉쇄될 것에 대비하여 군선을 둘로 나눈 후 반은 부산 앞바다로 가고 반은 한산도에 머무르며 기한을 정해 교대하라는 어명이었다. 그러나 원균은 계속 육군을 움직여 달라 청하여 이원익과 권율 입장을 곤란하게 하고 있었다.

'말을 통할 상대가 아니다. 선수를 치는 것이 중요해!'

권율은 원균에게 변명할 틈을 주지 않을 작정이었다.

'항명죄부터 군율로 다스리리라. 호통을 치고 치도곤을 안기면 제아무리 원균이라 해도 별 수 없으렷다!'

권율은 큰소리로 명하였다.

"형틀을 준비하라!"

칠월 십일일. 신시(오후 3시)가 가까워지자 빗방울이 차츰 잦아들었다. 오색 무지개가 남동쪽 하늘에 떠올랐다. 전쟁 그림자라고는 눈을 씻고 봐도 찾을 수 없는 맑고 깨끗한 무지개였다. 군졸들 탄성에 이끌려 대청마루로 나섰다. 무지개는 땅에 떨어진 군사들 사기를 높이려는 하늘의 배려처럼 느껴졌다.

전령이 황급히 동헌으로 뛰어 들어와서 넙죽 엎드려 아뢰었다.

"통제사께서 도착하셨나이다."

무지개를 바라보며 미소 짓던 권율은 삽시간에 돌덩이처럼 표정이 굳었다. 벗어 두었던 갑옷을 입고 투구를 쓴 후 장검을 챘다. 도원수로서 위엄을 보이기 위함이었다. 동헌 대청마루로 나가 자리를 잡고 앉자마자 원균이 뜰로 들어섰다. 원균 역시 갑옷과 투구로 중무장을 하였다. 오른편에는 순천 부사 우치적을 거느렸고 왼편에는 조방장 배흥립이 눈을 부릅뜨고 좌우를 살폈다. 하나같이 덩치가 크고 매서운 장수들이다. 원균은 권율을 향해 똑바로 걸어 나오다가 뜰 왼편에 마련된 형틀을 보고 걸음을 멈추었다. 불길한 예감이 들었던 것이다. 원균이 고개 숙여 예의를 갖추었다.

"도원수께서 이곳까지 어인 일이십니까?"

기세 등등한 목소리였다. 권율은 원균을 똑바로 쏘아보며 명령했다.

"죄인을 형틀에 묶어라!"

원균 눈이 놀라움과 분노로 이글이글댔다.

"도원수! 이 무슨 짓이오니까? 수군 통제사인 소장에게 곤장을 치겠다는 것이오?"

권율이 그 항변을 무시하고 주위 장졸들에게 다시 하명했다.

"무엇 하는 것이냐? 어서 저놈을 잡아!"

군졸들 이십여 명이 원균에게 다가섰다. 그 순간 우치적이 장검을 빼어 들었고 배홍립이 철퇴를 한 번 휘둘렀다. 군졸들이 흠칫 놀라며 뒷걸음질쳤다. 원균은 권율을 쏘아보며 다시 물었다.

"도원수! 소장은 종이품 수군 통제사이오이다. 조선 수군의 으뜸 장수란 말이오. 어찌 소장에게 이러실 수가 있소이까?"

권율이 자리를 박차고 일어서며 호통을 쳤다.

"부산을 당장 치라는 어명을 어겼느니라. 군율에 따라 겁장(怯將)을 엄히 벌하려는 것인데 무슨 잔말이 그렇게 많으냐?"

원균이 지지 않고 대답했다.

"그것이 어찌 조정 명이오니까? 주상 전하께서는 수군과 육군이 합심하여 부산을 치라고 하셨소이다. 어명을 따르지 않은 장수는 바로 도원수이시오. 겁장은 소장이 아니라 육군을 움직이지 않은 도원수이오이다."

권율은 화가 머리끝까지 치밀었다.

"이노옴! 닥치지 못할까? 네가 감히 내게 대드는 것이냐? 뭣들 하는 게야? 저놈은 군율을 어겼다. 참형에 처할 중죄를 지었다 이 말이니라. 어서 죄인을 잡아라. 물러서는 놈은 살려 두지 않겠다."

장졸들이 창과 칼을 움켜쥐고 다시 다가갔다. 포위망이 점점 좁아졌다.

"물러나라!"

우치적이 버럭 소리치며 앞으로 나서니 작아지던 원이 순식간에 커졌다. 배흥립도 때를 놓치지 않고 철퇴로 장졸들을 위협했다. 쉽게 결판이 날 것 같지 않았다. 겨우 세 사람에 불과했지만 산전수전 다 겪은 용장들이다. 권율은 이마에서 식은땀이 흘러내렸다. 원균을 포박하지 못한다면 도원수 체면은 땅에 떨어진다. 이곳에서 피를 보았다가는 자중지란을 초래한 책임을 면할 수 없으리라. 원균은 그때까지도 검을 뽑지 않은 채 권율 얼굴을 응시했다.

"지난 유월 십구일 안골포 앞바다 싸움에서 보성 군수 안홍국(安弘國)을 죽게 하고 군졸들을 상한 책임은 피할 생각 없소이다. 하나 도원수! 어찌 그 벌로 수군 통제사 볼기를 칠 수 있단 말이오니까? 차라리 소장 목을 가지시오."

"묶어라!"

장졸들이 다시 포위망을 좁혔다. 우치적과 배흥립은 등을 맞대고 사방을 경계했다. 원균이 좌우를 둘러보며 말했다.

"그만들 둬! 무기를 거두게. 아군끼리 피를 볼 순 없다."

우치적과 배흥립이 마지못해 장검과 철퇴를 내려놓자 군졸들이 우르르 몰려들어 세 사람을 덮쳤다. 원균이 고개를 치켜들고 권율에게 요구했다.

"순천 부사와 조방장은 내보내 주시오."

장졸들 시선이 일제히 권율에게 쏠렸다. 권율이 천천히 고개를 끄덕였고 우치적과 배흥립은 동헌 밖으로 끌려 나갔다. "장군, 장군!" 하고 원균을 부르는 우치적 목소리가 점점 멀어졌다.

"형틀에 묶어라!"

한 고비를 넘긴 권율이 근엄하게 명령했다. 긴장한 나졸 두 명이 원균 오라를 풀고 투구와 갑옷을 벗겼다. 양팔을 좌우로 벌려 다시 결박한 후 형틀에 뉘었다. 원균은 이를 악물고 나졸들이 하는 대로 몸을 내맡겼다. 방금 전까지의 소란스러움이 일순간에 침묵으로 가라앉았다.

　"네 죄를 네가 알렷다?"

　권율이 호통을 치자 원균은 눈을 치떴다.

　"소장은 그래도 도원수를 믿었소이다. 그런데 이럴 수는 없는 일이오."

　"항명을 인정하는가?"

　"소장, 전쟁터에서 잔뼈가 굵은 몸이외다. 항명은 누가 항명을 했단 말이오?"

　"하면 왜 군선을 지휘해 부산 앞바다로 나가지 않고 한산도에서 미적거리고 있느냐?"

　"조선 수군을 둘로 나누어 번갈아 부산 앞바다로 갔다 오라는 어명이 내렸지 않소이까? 전라 우수사 이억기가 절반을 이끌고 나갔고 소장은 한산도에 남아 만약을 대비하고 있소이다. 이것이 무슨 문제가 되오니까?"

　"허튼 소리 마라! 군선을 둘로 나누라고 명한 것이지, 통제사를 한산도에 머물라고 한 것이 아니다. 이억기, 최호 등을 한산도에 남기더라도 부산 앞바다로 나아가는 군선 지휘는 통제사가 해야 할 게 아니냐. 통제사에 오른 자가 어찌 나아가 싸울 생각을 하지 않고 물러나 몸을 보전하려 하는가?"

"소장은 어명을 따랐을 뿐이외다. 부산으로 진격하지 않고 사년을 버틴 도원수야말로 어명을 어긴 것이 아니오?"

원균이 눈을 부릅뜨고 계속 버텼다.

"안 되겠다. 저놈을 매우 쳐라."

권율 명령이 떨어지기가 무섭게 좌우로 선 나졸들이 번갈아 장(杖)을 쳤다. 원균 얼굴이 고통을 참느라 벌겋게 상기되었다. 열대를 친 후 권율이 손을 들어 형벌을 중지시켰다.

"지금 당장 조선 수군을 모두 이끌고 부산으로 출정하라."

"도원수께서 먼저 육군을 이끌고 움직이시오. 그러면 소장도 수군을 이끌고 나아가겠소이다."

고개를 가로젓는 모습은 흡사 거대한 대충(大蟲, 호랑이)이 길목에 떡 버티고 선 듯했다.

"통제사에만 오르면 당장 부산을 치겠노라고 장담을 한 자가 누구야? 이순신과 나를 겁장으로 몰 때는 언제고, 이제 와서 육군 없인 부산을 치지 못하겠다? 조변석개로 말을 바꾸는 네가 어찌 조선 수군 으뜸 장수일 수 있겠는가? 지금 당장 수군을 움직여라. 그러지 않겠다면 군율로 다스리리라."

"불가하오. 육군이 선공(先攻)하지 않으면 왜적들 주의를 돌릴 수 없소."

"정녕 명을 거역하겠단 말이냐? 에잇! 매우 쳐라."

나졸들 매질이 한층 매서워졌다. 권율은 고개를 들어 푸른 하늘을 바라보았다. 퍽퍽, 퍽퍽퍽, 살이 터지고 피가 튀는 소리가 귓전을 때렸다. 원균은 매를 맞으면서도 지지 않고 으르렁거렸다.

"차라리…… 윽, 소장 목을…… 치, 치시오."

"멈추어라."

권율이 이윽고 목소리를 가라앉혔다. 몸져누울 정도로 매타작할 생각은 애초에 없었다. 오늘 원균을 닦달한 것은 부끄러움을 알게 한 후 나아가 힘써 싸우도록 만들기 위함이다.

"풀어 주어라."

군졸들이 손과 발에서 오라를 풀자 원균은 몸을 기우뚱거리며 가까스로 일어섰다. 터진 엉덩이에서 허벅지와 발목을 타고 내린 피가 바짓자락을 벌겋게 물들였다.

"내 갑옷과 투구를 내놓아라."

눈치를 보던 군졸들이 권율 턱짓을 받고 무거운 갑옷과 투구를 원균 앞에 내려놓았다. 원균은 천천히 갑옷을 껴입기 시작했다. 벌벌 떨리는 다리 때문에 비틀거리고 급기야 땅에 꼬꾸라지기까지 했지만 원균은 도움을 청하지 않았다.

험상궂게 일그러진 얼굴과 흉흉한 눈에 권율은 몸서리를 쳤다.

온몸이 땀과 피로 뒤범벅이 된 채 원균은 거친 숨을 몰아쉬었다. 두 다리는 눈에 띄게 흔들렸고 비대한 허리 살은 더욱 눈에 띄었다. 권율은 두 주먹을 불끈 쥐고 명령했다.

"지금 당장 부산으로 출정하라. 이번에도 출정을 늦추거나 싸우는 척하고 돌아온다면 목을 베겠다. 알아듣겠느냐?"

원균이 한 걸음 앞으로 다가서며 짖었다.

"소장 지휘검을 주시오."

군졸들은 갑옷과 투구만을 내주었던 것이다. 장검을 앗아 든 원균이 고리눈을 뜬 채 권율에게 한 걸음 다가섰다.

"원하는 것이 무엇이오니까? 승전이오니까, 소장 목이오니까?"

"승전이다!"

원균이 바람처럼 검을 뽑아 들었다. 군졸들이 달려들려 했으나 권율은 손을 들어 제지했다.

"소장 목숨과 승전을 맞바꿀 수 있다면 기꺼이 목숨을 내어놓겠소이다. 소장이 수군을 이끌고 나서면, 도원수께서는 곧장 육군으로 뒤를 받치실 것이오니까?"

"그렇다."

원균은 권율을 노려보다 검을 다시 칼집에 꽂고 휙 뒤돌아섰다. 절뚝거리며 멀어지는 그 뒷모습을 권율은 오랫동안 바라보았다.

'원균!

그대는 지금 졌다. 하나 나를 원망하지 마라. 그대는 삼도 수군을 맡을 그릇이 아니다. 차라리 이순신 휘하에서 돌격장 노릇이나 충실히 했더라면 일신을 보전했을 것을.

그대가 지금 나간다고 얻어 낼 수 있는 승리가 아니다. 나 역시 그것을 알고 있다. 알고 있기에 지금껏 버텼으며, 알고 있기에 그대를 매질한 것이다.

아는가, 원균? 이 전쟁은 이순신 같은 장수만이 승리를 거둘 수 있다. 그대가 쫓아낸 이순신만이 수군과 그대를 살릴 수 있다. 그걸 알겠는가, 원균?'

# 二十, 와키자카, 원균을 기다려 함정을 파다

"하늘이 주신 기휩니다."

요시라는 고니시 유키나가가 보낸 서찰을 내밀며 히죽 웃어 보였다. 이순신을 삼도 수군 통제사에서 몰아낸 이간계 주역이었다. 와키자카 야스하루는 소 요시토시의 심복인 요시라를 탐탁지 않게 여겼지만, 경상 우병사 김응서 군막을 오가며 이순신을 모함한 공은 인정했다. 와키자키 맞은편에는 가토 요시아키와 도도 다카토라(藤堂高虎)가 앉아 있고, 휘하 장수들이 네 사람을 삥 둘러싸고 서 있었다.

"죽지는 않았단 말이지?"

와키자카 야스하루가 서찰을 펴며 물었다.

"혹독한 고문이 이어졌지만 목숨은 건졌다는군요. 벼슬을 잃고 권율 휘하로 배속되었다 합니다."

281

"하면 이순신이 다시 내려왔단 말인가?"

도도 다카토라가 물었다.

"그렇습니다. 지난 사월 이십칠일 순천에 도착했다는군요. 하지만 백의종군을 당했으니 더 이상 조선 수군을 지휘할 수는 없습니다."

"그래도 가까이 있다니 영 마음이 놓이질 않는군. 조선 국왕이 이순신을 미워한다던데 왜 죽이지 않고 살려 뒀을까?"

요시라가 작은 눈을 번뜩이며 답했다.

"소장도 찝찝하기는 마찬가집니다. 이순신을 발탁했던 류성룡을 비롯하여 정탁 등 친한 무리들이 참형만은 막았다고 합니다. 그럴 가능성은 거의 없겠지만, 이순신이 조선 수군에 관여하기 전에 확실히 저들을 밟아 줘야 합니다. 간자들 보고로는 새로 통제사에 오른 원균은 당장 부산을 칠 수 있다고 호언장담했답니다. 조선 국왕도 원균이 하루빨리 부산으로 달려가기만을 기대하고 있다는군요."

서찰을 살피던 와키자카 시선이 잠시 요시라 이마에 닿았다가 다시 종이 속으로 내려갔다.

와키자카!

이제 수모를 되갚아 줄 때가 왔소. 곧 조선 수군이 부산을 향해 나아올 것이니, 때를 놓치지 않고 탁월한 계책으로 대승을 이끌기 바라오.

단번에 조선 수군을 전멸시킨 후 남해 바다와 서해 바다를 돌아 곧바로 강화도에 상륙합시다. 부탁하오.

와키자카가 서찰을 가토 요시아키에게 건넨 후 요시라에게 물었다.

"새 통제사가 호언장담을 하고 한산도로 들어오긴 했지만 부산 출병은 미적거린다는 소식도 있다. 고니시 님이 너무 전황을 낙관하는 것은 아닌가? 조선 수군이 끝내 부산으로 나아오지 않는다면 우리가 가서 칠 순 없지 않으냐?"

요시라가 히죽 기분 나쁜 웃음을 흘리며 답했다.

"그건 과히 염려하지 않으셔도 됩니다. 이순신이라면 어떤 압박이 가해져도 조건이 갖추어지지 않으면 출정하지 않겠지만, 원균은 다릅니다. 원균은 부산 진격을 자청했기에 통제사로 중용되었고, 도원수 권율을 비롯한 조정 중신들은 물론 이순신 총애를 받던 조선 수군 여러 장수들에게 자기 실력을 입증해야만 합니다. 무엇보다 원균은 참을성이 없습니다. 몇 번 아래위로부터 모욕을 받으면 제 성을 이기지 못하고 나설 겁니다. 우리에게 그 분노를 폭발시키려 들 테지만, 그때 우린 옆으로 슬쩍 비켜 그 뜨거움을 피한 후 단숨에 거대한 폭풍처럼 조선 수군을 삼켜 버리면 됩니다."

가토 요시아키를 비롯한 장수들이 일제히 고개를 끄덕였다. 와키자카가 해도를 펼쳤다. 전라 좌우도와 경상 좌우도 바다가 한눈에 들어왔다. 조선 수군 통제영이 있는 한산도에 붉은 점이 찍혀 있었다.

"요시아키 님! 어디가 좋겠소?"

가토 요시아키가 해도를 눈으로 주욱 훑었다.

"부산에 기다리고 있다가 조선 수군이 오면 공격하는 건 어떻소이까?"

"그도 한 방법이겠소. 하나 부산 앞바다엔 섬도 적고 또 조선 수군 판옥선이 길게 늘어서서 다가온다면 저들에게 치명타를 안기기엔 어려울 듯하오. 섣불리 부산에서 싸웠다가 조선 수군이 한산도로 물러나 완전히 웅크리고 버티면 큰 낭패가 아닐 수 없소."

"제가 한 말씀 올려도 되겠는지요?"

와키자카 뒤에 서 있던 다나카 고키(田中弘毅)가 말했다. 와키자카가 슬쩍 곁눈질을 하며 고개를 끄덕였다.

"임진년 한산도 앞바다에서 우리가 조선 수군에게 당한 일을 다들 기억하시지요? 이번에는 우리가 그때처럼 조선 수군을 혼내주는 겁니다."

가토 요시아키가 콧김을 품 내뿜었다.

"흐음! 한산도 앞바다처럼? 좀 더 자세히 말해 보라."

"그때 조선 수군은 달아나는 척하며 우리를 한산도 넓은 바다로 끌어낸 다음 학이 날개를 펴듯 넓게 벌려 서서 우리를 포위했습니다. 전후좌우 사방에서 불화살을 쏘고 총통을 발사하며 공격해 왔지요. 이번에는 우리가 조선 수군을 사방에서 포위하는 겁니다."

와키자카 얼굴에 야릇한 미소가 피어올랐다. 이미 두 사람은 이 계책에 대한 의견을 나눈 모양이다. 가토 요시아키는 여전히 그 제안을 선뜻 받아들이기 힘들었다.

"그게 가능할까? 대체 조선 수군을 어디에 가둔단 말인가?"

와키자카가 지휘봉으로 칠천량에서부터 견내량을 주욱 훑었다. 장수들의 시선이 동시에 그 좁은 바닷길에 머물렀다.

"조선 수군을 이 안으로 끌어들입시다. 칠천도와 거제도에서 포를 쏠 수 있도록 철저히 준비를 하고, 더욱 크고 강해진 우리 안택선으로 이 앞인 칠천량과 이 뒤인 견내량을 동시에 막는 것이오. 그 다음엔 학이 날개를 펴듯 크게 포위망을 펴고 달려들어 조선 수군을 궤멸하는 게요. 어떻소?"

"멋진 계획이외다."

가토 요시아키가 환하게 웃자, 다른 장수들도 와키자카 계획에 찬동했다.

"그럼 요시아키 님이 이 칠천량 해협 좌우에 포 배치하는 일을 점검해 주오. 또한 칠천량과 견내량을 막을 안택선과 그 뒤를 받칠 비선들도 살펴 주고. 너무 작은 비선들은 서로 끈으로 묶어 조선 수군이 빠져나가지 못하도록 막읍시다. 가덕도에도 미리 복병을 심고, 거제도 연안에도 시마즈 요시히로(島津義弘) 님이 이끄는 장졸들을 요소요소에 배치하여 육지로 달아나는 조선 수군까지 모두 죽이는 게요. 나머지 장수들도 춘원포(春元浦), 장평포(長平浦) 등지에 흩어져 대기하다가 연통을 받으면 곧바로 나아오도록 하오. 지난날 패전은 모두 잊으시오. 이순신이 삼도 수군통제사에서 쫓겨났으니, 조선 수군은 예전 위용을 자랑하지 못할 게요. 통제사 원균이 탄 판옥선에 처음으로 오르는 장수에겐 내가 따로 큰 상을 주겠소."

도도가 오른손을 번쩍 들고 외쳤다.

"소장이 하겠소이다. 소장에게 맡겨 주십시오."

육지에는 가토 기요마사, 바다에는 도도 다카토라란 말이 떠돌 만큼 성격이 급하고 용맹한 장수였다. 임진년에 조선으로 건너왔다가 귀국한 도도를 정유년을 맞아 도요토미 히데요시가 특별히 다시 보냈다. 올해 마흔둘인 그가 바라는 것은 우선 원균을 베고 그 다음으론 이순신 수급을 히데요시에게 바치는 것이다. 다른 장수들도 서로 원균 목을 베겠노라고 나섰다. 와키자카가 미소 지으며 말했다.

"그대들이 자랑스럽소. 우린 이번 해전에서 반드시 조선 수군을 궤멸해야 하오. 태합께서도 그대들 전공을 잊지 않으실 게요. 조선 수군 판옥선은 매우 큰 배요. 각 장수들은 다섯 척씩 무리를 지어 판옥선 한 척을 포위 공격하는 전술을 완전히 익히도록 하오. 판옥선에 최대한 가까이 붙은 다음 갑판에 올라가서 조총과 장검으로 조선 수군들을 모두 죽여 없애도록 합시다. 자, 그럼 다들 물러가서 각자 맡은 일에 충실하기 바라오."

가토 요시아키를 제외한 장수들이 모두 물러갔다. 와키자카는 그를 데리고 잠시 안골포 성에 올랐다. 한산도 앞바다에서 크게 패한 후 도요토미 히데요시 명을 받아 건설한 성이었다. 어둠 속에서 찰랑찰랑 파도 소리가 들려왔다. 지난 사 년 절치부심해 온 세월이 눈앞을 스쳤다.

안골포를 번갈아 지키다가 병신년(1596년)에 귀국할 때, 와키자카는 경상 좌도와 우도에서 군선을 만들던 목수와 대장장이들을 데리고 갔다. 그리고 그들에게 더욱 단단한 군선과 더욱 멀리까지 정확하게 날아가는 총포를 만들도록 했다. 본국의 영주들 중에서 와키자카의 함대가 조선 수군에게 연패당했던 일을 모르는 이는 없었다. 와키자카는 일일이 변명하거나 설명하지 않았다. 오직 조선 수군과 싸워 이길 방법만을 생각했다.

가토 요시아키가 물었다.

"왜 그렇게 조선 수군을 궤멸하겠다. 몰살하겠다는 말씀을 반복하십니까? 너무 크게 이기려다가 오히려 당할 수도 있습니다. 조금씩 조금씩 이겨 나가는 것도 한 방법이 아닐까요?"

와키자카가 바다를 바라보며 답했다.

"이순신이 고문당해 죽었다면 천천히 차근차근 나아갈 수도 있겠지. 하나 이순신은 죽지 않고 내려와 있다지 않소?"

"통제사는 원균입니다."

"맞소. 조선 국왕과 조정은 통제사 원균에게 큰 기대를 걸고 있소. 기대가 크면 실망도 깊은 법. 원균이 우리와 싸워 패하면 곧이어 조선 국왕과 조정에서 이런저런 말들이 나올 거요. 원균을 통제사에 앉혔더니 싸움에 졌다. 그 전에 조선 수군은 한 번도 패한 적이 없다. 그러니……"

"원균 대신 이순신을 다시 앉힌다, 이 말씀입니까?"

와키자카가 고개를 끄덕였다.

"하나 과연 끌어다 고문하고 벼슬까지 빼앗았던 이순신을 다시 통제사 자리에 올릴까요?"

"올릴 수도 있소. 우리가 가장 두려워하는 장수가 이순신임을 조선 국왕과 대신들도 잘 알고 있을 테니까. 전투가 없을 때는 대안을 생각해 보기도 하지만. 전투에서 패한 후에는 다시 최선을 택하게 마련이외다. 그러니 우리는 이번 전투에서 조선 수군을 모조리 가라앉혀야 하오. 설령 이순신이 다시 삼도 수군 통제사가 되더라도 판옥선이 한 척도 없고 장졸들이 모두 죽거나 흩어진 뒤라면 우리와 맞설 수 없을 게요."

"알겠소이다. 그래서 유독 크고 완벽한 승리를 강조하신 게군요. 칠천량에 조선 수군을 가둘 수만 있다면 이 전쟁은 우리 승리로 끝날 겁니다. 우리 수군은 태합께 큰 상을 받을 것이고요."

와키자카가 고개를 돌려 비장하게 말했다.

"그렇소. 이번 전투에 우리는 모든 걸 걸어야 하오. 원균에게 패한다면. 나는 배를 가를 것이오."

"할복을……!"

"그렇소. 어찌 얼굴을 들고 태합을 뵐 수 있으리. 차라리 죽음으로 용서를 비는 것이 옳소."

와키자카는 한 걸음 더 앞으로 나섰다. 바닷바람이 두 뺨을 때리고 지나갔다.

'이순신!

잘 지켜보아라. 네가 만들고 가꾼 조선 수군을 내 힘으로 모두 부수어 주겠다. 회생이 불가능할 만큼 철저하게, 철저하게 짓밟아 주겠다. 네가 아끼던 장졸들 목을 베고 네가 아끼던 군선들을 칠천량 바다 밑에 가라앉혀 주마. 네 빛나던 승전 기록들을 영원히 지워 주마.

이순신!

내 얼굴과 옆구리에 새긴 흉터를 잊지는 않았겠지? 이제부터 평생 기억에 남을 상처를 네게 돌려주마.

나는 안다. 조선 수군이 곧 이순신이고 이순신이 곧 조선 수군임을. 조선 수군의 궤멸은 곧 이순신의 죽음임을. 설령 이순신이 살아 있다 해도 수군이 없으면 사지가 잘린 불구에 지나지 않는다. 나는 이긴다. 원균을 이기고 조선 수군을 이기고, 그리하여 너 이순신을 이기겠다.'

칠월 십삼일.

저물 무렵, 원균은 전라 우수사 이억기, 경상 우수사 배설, 충청 수사 최호를 지휘선으로 불렀다. 원균이 권율에게 불려 가 곤장을 맞았다는 사실은 삼도 수군 전체에 큰 충격을 안겼다. 수군만 채찍질하는 조정에 대한 불만도 높았다.

"몸은 어떠신지요?"

이억기가 조심스레 물었다.

"괜찮소."

원균이 밝게 웃으며 답했다. 엉거주춤 엉덩이를 들고 비스듬히 허리를 숙이는 모양이 아직도 완전한 몸이 아니다.

"도원수께서는 뭐라 하셨는지요?"

배설이 바짝 다가앉으며 물었다.

"부산 왜군을 섬멸하지 않으면 수군 통제사를 비롯하여 삼도 수사들 모두 곤장을 치겠다고 하였소이다."

"우리들 모두 곤장을 친다? 그 무슨 얼토당토않은 소리요."

최호가 기가 막힌 듯 주먹을 불끈 쥐며 따졌다. 원균이 최호 얼굴을 빤히 쳐다보며 말을 이었다.

"수군을 모조리 육군에 배속할 수도 있다고 협박하였다오. 임진년 전쟁이 일어나기 전에도 그런 논의가 있었더랬소. 그땐 쓰시마 정벌에 수군이 필요하다는 핑계를 대긴 했소만. 이번에 우리가 그냥 귀영하면 조선 수군은 정말 사라질지도 모르오."

최호가 가슴을 쭉 펴며 말했다.

"싸웁시다. 부산으로 가서 싸우면 되지 않소이까."

배설이 최호 말에 이의를 제기했다.

"최 수사! 진정하세요. 지금은 왜군과 맞설 때가 아니오이다. 저들은 바다에서 싸우다가 육지로 피해 쉴 수 있으나 우리는 마음 편히 닻을 내릴 부두 하나 없소이다."

최호가 자리에서 벌떡 일어섰다.

"이런, 겁쟁이 같으니라고……. 그러고도 그대가 조선 수군 장수인가?"

배설도 지지 않고 대들었다.

"싸움만이 능사가 아니오. 연이은 전투 때문에 장수들이 눈에 띄게 동요하고 있소. 유월 중순부터 스무 날 남짓 왜군과 크고 작은 전투를 했지만 전과는 미미하오. 잔뜩 웅크리고 있는 왜군 동태가 의심스럽기도 하고 말이오."

최호가 코웃음을 쳤다.

"싸우기가 두렵다면 솔직히 그렇다고 말씀하시구려."

"이노오옴!"

배설이 장검을 빼어 들었다. 당장이라도 최호에게 달려들 기세였다.

"그만! 다들 진정하고 앉으시오. 바로 이야기하리다. 우리에겐 다음 기회란 없소. 군선을 둘로 나누어 교대로 출정하는 것도 그만두고 이번엔 모두 부산으로 가는 게요. 반드시 왜군을 몰살시켜야만 하오. 수륙병진이라는 최선의 전략은 아니지만, 우리가 힘껏 싸운다면 반드시 왜군을 궤멸시킬 수 있소. 나 원균은 열악한 상황에서도 승리를 거둬 왔소. 이번에도 이길 게요. 나를 믿고 따라 주오."

이억기가 맞장구를 쳤다.

"권 도원수에게 모욕을 또 당하느니 이곳에서 싸우다 죽는 편이 낫소이다. 왜놈들에게 조선 연합 함대가 얼마나 대단한가를 보여 주도록 하십시다. 불패 신화가 무엇인지 똑똑히 가르쳐 줍시다."

최호가 너털웃음을 터뜨렸다.

"허허헛! 역시 원 통제사는 소장 마음을 헤아리시는군요. 소장이 선봉에 서리다. 맡겨 주십시오."

장수들 시선이 일제히 배설에게 쏠렸다. 배설은 마디숨(마디지게 몰아쉬는 숨)을 쉰 뒤 입을 열었다.

"통제사 뜻에 따르겠소이다. 하나 항시 퇴로를 살펴야 할 것이외다. 유비무환이란 말도 있지 않소이까?"

원균이 웃는 낯으로 배설을 달랬다.

"좋소. 이제 뜻이 하나로 모였구려. 최 수사가 선봉을 맡고 배 수사가 후미를 책임져 주오. 이 수사와 나는 중군을 맡겠소. 내일 날이 밝는 대로 곧장 떠납시다."

조선 수군은 오후 내내 바삐 움직였다. 최호가 이끄는 충청 수군이 전진 배치 되었고 배설은 후군으로 빠졌다. 원균과 이억기는 각 군선에 실린 활, 화살, 유황을 일일이 확인하며 군사들을 독려했다.


원균과 이억기는 겸상으로 저녁을 같이했다. 개다리소반에 오른 것은 보리밥과 청저(菁菹, 절인 무김치), 젖은 김이 전부였다. 원균이 보리밥 한 덩이를 꿀꺽 삼킨 후 이억기에게 물었다.

"이 수사, 그대도 내가 이순신을 모함했다고 생각하오?"

이억기가 수저를 멈춘 채 고개를 들었다.

"지금 와서 그딴 걸 따져 무엇 하겠소이까?"

"내가 육진에서 종성 부사로 있을 때 이순신은 한 번 백의종군을 당했다오. 함께 시전 마을 토벌전에 참전했는데, 돌격전을 주장하는 내게 이순신이 그러더군. 헛되이 장졸들을 죽여서는 아니 된다고 말이오……. 이순신과 내가 지금 함께 여기에 있지 않은 것이…… 어쩌면 다행일 수도 있지."

"……패전을 생각하시는 것이오니까?"

원균이 두 눈을 크게 떴다.

"패전이라니, 당치도 않소. 나는 꼭 이길 게요. 저 부산을 쓸어버리고 전쟁에서 승리할 게요. ……하나 이순신이라면 이런 상황에 부산을 치지는 않을 테지. 아니 그렇소?"

이억기가 고개를 끄덕이는 것을 보며 원균이 말을 이었다.

"곤장을 맞으면서 무슨 생각을 한 줄 아시오? '이건 모두 전(前) 통제사 이순신이 맞아야 할 매다. 이순신이 맞을 매를 내가 대신 맞고 있는 것이다.' 그런 생각이 들었다오. 사 년이 넘도록 부산으로 출정하지 않은 장수는 내가 아니라 그였으니까. 억울한 생각도 들더군. 하나 곧 생각이 바뀌었소. 그가 맞든 내가 맞든 그게 무슨 대수겠소. 문제는 육군이 수군을 업신여기고 강제로 우리를 위태로운 지경에 밀어 넣는다는 사실이오. 배은망덕도 유분수지. 임진년 전쟁에서 대반격이 가능했던 것은 전적으로 수군 덕이 아니었소? 하나 이제는 주상 전하께서도, 조정 대신들도, 도체찰사도, 도원수도 과거는 모두 잊고 오늘 일만 탓하는구려. 그렇다면 차라리 그가 맞는 것보다는 내가 맞는 것이 더 낫지 않겠소? 몸도 내가 더 튼튼하고 도원수에게 대드는 것도 내가 더 잘할 터이니."

"이 통제사를 그리 생각하고 계셨습니까? 세간에는 두 분이 원수처럼 으르렁거린다는 풍문이 좌악 깔렸는데……."

"원수라! 내 적은 이순신이 아니라 왜군이라오. 왜적을 더 잘 무찌르기 위해 다투기도 하고 얼굴을 붉히기도 했지만 어디까지나 우린 한편이오. 내가 이순신을 생각하는 것만큼 이순신도 날 생각하고 있을 거요. 그렇게 가기 싫어했던 부산 앞바다로 가는

나를 어찌 걱정하지 않겠소? 모르긴 해도 이 싸움이 끝난 뒤의
여러 가능성들을 어지럽게 살피고 있을 게요. 지혜의 장수니까."

이억기가 자리를 뜬 후 원균은 무옥에게 대궁술(먹다 남겨 둔
술)을 가져오라고 했다. 무옥이 장독(杖毒) 오를까 두렵다며 고개
를 저었으나 원균은 막무가내였다. 원균은 무옥이 따르는 술을
한 잔 들이키곤 그 손을 꼭 잡아 쥐었다. 따뜻했다.

무옥은 고개를 모로 돌렸다.

"무옥아!"

원균이 무옥을 천천히 앞으로 당겼다. 무옥은 그 넓은 품에 안
긴 채 떨고 있었다.

"왜군이 두려우냐? 죽는 게 무서워?"

원균은 고개를 저었다.

"하면 무엇 때문이냐?"

무옥은 마른 입술을 비벼 댔다. 입이 바짝바짝 타 들어가는 모
양이었다.

"대감! 소첩은 이 목숨이 다하는 순간까지 대감을 모실 거예
요. 그러니 소첩을 멀리 내치실 생각은 아예 마세요."

원균은 포옹을 풀고 맑은 눈을 들여다보았다.

'내 마음을 읽었구나.'

"통제영에 머물러 있어라. 내 꼭 승전보를 들고 돌아오마."

무옥은 도리질을 쳤다.

"싫어요. 예서 죽는 한이 있더라도 대감 곁을 떠날 수 없어요."

"고집 부리지 마라. 네가 곁에 있으면 내가 마음 편히 싸울 수 없느니라."

무옥은 품에서 단도 두 개를 꺼내 들었다. 그 옛날 원균을 죽이기 위해 가지고 왔던 시퍼렇게 날이 선 단도였다. 원균이 눈을 부릅떴다.

"무옥아!"

무옥은 칼자루를 거꾸로 쥐어 칼끝을 턱밑에 댔다.

"대감! 대감이 소첩을 버리시면, 소첩은 죽을 따름입니다."

잠시 침묵이 흘렀다. 무옥은 당장이라도 목을 찌를 태세였다.

'어찌 그리 내 마음을 몰라준단 말이냐.'

"알았다. 떠나라는 소리 안 할 터이니 어서 그 단도를 거두어라."

"진심이신지요?"

원균이 고개를 끄덕였다. 무옥은 단도를 던지고 원균 품에 안겼다. 눈물이 뚜욱뚝 흘러내리고 있었다.

"바보같이 울긴 왜 우느냐? 눈물을 아껴라. 훗날 너와 함께 두만강을 건너면서 흘릴 눈물은 남겨 두어야 하지 않느냐? 그만 그치고 내 술 한 잔 받아라. 너를 향한 내 정이니라."

무옥은 눈물방울 섞인 술잔을 말끔히 비웠다. 그리고 원균 품으로 자꾸자꾸 밀고 들어왔다. 무옥이 이렇듯 대담하게 원균 몸을 더듬기는 처음이었다. 원균은 눈을 지그시 감고 그 손길에 몸을 내맡겼다.

'사랑하고 싶으냐. 얼마든지 사랑하렴. 이 몸뚱이 널 위해 얼마든지 바치고 또 바치마. 드넓은 요동 벌판처럼, 검푸른 난바다처럼 사랑하자꾸나. 사랑하자꾸나. 여진의 춤추는 보석, 무옥아! 네 사랑이 얼마나 크고 넓고 깊은지 보여 다오. 이 밤이 더디 새도록 오래오래 보여 다오.'

# 二十二, 어지러운 새벽녘 화해를 꿈꾸다

칠월 십사일.

일찍 잠을 깬 이순신은 홀로 뜰을 거닐었다. 섬쥐똥나무 아래 황적색 꽃을 피운 하늘말나리를 바라보는 얼굴에 수심이 가득했다. 어머니 장례를 치른 뒤 몰골이 더욱 수척해졌다. 재란(再亂)은 예상한 일이지만 고니시 유키나가와 가토 기요마사가 이끄는 군사들이 수십만 명을 헤아린다는 풍문은 잠을 쫓기에 충분했다.

'적은 더욱 강해졌다. 아군 약점이 모두 노출된 상황에서 왜적과 맞서 이기기는 극히 어렵다. 왜군이 강해지는 동안 우리도 강해졌는가. 몇몇 산성을 다시 쌓고 훈련도감에서 장졸을 양성했지만 턱없이 부족하다. 여전히 명나라 원군에 기대어 싸울 수밖에 없다.

무엇보다 걱정스러운 일은 하삼도 민심이 완전히 조정에 등을 돌린 것이다. 백성들이 조정과 왕실을 위해 스스로 군사를 일으키지 않는다면 어떻게 이 전쟁에서 승리할 수 있단 말인가.'

이순신에게는 또 하나의 고민거리가 있었다. 칠월로 접어들면서 매일 밤 악몽이 이어졌다. 검은 소가 방으로 뛰어들기도 하고 검은 배가 산꼭대기에서 미끄러져 내려오기도 했다. 어제는 검은 옷을 입은 사람들이 거대한 강을 건너는 것이 보였다. 검은 소, 검은 배, 검은 말, 검은 사람들. 모두 저승사자가 변신한 모습이었다. 저승사자가 자신을 매일 밤 찾아오는 것이다.

'죽을 때가 되었는가.'

고개를 들어 하늘을 바라보았다. 직녀성과 견우성 사이로 수많은 별들이 빛나고 있었다. 은하수를 타고 쏟아지는 별무리에 잠시 시선을 빼앗겼다.

마른 바람이 흙먼지를 일으키며 앞마당으로 회오리쳤다. 멧비둘기가 구구구구 울자 이순신은 서너 걸음 물러서며 잔기침을 해댔다. 최중화가 주고 간 약초 덕분에 근근이 연명하고는 있지만 여름 감기에 시달릴 만큼 허약한 몸이다. 옆구리와 허벅지 통증을 이겨내며 아침마다 몸을 추스르는 데도 꽤 많은 시간이 들었다. 그러나 고통은 살아 있음의 징표가 아닌가. 어떤 이유를 대더라도 살아 숨 쉬는 것보다 더 소중한 것은 없다.

대청마루에 앉아 가볍게 허벅지를 주물렀다. 앙상한 뼈가 잡힌다. 쉰세 살. 이제 이순신도 늙은 것이다. 젊은 시절 강장(疆場. 변방)을 떠돌며 온갖 고초를 겪은 결과일까. 예순을 훌쩍 넘긴 노인보다도 더 자주 아팠다.

섬돌 위에 나란히 놓인 짚신 두 켤레가 눈에 띄었다. 이순신
병을 살피기 위해 아산에서 찾아온 훈련 주부 변존서와, 지난
오월 삼일 이름을 위(蔚)에서 열(莐)로 고쳐 준 둘째 아들의 신발
이다.

'내가 급사(急死)라도 할까 봐 두려운 게지.'

아산에 남아 있는 아들들 얼굴이 떠올랐다. 큰아들 회와 막내
아들 면, 그리고 서자인 훈(薰)과 신(藎). 아들들에게 좋은 아버
지가 되지 못한 것이 못내 아쉬웠다. 그들은 아버지 뒤를 이어
장수의 길을 걷겠노라는 서찰을 보내왔다. 그때마다 이순신은 가
족을 떠나 홀로 변방을 떠도는 것이 얼마나 힘겨운가를, 몰려오
는 적과 맞서 죽음을 향해 달려드는 것이 얼마나 큰 용기를 필요
로 하는가를 먼저 신중히 생각하라는 답장을 썼다. 그러나 되돌
아오는 서찰은 언제나 한결같았다.

'아버님! 오랑캐를 몰아내고 이 나라 조선을 더욱 강건하게 만
들고 싶습니다.'

이순신은 어렴풋이 느끼고 있었다. 아무리 설득해도 막내아들
면은 자기 뒤를 이을 것이고, 자기보다 더 뛰어난 장수가 될 것
임을.

천천히 고개를 들었다.

대문 앞에 체구 건장한 사내가 서 있었다. 호탕한 웃음이 귀에

익었다. 이순신은 손등으로 눈지방을 비볐다. 나이를 먹을수록 힘을 잃어 가는 시력이다. 이제는 스무 걸음만 떨어져도 사물을 구별할 수 없었다. 어느새 사내가 앞마당을 가로질러 왔다. 걸음을 옮길 때마다 갑옷이 철그럭 철그럭 소리를 냈다. 사내는 투구를 벗고 긴 숨을 내쉬더니, 갑자기 두 무릎을 꿇고 엎드렸다. 그 이마에 붉은 피가 흘러내렸다. 서둘러 사내를 부축해 일으켰다.

"아니! 당신은⋯⋯!"

이순신은 깜짝 놀라 소리쳤다. 원균이었다.

원균이 목소리를 낮추라며 손을 휘휘 저었다.

"조용히 하오. 모처럼 어렵사리 찾아왔는데, 동네 사람들을 모두 깨울 작정이오?"

이순신은 꿈꾸듯 서 있었다. 믿기지 않았다. 원균 모습을 찬찬히 살폈다. 예전보다 몸이 많이 불었다. 어깨도 더 벌어지고 허리 살도 붙었다. 밤송이 수염과 짙은 눈썹은 그대로였지만, 충혈된 눈은 통제사 자리가 얼마나 힘겨운가를 나타내 주었다. 오른손에는 변함없이 장검을 쥐었다.

"통제영은 어찌하고 이리 오셨소?"

"조방장들이 잘 지키고 있소이다. 배홍립과 김완은 개석(介石, 돌보다 단단함. 절개와 의리를 굳게 지킴)의 지조가 있는 용장 중의 용장 아니오?"

"그렇지요. 두 사람은 죽음을 두려워하지 않는 맹장들이지요. 배홍립의 철퇴나 김완의 표창이 새삼 그립소이다."

원균이 바짝 다가앉으며 이순신 얼굴을 빤히 들여다보았다.

"……?"

이순신도 지지 않겠다는 듯 시선을 곧추세워 응대했다. 원균은 대답 대신 이순신 양손을 마주잡았다.

"고문 때문에 몸이 많이 망가졌다고 들었소. 손이 차구려. 얼굴도 헬쑥하고. 이 장군! 장수는 전쟁터에서 죽어야 하오. 가족들의 따뜻한 보살핌 속에서 두 발 편히 뻗고 죽는 것은 장수다운 죽음이 아니지. 그건 차라리 치욕이 아니겠소?"

"그렇지요. 치욕이고말고요. 한데 여기까지 어인 일이신지요?"

"도원수가 출정하라며 장(杖)을 쳤다오."

이순신이 대청마루에 묻어나는 핏자국을 눈으로 훑었다.

"그 소식은 들었습니다. 아무리 도원수라고 해도 수군 통제사 볼기를 칠 수는 없는 일이지요."

원균이 고개를 들고 웃었다.

"허허허허! 이 장군이 그렇게 말해 주니 기쁘구먼……. 하지만 이 장군! 볼기짝 몇 대 맞았다고 나 원균이 꺾일 사람이오? 도원수도 궁지에 몰렸던 게지. 자기가 위태로우니 날 들볶은 거요. 이 장군!"

원균은 잠시 이순신 얼굴을 쳐다본 후 이야기를 이었다.

"사실 나 이 장군에게 용서를 빌러 왔소."

"용서를 빈다 하였소이까?"

"그렇소. 이 장군도 알겠지만, 난 지난 몇 해 동안 탑전에 여러 번 소(疏)를 올렸고 또 대신들에게도 서찰을 보냈다오. 통제사 이순신을 끌어내리고 나 원균을 통제사로 임명한다면 당장 부산으로 진격하여 왜군을 섬멸하겠다고 말이오. 하나 정작 통제사가 되어 전황을 살피니 그 호언장담이 모두 터무니없는 것임이 드러났소. 수륙에서 함께 병진하지 않고 수군 단독으로 부산을 치는 건 참으로 어리석은 전략이라오. 그제야 나는 이 장군이 왜 그토록 부산 진격을 주저하였는가를 깨달았소. 그리고 권 도원수 지적처럼 나 역시 주저할 수밖에 없었다오. 내 사랑하는 삼도 수군 장졸들을 사해로 빠뜨릴 수는 없으니까. 이미 많이 늦은 줄은 알지만 그래도 이 말만은 꼭 해야겠기에 잠시 들른 것이오. 참으로 미안하게 되었소."

"전황을 자세히 살피지 않았다면, 어떤 장수라도 그와 같은 욕심을 냈을 겁니다. 더구나 통제사를 바꾼 일은 원 장군이 정한 것이 아니라 조정 중론을 거쳐 어명으로 정한 것이오. 도원수의 명을 어기면서까지 조선 수군의 출병을 늦춘다는 소식은 이미 듣고 있소이다. 그 소식을 듣는 순간 이제 내 마음을 이해하겠구나 생각했지요. 부산으로 진격하지 않으면 겁장이요, 부산으로 진격해야 용기 있다는 것처럼 허술한 이야기가 어디 있겠소이까? 승리보다 패배할 가능성이 크고, 아군의 피해가 크면 후사를 감당할 수 없기에 때를 기다릴 따름이지요."

"허어, 그렇게 이야기해 주니 참으로 고맙소. 역시 이 장군은 나보다 훨씬 크고 깊은 사람이오. 솔직히 임진년 왜란이 시작된 순간부터 그대는 내가 닿을 수 없는 아주 높은 곳에 서 있었다오. 때론 시비도 걸고 때론 화도 냈지만, 그건 모두 내가 따를 수 없는 그대의 전략과 용병술 탓이었을 게요. 아, 나는 너무 늦게 깨달았다오. 이 장군, 그대 삶을 가로막는 벽은 실은 내가 아니라오. 차라리 나였으면 하지만, 정말 간절히 바란 적도 있지만 어찌 내가 그대의 상대가 될 수 있겠소. 나는 그대가 부럽기도 하고 걱정도 되오. 이제부터 정말 운명을 건 싸움이 시작되는 게요. 말하기 좋아하는 놈들의 눈에 결코 보이지 않는, 그 지독하고 처절하며 외로운 싸움 말이오. 그대도 이미 그 기운을 조금씩 느끼기 시작했을 게요."

"……"

원균이 말머리를 돌렸다.

"이렇게 나란히 앉아 있자니 옛날 생각이 절로 나는구려. 우리가 함께 자란 건천동을 기억하오?"

"기억하다마다요. 원 장군은 어린 우리들의 골목대장이 아니셨소이까."

"내가 덩치도 크고 나이도 많아 대장 노릇을 했을 뿐이오. 지략이나 투지로 본다면 마땅히 이 장군이 대장을 했어야지."

잠시 침묵이 흘렀다. 왜바람이 마당으로 몰려들었고 흙비가 내렸다. 이순신이 먼저 입을 열었다.

"두만강을 넘어오는 삭풍은 참으로 대단했지요."

원균이 고개를 끄덕였다.

"힘겨운 나날이었소. 날로 강성해지는 야인에 맞서 매일매일 죽음을 각오하고 싸웠지. 전투를 거듭하는 동안 많은 부하들을 잃었소. 이 장군도 그때 목숨을 잃을 뻔하지 않았소?"

"그랬지요. 좁은 소견으로 제 고집만 부렸던 것이 후회가 되오이다. 장군은 그때에도 당당했지요."

주위가 불현듯 깜깜해졌다. 반짝이던 별들이 순식간에 자취를 감추었다. 서쪽으로부터 밀려온 먹구름이 하늘을 뒤덮더니 이윽고 굵은 빗방울이 툭툭 떨어지기 시작했다. 원균이 하늘을 올려다 보며 물었다.

"이 장군! 그대는 역사를 믿소?"

이순신이 어깨를 움츠리며 되물었다.

"역사…… 말입니까?"

원균은 고개를 끄덕였다.

"그렇소. 『사기』나 『춘추』를 들출 때면 난 생각했소. 역사란 전쟁을 담는 그릇이오. 태평성대에 역사가 무슨 필요겠소. 환란이 끊이지 않을 때 사람이 애쓰며 역사가 있게 되는 게지. 이 왜란은 나라가 선 이래 가장 큰 난이니 반드시 역사에 남을 것이오. 사서에도 기록될 것이고, 여러 문집에도 남해 바다에서 싸워이긴 이야기들이 남겠지요."

"그럴 테지요."

"이 장군! 우리는 역사에 어찌 남을 것 같소?"

이순신은 대답을 미룬 채 원균을 따라 검은 하늘을 눈으로 훑었다.

"이 장군! 그대와 나는 철부지 시절부터 반평생을 함께 보냈으니 참으로 오랜 인연이 아니오? 더구나 그 대부분을 전쟁터에서 만나고 헤어지며 지낸 사이이니 우리는 전우(戰友)일 것이오."

"……"

"내 그대를 시기했을지언정 적으로 여긴 일은 결코 없었소. 그것은 이 장군도 마찬가지겠지? 우리에겐 너무나도 거대한 적이 있지 않소? 오랑캐라고 업신여겨 왔건만 조선의 산하를 피로 물들인 왜놈들, 유박불수(帷薄不修, 더럽고 음란하여 남녀의 구별하는 예의가 없음)한 왜놈들이야말로 우리 적이었소. 그대와 내가 다투었던 일들은 그 적과 싸우기 위해 공을 다툰 것이었소. 그렇지 않소?"

이순신은 응답하지 않았다. 원균은 대답을 들으려고 묻는 것이 아니었다. 이순신은 그 말을 들으며 승전에 기뻐하던 시절과 끌려가 고문받던 처참한 기억을 함께 떠올렸다. 쓴웃음이 찾아들자 저절로 입가가 일그러졌다.

"이 장군! 하나 역사란 말이오. 역사는 우리의 진심 따윈 아랑곳하지 않는 놈이오. 이순신 그대가 아니라면 나 원균을 제물로 쓰겠지."

'제물?'

이순신은 그 말을 되씹었다.

'원균, 그대가 왜 지금 나에게 그런 말을 하는가? 그대는 무슨 말을 하고 싶은가?'

이순신 손끝이 떨리며 오그라들었다. 원균이 그 눈을 똑바로 들여다보았다.

"권력을 움켜쥐고 흔들어 대는 자들. 죽음이 무엇인지도 모르는, 전쟁이 무엇인지도 모르는 멍청이들, 그 버러지 같은 놈들!"

'원균, 그대는 왜 이리 흥분하는가. 도원수의 곤장이 그렇게도 분하던가. 무군지죄인 앞에서 겨우 곤장 몇 대를 가지고 이러는

것인가?'

이순신 윗입술이 씰룩였다.

"말씀이 지나치시외다. 조정에는 류성룡 대감이나 윤두수 대감 같으신 분도 있지 않소이까?"

"허허헛. 허허허헛!"

원균이 갑자기 너털웃음을 터뜨렸다. 거슴 깊은 곳에서 솟아나오는 웃음이었다.

"원 장군! 왜 그리 웃으시는 것이오?"

"미, 미안하오. 이 장군!"

안색을 바꾸며 원균이 목소리를 깔았다.

"이 장군은 역사가 류성룡 대감이나 윤두수 대감 같은 양반의 붓끝에서 만들어진다고 보시오?"

"사관(史官)들은 문관이 아니오? 그중에는 눈 밝고 귀 밝은 이가 있을 거외다."

원균이 호통을 쳤다.

"이 장군! 정녕 모르는 게요? 역사의 중심엔 누가 있소? 바로 군왕이외다. 역사는 군왕을 위해 기록되는 것. 제아무리 명신(名臣)들이 조정에 우글댄다고 해도 덕음(德音. 왕의 말씀)을 거역할 수는 없는 일이오. 역사는 반드시 이 전쟁의 책임을 물을 것이고 그때 누가 책임을 지겠소? 군왕이겠소? 아니면 군왕의 눈과 귀가 되어 움직이고 손이 되어 글을 짓는 문신들이겠소? 아니오. 그들은 결코 이 전쟁의 책임을 지지 않을 것이외다. 하면 그 책임은 누가 지겠소?"

원균은 잠시 뜸을 들였다.

"조선에는 지난 임진년에 사훼(蛇虺, 뱀과 살무사, 남을 해롭게 하는 사람을 비유하는 말) 같은 왜적에게 패한 수많은 장수들이 있소. 조정에서 그들을 살려 둔 이유를 아시오? 일단 아량을 베풀어 왜군과 맞서 싸우게 한 후 역사의 죗값을 물을 작정인 게요. 이 장군도 벌써 그 덫에 걸렸소."

"하지만 조선 수군은 승전을 거듭하며 개가(凱歌, 승리의 노래)를 높이 불렀소."

"허허허! 사관들은 아마도 이렇게 쓸 것이오. '몰려오는 왜선을 격파하여 작은 승리를 거둔 것은 사실이나, 부산으로 먼저 나아가 치지 않은 죄를 면하기는 어렵다. 정유년에 왜군들이 다시 상륙하여 도량(跳梁, 불량한 무리가 함부로 창궐하여 날뜀)할 수 있었던 것은 수군이 왜선을 무찌르지 않았기 때문이다.'"

"그만! 그건 사실이 아니오. 터무니없는 모함이오! 어명이 지엄하다고 해도 패배와 죽음의 길로 나아갈 수는 없소이다."

"패배의 길? 죽음의 길? 허허허, 그렇소. 그대 말이 맞소. 하나 역사는 이미 두 눈이 멀었다오. 지엄하신 어명만 입에 올리고 죽음의 길은 헤아리지 못할 게요."

빗소리가 점점 잦아들었다. 처마 끝에서 물방울이 똑똑똑 떨어졌다. 원균이 그 물방울들을 손바닥으로 움켜쥐며 쓸쓸하게 웃었다.

"허허허, 이 장군! 어차피 우린 이 물방울과 같다오. 청명한 하늘, 눈부시게 빛나는 해를 예비하기 위해 잠시 반짝이다 사라

지는 물방울. 불멸하는 것은 승리의 역사지 피 흘려 싸운 장수들
이 아니란 말이오. 이 장군! 그대와 나는 이미 역사에 발목을 잡
혔소. 이대로 전쟁이 끝나면 우리 둘 다 무사하지 못할 것이오.
잔인한 역사는 살아남은 장수들의 피를 모조리 요구할 테지요.
오명을 남기지 않을 방법은 하나뿐이오."

"그것이 무엇이지요?"

"이 전쟁이 끝나기 전에 죽는 것이오."

이순신 눈초리가 또다시 파르르 떨렸다. 류성룡을 만나 죽음을
청했던 기억이 되살아났다.

"어, 어찌 그런 말씀을 하시오?"

"망인(亡人)에게 한없이 관대한 것이 바로 역사라오. 더구나 전
쟁터에서 장렬하게 죽는다면 충신으로 남겠지. 이 장군! 어떻소,
나와 함께 역사에 푸른 이름을 남기는 것이? 전우로서 충고하는
것이오. 어차피 죽을 목숨, 자손들이 밟고 지나갈 섬돌 노릇이라
도 합시다. 자!"

원균이 오른 손바닥을 편 채 앞으로 쑥 내밀었다. 어서 그 손
을 잡고 길을 나서자는 것이다. 이순신은 허리를 젖히며 손바닥
을 노려보았다. 가느다란 불빛이 열린 방문을 통해 흘러 들어왔
다. 이상한 느낌이 들었다.

"자, 갑시다! 이 장군, 어서 내 손을 잡으시오."

그제야 이순신은 무엇이 이상한지를 깨달았다. 원균 손바닥에
손금이 없었던 것이다.

이순신이 놀란 얼굴로 옆걸음질을 치자 원균이 와락 달려들어

팔을 낚아채려 했다. 있는 힘을 다해 밀쳤지만 원균은 꿈쩍도 하지 않았다. 집채만 한 바위가 가슴을 찍어 누르는 듯했다.

'이럴 수가!'

어느새 원균은 검은 갑옷을 입었고, 양 볼도 썩어 들어가 시커멓게 변했다. 이순신은 황급히 품에서 단검을 뽑아 원균 배를 깊숙이 찔렀다. 피가 튀었다. 먹물보다도 짙은 검은 피였다.

"허허허! 이 장군. 아직도 살고 싶은가 보지? 하나 내 오늘은 꼭 그대를 데리고 가야겠소. 자, 어서 손을 이리 내미시오."

거대한 힘이 오른팔을 잡아당겼다. 이순신은 한사코 등뒤로 오른손을 감추며 버티었다. 원균이 장검을 빼어들었다. 칼날의 검은 빛이 눈을 찔렀다. 더 이상 버틸 힘이 없었다. 이제는 원균을 따라 북망산으로 가는 도리밖에 없었다.

참으로 악연이라는 생각이 들었다.

'그토록 많고 많은 저승사자 중에서 왜 하필 원균이 나를 데려갈 저승사자로 온 것인가. 그렇다면 원균은 이미 저 세상 사람인가. 아직 그가 죽었다는 소식을 듣지 못했다. 언제 어디서 어떻게 죽었단 말인가.'

"원 장군! 언제 저승으로 가셨소이까?"

원균이 이순신 손을 틀어쥐며 웃었다.

"허허허허. 아니오. 나는 아직 죽지 않았소."

웃음을 만들던 입이 먼저 사라지고 어둠 속으로 코가 밀려 들어가더니 마지막으로 번쩍이는 두 눈이 동시에 없어졌다. 가슴을 찍어 누르던 무거움도 사라졌다. 지금 눈앞에 펼쳐진 것은 아직 어둠이 가시지 않은 하늘이다.

"아버님! 밤바람이 차옵니다. 어서 안으로 드시지요."

아들 열의 동그란 얼굴이 눈에 들어왔다. 그 뒤로 변존서의 뾰족한 턱이 보였다. 이순신은 고개를 좌우로 흔들었다. 대청마루에 모로 쓰러져 깜박 잠이 들었던 것이다. 원균의 너털웃음이 귀에 쟁쟁했다.

"인기척을 느끼지 못했느냐?"

이열이 고개를 갸우뚱거리며 답했다.

"누가 감히 이곳을 기웃거린단 말씀이옵니까?"

권율은 특별히 군졸들을 붙여 이순신의 처소를 보호했다. 호위병이 아니더라도 백전백승 명장 이순신의 잠자리를 방해할 이는 없었다.

'장주(莊周)의 꿈이로다.'

이순신은 방으로 들어갔다. 이열이 떠 온 냉수 한 사발을 들이켰다. 꿈에 원균이 나타난 이유를 곰곰이 따져 보았다. 예전에도 간간이 꿈에 원균을 본 적은 있으나 이번처럼 다정하게 군 적은 없었다. 원균이 누군가. 평생의 경쟁자가 아닌가.

'꿈은 반대라는데. 그와 나 사이가 더욱 악화될 조짐일까.'

이순신은 몸을 비스듬히 돌린 채 눈을 감았다. 원균과 함께 보낸 지난 나날이 병풍처럼 펼쳐졌다. 벌써 색이 바랜 부분도 있고 어젯밤에 일어난 일처럼 또렷하게 떠오르는 사건도 있었다.

삶의 고빗사위(매우 중요한 단계나 대목 가운데서도 가장 아슬아슬한 순간)마다 그의 곁에는 원균이 있었다. 건천동 시절에는 우악스런 골목대장이었고, 육진 시절에는 따를 수 없이 강해 보이던 선배 장수였다. 임진년에는 죽음을 뛰어넘는 용맹함으로 혀를 내두르게 했고, 그 이후로는 한 인간에 대한 경애가 어떻게 실망과 혐오로 바뀌는가를 깨닫게 해 주었다.

초계로 내려온 후 하루가 멀다 않고 옛 부하들이 찾아와서 원균을 비난했다. 너무 뚱뚱해 제대로 달리지도 못한다든가, 계집들을 운주당에 데리고 들어가서 술자리를 벌인다든가, 함부로 군사들을 처형한다는 소문이었다. 그러나 이순신은 동조하지 않았다. 삼도 수군 통제사 원균. 여진족을 벌벌 떨게 했던 원균은 오직 전투에서 승리하기 위해 불철주야하는 장수였다. 이순신이 험담들을 꾸짖고 물리칠수록 부하들은 더욱 입에 게거품을 물며 원균을 깎아내렸다. 이순신이 겉으로는 원균을 감싸지만 속으로는 자신들과 같은 마음이리라고 믿었다.

'역사란 이런 것인가. 내가 그를 어찌 여기건, 다른 사람 눈에 보이는 대로 적도 되고 원수도 되는 것인가.'

원균에 대한 가슴속 앙금은 물론 완전히 가시지 않았다. 의금옥에 갇혀 고문을 받을 때는 심장이 터져 버릴 듯한 분노와 증오에 이를 갈기도 했다. 살아 돌아갈 수 있다면 반드시 원균 이마에 화살을 꽂으리라 다짐도 했다. 그러나 이젠 그렇지 않았다. 초계로 내려온 후 미움이 많이 누그러진 것은 원균이 연합 함대를 부산으로 이끌어 가지 않고 있기 때문이다. 전라 병사로 있으면서 큰소리는 쳤지만, 막상 수군 통제사에 오르고 보니 쉽게 부산을 칠 상황이 아님을 깨달은 것이다.

그 솔직함이 마음에 들었다. 자기 말에 목이 매여 출정하는 대신 군선들을 통제영에 묶어두고 있음은 곧 개인의 체면보다 조선 수군을 염려함이다. 그것이 이순신에게는 마지막 위안이자 희망이었다. 원균이 부른다면 나아가서 도울 생각조차 있었다. 그러나 원균은 끝내 이순신을 찾지 않았다. 원균의 마지막 자존심일지도 몰랐다.

"장군! 기침하셨사옵니까?"

송대립이 앞마당에서 큰 소리로 아뢰었다. 이순신은 변존서를 시켜 문을 열게 했다. 따사로운 햇살과 함께 마른 바람이 방으로 휙 들이쳤다. 송대립이 서너 걸음 달려 나오며 다급한 목소리로 아뢰었다.

"장군! 오늘 새벽 삼도 수군의 연합 함대가 부산을 향해 떠났다 하옵니다."

"뭣이라고?"

이순신은 자리를 박차고 일어섰다. 기어이 원균이 사해로 뛰어든 것이다.

'해안을 따라 견고하게 쌓아 올린 왜성들을 피해 무사히 부산까지 당도하기란 불가능하다. 거제도를 채 벗어나기도 전에 패배의 쓴잔을 마시리라.'

갑자기 천장이 빙빙 돌았다. 이순신은 그 자리에 풀썩 주저앉았다가 그대로 드러누웠다. 변존서가 황급히 이순신을 안아 일으켰다. 반쯤 감은 이순신 눈에 지휘검을 휘돌리며 군사들을 독려하는 원균이 보였다. 이순신 입술이 떨렸다.

"원 장군! 작별 인사를 하러 왔던 게요? 원 장군! 가서는 아니
되오. 가면 죽음뿐이외다!"

# 二十三, 조선 수군, 칠천량에서 궤멸되다

칠월 십사일 어슴새벽.

원균은 조선 수군 전부에 출정 명령을 내렸다. 90척씩 나누어 부산 앞바다로 가는 것이 아니라 판옥선과 협선을 깡그리 동원한 출정이었다. 바다를 덮은 배는 300척을 훌쩍 넘었다.

"나가자! 가서 왜놈들을 모조리 도륙하자!"

조방장 배흥립과 김완이 전라 우수군과 충청 수군, 경상 우수군에 빠르게 군령을 전달했다. 둥둥둥 북소리와 함께 한산도를 떠난 군선들이 견내량으로 나아갔다. 칠천량을 지나 웅천과 가덕도 사이로 접어들자 바람이 점점 거세어졌다.

선봉장 최호가 왜 척후선 두 척이 안골포 근처에서 잠시 동정을 살피다가 몰운대 쪽으로 달아났다고 보고해 왔다. 원균이 다시 군령을 내렸다.

"역풍이 심하니 판옥선이 횡으로 벌려 앞장을 서고 협선을 비롯한 작은 배는 간격을 좁혀 빠르게 전진하라. 오늘 해가 지기 전에 부산 왜군을 쳐야 한다. 자, 조금만 더 힘을 내라!"

원사웅이 다가와서 말했다.

"이상하군요. 평소라면 왜선들이 웅천이나 안골포 근해에서 조총이라도 쏠 터인데 오늘은 전혀 대응이 없습니다."

원균이 호탕하게 웃었다.

"하하하! 겁을 잔뜩 먹은 게야. 삼도 수군이 모두 나섰으니 두려울 수밖에 없지. 이 여세를 몰아 부산까지 단숨에 가자."

왜 척후선은 그 후에도 계속 나타났다 도망가기를 반복했다. 조선 수군이 몰운대를 지나자 바람과 함께 파도까지 높아졌다. 월인이 권했다.

"장군! 배가 너무 심하게 흔들립니다. 이렇게 파도가 높으면 총통도 조준하여 발사하기 힘들고 열을 지어 당파를 하기도 어렵습니다. 회항하시지요."

원균이 그 말을 잘랐다.

"회항이라니? 아니 되오. 여기까지 왔는데 그냥 돌아가면 권 도원수는 정말 날 겁장으로 몰 게요. 싸워야 하오. 우리는 이길 수 있소. 이겨야만 하오. 전진, 전진하라! 더욱 빠르고 강하게 나아간다."

군선들이 부산 앞바다 물마루(수종(水宗))를 지났다. 갑자기 회오리바람이 불면서 사나운 파도가 군선 옆구리를 때렸다. 배들이 서로 뒤엉켜 부딪힐 위험에 빠졌다. 급히 좌우로 벌려 서라는 군령이 내렸다. 부산 앞바다 가까이 노를 저었던 군선 십여 척이 물살에 휩쓸려 대열에서 이탈했다. 협선 십여 척도 표류하기 시작했다.

"장군! 회항해야 합니다. 이대로 나아가다가는 함대 전체가 침몰할 수도 있습니다. 뱃머리를 돌리시지요. 곧 밤이 되면 왜선들이 급습할지도 모릅니다. 돌아가야 합니다."

원균은 고개를 들어 군선들을 살폈다. 의기양양하던 모습은 사라졌고 바람과 파도에 시달려 지친 기색이 역력했다. 부산 앞바다에 머물려 고집해 봐야 의미가 없었다.

"돌아간다. 가덕도에서 잠시 쉬었다가 내일 다시 오자."

군선을 수습하여 가덕도에 이르자 이미 깜깜한 밤이었다. 먹구름까지 짙게 내려앉아 별도 달도 없었다. 하루 종일 바람과 파도에 시달린 격군들은 몹시 목이 말랐다. 물 한 그릇 벌컥벌컥 마신 후 아무 곳에나 쓰러져 자고 싶었다. 배가 가덕도에 닿자 장졸들은 우루루 배에서 내렸다. 그리고 한 모금 시원한 물을 그리며 어둠을 달렸다.

타탕!

느닷없이 조총 소리가 메아리쳤다. 매복하고 있던 왜군들이 조선 장졸을 에워싸고 일제히 조총을 쏘아 대기 시작한 것이다. 깜깜한 어둠 속에 장졸들은 어디로 피할 바를 몰랐다. 순식간에 수십 명 장졸들이 쓰러졌다.

"복병입니다. 장군! 피해야 합니다."

"이런, 개새끼들!"

원균은 아랫입술을 짓씹었다. 어둠에 숨어 조선 수군을 노려보는 놈들을 단숨에 쓸어버리고 싶었지만, 지친 장졸들을 이끌고 육전을 벌일 수는 없었다. 원균은 허벅지에 총탄을 맞은 군졸을 들쳐 메고 외쳤다.

"후퇴하라. 배로 돌아간다."

혼란 속에 간신히 배로 돌아오자, 원균은 거제도 영등포로 향하자고 명했다. 월인이 다시 말했다.

"영등포도 위험합니다. 가덕도에 복병을 심어 둘 정도라면 거제도에도 복병이 깔렸다고 봐야 합니다. 힘들더라도 옥포와 송미포를 크게 돌아 가배량을 거쳐 한산도로 가셔야 합니다. 이곳에서 밤을 보내는 것은 적진 한가운데 서서 무사하기를 바라는 것과 같습니다."

"군사! 너무 겁 먹지 마시오. 웅천과 안골포에 왜군들이 진을 치고 있으니 가덕도에 복병이 있다 하여 이상한 일은 아니오. 목이 마른 장졸들이 경계도 없이 상륙했다 당한 것이지. 하나 거제도는 내가 누구보다도 잘 아오. 거제도는 가덕도와는 비교도 할 수 없을 만큼 큰 섬이오. 어찌 이 큰 섬에 복병을 깔아 둘 수 있겠소? 오늘밤 잠시 영등포에 내렸다가 내일 다시 부산으로 가도록 합시다. 한산도로 돌아가자는 얘긴 다신 마오. 난 이번에 꼭 끝장을 봐야 하겠소."

영등포 앞바다에 이르자 월인은 판옥선 두 척을 우선 상륙시켰다. 다른 판옥선들도 서둘러 상륙을 준비할 즈음 다시 조총 소리가 울렸다. 월인의 예측대로 영등포까지 복병이 깔린 것이다. 원균은 어둠에 묻혀 보이지 않는 적을 향해 총통을 쏘고 불화살을 날리며 버텼다. 그러나 적이 피해 입는 기미는 없었고, 날아오는 조총 탄환에 우리 군졸만 희생돼 갔다.

칠월 십오일은 새벽부터 폭우가 쏟아졌다.

원균은 날이 밝자마자 부산 앞바다로 가고 싶었지만, 최호도 이억기도 바다와 파도를 막아 줄 섬이 없는 부산으로 진격하는 것을 반대했다. 결국 칠천량에서 하루를 더 지내기로 했다. 거제도와 칠천도 사이에 낀 칠천량 바다에서는 바람과 파도를 피할 수 있었다. 풍랑이 너무 거셌던 탓인지 십오일에는 별다른 전투가 없었다. 어제까지 보이던 왜 척후선은 단 한 척도 보이지 않았다.

원균은 복병선(伏兵船) 열 척을 따로 영등포 쪽에 세우고 나머지 군선에 휴식을 명했다. 부산 앞바다까지 갔다가 가덕도와 영등포에서 복병을 만나 싸운 장졸들은 깊은 잠에 빠져들었다. 원균 역시 갑옷을 입은 채 지휘선 숙소에 쓰러졌다.

칠월 십육일, 날이 밝으려면 아직 시간을 남겨 둔 인시(새벽 밤 3~5시)에 왜 수군 비거도(鼻居舠. 작은 정탐선) 열 척이 조용히 조선 수군 진영으로 나아왔다. 비거도가 접근했음에도 조선 수군 복병선에서 반응이 없자 곧 왜 비선 다섯 척이 마저 빠르게 다가왔다. 선봉을 자청한 도도 다카토라의 군선들이었다. 와키자카 야스하루와 가토 요시아키를 비롯한 왜 수군은 어둠 속에서 칠천도 주위에 집결을 마쳤다.

"불태워라!"

도도의 군령이 전해지자, 비선의 왜군들이 범주(帆柱. 돛기둥)를 사다리처럼 걸고 복병선으로 날아올라 불을 질렀다. 복병선 열 척이 불길에 휩싸이자 바로 대대적인 공격이 시작되었다.

"장군! 왜놈들이 급습해 옵니다. 복병선이 모두 당했습니다."

원균 배로 달려온 배흥립이 외쳤다.

"무엇이라고?"

원균은 지휘검을 들고 급히 갑판으로 나섰다.

"북을 쳐라! 불화살을 쏘아라! 왜적이 왔음을 속히 알려라. 싸 워라. 맞서 싸워라!"

타탕.

갑자기 매우 가까운 곳에서 조총이 울렸다. 왜 비선들이 어느 틈에 지휘선 가까이까지 파고든 것이다.

"대체 복병선은 뭘 하고 있었단 말이냐? 침착하라. 야음을 틈 타 달려든 쥐새끼들일 뿐이다. 총통을 쏴라. 차라리 잘 되었다. 부산으로 갈 것도 없이 칠천량에 왜선을 모두 가라앉히자."

그러나 전세는 원균이 원하는 대로 움직이지 않았다. 이미 손 발을 맞춘 듯, 왜선들은 다섯 척이 판옥선 한 척을 뺑 둘러쌌다. 범주를 대고 왜병들이 기어올라 긴 칼을 휘두르며 달려들었다. 조선 수군이 쓰는 전법대로 멀리서 총통을 쏘아 견제하고 당파를 시도할 여유가 없었다.

함성과 비명 속에 조선 수군 판옥선들이 침몰하기 시작했다.

왜선은 조를 짜서 이편 움직임을 훤히 살피며 달려들었지만, 아군은 적의 병력과 움직임을 파악하지 못한 채 살 길을 찾기에만 급급했다. 쏘아 대는 조총과 번뜩이는 칼빛에 놀란 판옥선과 판옥선이 서로 먼저 달아나려다가 부딪히는 일까지 벌어졌다. 불기둥이 치솟을 때마다 배에 기어오르는 왜병들 모습이 드러났고, 왜도가 시퍼런 빛을 뿌리며 피보라를 일으켰다. 순식간에 수십 수백의 조선 수군의 목숨을 잃었고, 이순신이 밤잠을 설쳐 가며 지어 늘린 140여 척의 군선이 한 천 한 척 처참한 몰골로 깨져 가라앉고 있었다. 죽음을 부르는 궤멸의 바다였다.

"칠천량을 빠져나가야 합니다. 벌써 절반이나 침몰했습니다. 앞뒤로 막히면 몰살당합니다."

월인이 소리쳤다. 원균은 고개를 들어 영등포 쪽을 바라보았다. 스무 척 남짓한 안택선들이 넓게 벌려 바닷길을 막았다. 길은 오직 하나, 남서진하여 견내량 쪽으로 나아가는 것뿐이었다.

"물러나라. 일단 여길 벗어나야 한다. 퇴각의 북을 쳐라!"

진시(아침 7시~9시)로 접어들자 칠천량 남단에서는 치열한 전투가 벌어졌다. 조선 수군을 막으려는 안택선들과 활로를 뚫으려는 판옥선이 정면으로 부딪쳤다. 순천 부사 우치적의 판옥선이 용감하게 적진을 뚫자 경상 우수사 배설의 배가 재빨리 견내량 쪽으로 달아났다. 일곱 척의 판옥선이 뒤를 따랐다. 그러나 이내 바닷길은 막혔고, 다시 혼전이 계속되었다.

"함께 움직이면 포위된다. 함대를 둘로 나누어 탈출하자. 나는 견내량 쪽으로 가겠다. 전라 우수군과 충청 수군은 저도(猪島) 쪽

으로 향했다가 전황을 보아 한산도로 귀영하라. 어서 이 계책을
전라 우수사와 충청 수사에게 전하라."

조방장 배홍립과 김완이 각각 나뉘어 군령을 전하러 떠났다.
원균 곁에는 원사웅뿐이었다.

"장군!"

적진으로 뛰어들었던 순천 부사 우치적이 지휘선으로 옮겨 와
원균을 찾았다. 그 얼굴이 벌겋게 상기되었다.

"오, 순천! 나를 도우러 왔는가? 괜한 걸음을 했구먼."

우치적이 무릎을 꿇으며 소리쳤다.

"장군! 장졸들이 빠져나가고 있습니다."

원균은 우치적 말을 이해하지 못했다.

"무슨 소린가? 장졸들이 빠져나가다니?"

"해안에 군선을 내버리고 달아나기 시작했습니다."

"무엇이라고?"

원균은 꼿꼿하게 서서 벌어진 입을 다물지 못했다. 배를 잃고
군사를 잃는 것보다 더한 충격이었다. 탈영병이 생기리라고 예상
은 했지만 장수들까지 도망칠 줄은 몰랐다.

우치적이 고개를 바닥에 닿을 만큼 조아린 채 울부짖었다.

"장군! 어찌해야 하옵니까? 장군!"

원균의 양손이 부들부들 떨렸다. 깊은 숨을 몰아쉬며 원사웅에
게 말했다.

"우리…… 군선들이 몇 척이나 따라오는지 살펴보아라."

원사웅이 바람처럼 고물 쪽으로 나갔다가 돌아왔다.

"스무 척 남짓입니다."

"스무 척? 고작 스무 척이란 말이냐? 나머지 배들은 어디로 사라졌단 말이냐!"

원균이 가슴을 쥐어뜯고 있을 때 다시 비보가 날아들었다. 선봉장으로 앞서 싸우던 최호가 탄 배가 왜군이 쏜 불화살에 전소된 것이다.

"최호가 죽다니!"

원균은 지휘검을 뽑아 들고 이물 쪽 상갑판에 우뚝 섰다. 원사웅이 북채를 들고 정신없이 독전 북을 쳐 댔다. 견내량이 가까웠다.

그러나 원균 눈 앞에서 앞서 달아나던 판옥선들이 일제히 화염에 휩싸였다. 이미 견내량을 차단하고 조선 수군이 오기만을 기다리던 왜군들이 일제히 불화살과 포를 발사한 것이다.

군선들을 모아 반격해 볼 여지도 없이 조선 수군은 삽시간에 궤멸되고 있었다.

화염을 뚫어지게 바라보던 원균이 결단을 내렸다.

"춘원포에 상륙하자."

그때 조방장 배홍립이 황급히 배를 몰아 다가왔다. 고물에 올라서서 미친 듯이 소리쳤다.

"전라 우수사께서 전사하셨소이다."

"이억기마저……!"

더 이상 지체할 틈이 없었다. 포탄 하나가 날아와서 배홍립이 탄 배 이물 쪽에 떨어졌다.

"상륙한다!"

원균의 지휘선이 춘원포에 대었다. 불화살과 조총과 포탄과 군사들의 아우성과 비명 소리가 뒤섞였다. 포가 불을 뿜는 오른쪽 언덕을 멀리 비켜나서 왼쪽 해안으로 올랐다. 왜군은 그림자도 보이지 않았다.

원균은 아름드리 해송에 머리를 꽝꽝 처박으며 부들부들 온몸을 떨었다. 조선 수군을 한꺼번에 잃은 패배를 도저히 받아들일 수 없었던 것이다. 부글부글 끓는 울분이 저 가슴 밑바닥에서부터 치밀어 올랐다. 월인이 그의 팔목을 붙들며 말했다.

"장군! 고정하십시오. 속히 피해야만 합니다."

원균은 원사웅과 우치적, 무옥과 월인에게 부축 받아 걸음을 재촉했다. 강어(强禦, 강폭하고 억셈)한 천무직이 쌍도끼를 들고 뒤를 따랐다. 권율에게 얻어맞은 볼기가 아직 얼얼했다. 따르던 군사들은 배가 육지에 닿자 제 살 길을 찾아 뿔뿔이 흩어졌다. 우치적이 뒤를 쫓아가서 몇몇을 목 베었지만 역부족이었다. 군사들은 어떻게든지 살아남아야겠다는 마음뿐이었고, 통제사를 지켜야 한다는 생각은 사라진 지 오래였다.

월인이 걸음을 멈추고 소리쳤다.

"장군! 먼저 가십시오. 소승이 뒤를 막겠습니다."

"무슨 말을 하는 게요? 군사! 어서 갑시다."

월인이 미소 지으며 고개를 저었다. 승병들이 우르르 월인 주위로 모여들었다.

"장졸들은 다 흩어졌지만 계룡갑사에서 소승과 함께 온 승병 쉰 명 정도가 아직 이렇게 남아 있습니다. 저이들을 통솔하여 왜군과 맞서 싸울 이는 소승뿐입니다. 먼저 가십시오. 곧 뒤따라가겠습니다."

"군사!"

월인은 시선을 우치적에게 옮겼다.

"우 장군! 꼭 통제사 어른을 모시고 무사히 왜군의 포위망을 뚫어야 합니다. 어서 가세요, 어서!"

우치적과 원사웅이 원균 팔을 끌었다. 무옥이 양손을 모으고 허리를 숙이자 월인도 합장으로 작별을 고했다.

원균 일행이 언덕 너머로 사라진 후, 월인은 승병들을 돌아보며 큰 소리로 말했다.

"이제 시간이 얼마 남지 않은 듯하다. 이 나라에 불국토를 만들겠다는 우리의 꿈은 이루어지기 힘들게 되었다. 이 세상에 미련이 남는 도반은 떠나도 좋다. 삶을 강권하지 않듯 죽음을 강요하지도 않겠다. 그대들도 짐작하고 있겠지만 오늘 우리는 무참히 패했다. 군선은 대부분 부서졌고 장졸도 많은 수가 죽거나 다쳤다. 여기서 우리가 할 일은 삼도 수군 통제사 원균 장군이 사해를 빠져나가도록 돕는 것이다. 곧 왜군들이 몰려들 것이다. 최후의 순간까지 싸우자. 원균 장군 휘하로 들어설 때부터 우린 이미 목숨을 버리지 않았느냐? 자, 내가 앞장을 서겠다. 마지막 순간까지 싸우자."

장검과 장창을 든 승병들이 양손을 높이 들어 흔들었다. 갑자기 요란한 소리와 함께 불붙은 대초명적(大哨鳴鏑, 화살촉에 큰 호각을 달아서 화살이 날아갈 때 소리가 나는 화살)이 하늘을 갈랐다. 원균이 타고 온 판옥선에 불이 옮겨 붙었다.

"매복하라! 내가 명령을 내릴 때까지 잠잠히 기다려라."

승병들은 순식간에 흩어져 나무와 바위 뒤로 몸을 숨겼다. 잠시후 협선 다섯 척에서 조총을 든 왜병들이 쏟아져 내렸다. 200명은 족히 넘는 숫자였다. 그 뒤로 다시 협선들이 밀려오고 있었다.

"지독하군. 벌떼가 따로 없겠어."

장봉을 무릎 아래에 내려놓은 광수가 두 눈을 번뜩이며 말했다. 월인에게 당취의 길을 처음으로 권했던 도반이다.

"불국토의 꿈은 우리 이생에 이루기 어렵게 되었으이."

월인 말에 광수가 고개를 끄덕였다.

"그렇군. 많은 당취들이 불국토의 꿈을 간직한 채 스러져 갔지. 이제 우리 차례인 듯싶네."

"자넬 남해 바다로 데려오는 게 아니었어."

"괜한 소린 말게. 자네가 아무리 청해도 내가 싫으면 오지 않았을 걸세. 여기 있는 도반들 모두 조선 수군에 드는 것을 큰 자랑으로 여겼다네."

"고마우이. 이승에서의 인연 저승에서도 이어 가세나."

"그래야지. 꼭 다시 만나 불국토를 만드세."

광수가 장봉을 굳게 쥐었다.

'조금만 더 와라. 조금만 더!'

장검을 든 월인은 왼 어깨를 바닥에 닿을 만큼 낮추며 발소리에 귀를 기울였다. 왜병들은 해안에 조선군이 남았으리라고는 짐작하지 못한 듯 경계심을 풀고 시끄럽게 다가오고 있었다. 왜병무리 선두가 용바위를 지나치자 월인이 두 발로 허공을 갈랐다. 승병들도 일제히 몰려나와 왜병들을 공격하기 시작했다. 급습에 당황한 왜병들은 조총을 쏘지도 못한 채 목이 잘리고 가슴을 찔렸다. 월인의 양손과 앞가슴은 왜병의 피로 벌겋게 물들었다. 왜병들은 허둥지둥 달아나기에 바빴다.

타탕!

뒤이어 상륙한 왜병들이 멀리서부터 조총을 쏘기 시작하자 전세는 금방 뒤바뀌었다. 거기까지가 매복과 급습이 거둘 수 있는 성과였다. 앞장을 섰던 승병들이 하나둘 쓰러져 갔다. 사정거리를 벗어나려고 뒷걸음질을 치자 이번에는 등 뒤에서 총소리가 들렸다.

"윽!"

그때까지 맨 앞에서 미친 듯 장봉을 휘두르던 광수가 쓰러졌다. 왜병들이 크게 반원을 그리며 승병을 포위한 것이다.

"이런 쥐새끼 같은…… 놈들!"

벌써 서른 명 가까이 목숨을 잃었다. 남은 스무 명도 총탄을 피해 목숨을 구할 방법이 없었다.

'아, 이제 끝인가.'

월인은 뒷걸음질을 쳤다. 까맣게 밀려드는 왜병들 비웃음 소리가 귓전을 어지럽혔다.

'통제사는 어디까지 갔을까. 무사히 포위망을 뚫었을까.'

서산 대사의 독수리눈이 언뜻 떠올랐다.

'큰스님!

아무래도 소승이 먼저 떠나야 할 듯합니다. 변변한 작별 인사도 여쭙지 못하고 먼저 가는 소승을 용서하십시오.'

열 명이 더 쓰러졌다. 남아 있는 열 명도 허벅지나 옆구리에 총을 맞아 제대로 걸음을 옮길 수 없었다.

"타앗!"

월인은 허공에 날아올라 타오르는 군선에 성큼 다가섰다. 가벼운 몸놀림에 놀란 왜병들이 멈칫 그 자리에 섰다. 월인은 천천히 몸을 돌려 타오르는 판옥선을 바라보았다. 삼도 수군을 통솔하던 통제사의 지휘선이 넘실대는 불꽃 속에서 검은 재를 날리며 형체를 잃어 가고 있었다. 월인은 장검을 내려놓고 지휘선을 향해 두 손을 모은 다음 이마가 무릎에 닿을 만큼 허리를 숙였다. 그리고 불길에 휩싸인 배를 향해 똑바로 걸어 들어가기 시작했다. 한 걸음 한 걸음. 조금의 흔들림이나 주저함도 없었다. 월인의 몸이 타오르는 검은 구멍으로 사라졌다. 그제야 왜병들은 긴 숨을 몰아쉬며 언덕 쪽으로 방향을 바꾸어 뛰었다.

원균 일행은 편편한 산길을 외면하고 후미진 도린곁(사람이 별로 가지 않은 외진 곳)을 택하여 한참을 달렸다.

어느덧 군사들은 하나도 보이지 않았다. 원사웅. 우치적. 천무직. 무옥. 원균 다섯 사람만이 울창한 수풀을 헤치며 나아갔다. 너덜겅(돌이 많이 흩어져 있는 비탈)을 오르며 원균은 가쁜 숨을 몰아쉬었다. 빠르게 발을 놀렸지만 자꾸 뒤로 처졌다. 곤장을 맞은 지 채 열흘도 되기 전에 산을 타는 것 자체가 무리였다.

"대감! 힘을 내세요. 여기만 지나면 통제영이에요. 복수할 수 있어요. 오늘 당한 걸 백 배 천 배 되갚아 줄 수 있어요."

무옥은 원균의 왼쪽 옆구리에 머리를 끼워 넣고 정신없이 달렸다. 자그마한 체구에서 어떻게 그런 괴력이 나오는지 알 수 없었다. 산등성이를 돌아들다가 발을 헛디딘 그녀가 원균과 함께 나뒹굴었다. 열 길 아래로 굴러 떨어진 두 사람의 몸은 피멍이 들어 성한 데가 없었다. 원사웅은 하는 수 없이 그곳에서 잠시 쉬어 가기로 했다.

일단 적의 포위망에서는 벗어난 듯했다. 무옥이 허리에 차고 있던 물병을 꺼내 원균 입에 들이부었다. 원균이 세차게 고개를 가로저었다.

"정신이 드세요?"

원균이 희미하게 웃음을 머금었다.

"잠시 쉬도록 하세요. 왜놈들은 보이지 않습니다."

무옥이 원균 왼손을 꼭 쥐었다.

"사. 사웅아!"

원균이 아들을 찾았다.

"예, 아버지!"

주위를 살피던 원사웅이 원균 오른손을 마저 쥐었다.

"무옥이를 데리고…… 머, 먼저……가거라!"

원균은 그들 목숨이라도 구하고 싶었다. 다섯 사람이 함께 움직인다면, 그것도 제대로 뛰지 못하는 자신이 끼어 있다면 적에게 발각될 가능성이 높다. 그럴 바에야 차라리 세 사람을 먼저 보내고 우치적과 함께 야음을 틈타 천천히 이동하는 편이 나았다. 원사웅이 단호하게 고개를 저었다.

"싫습니다. 아버지가 아니 가시면 소자 한 걸음도 내딛지 않을 것입니다."

원균은 눈으로 떠날 것을 종용했다. 그러나 무옥과 원사웅은 그의 바람을 외면했다.

"엎드렷!"

앞쪽에서 망을 보던 우치적이 갑자기 소리쳤다. 능선 아래에서 주위를 살피던 왜군 척후들이 원균 일행을 발견한 것이다.

타탕, 탕탕탕탕.

조총이 불을 뿜는 것과 동시에 무옥의 몸이 뒤로 젖혀졌고, 오른쪽 가슴에서 붉은 피가 솟구쳤다.

"안 돼."

원균이 엉금엉금 기어 무옥의 붉은 가슴을 감싸 안았다. 그러나 무옥은 이미 절명한 뒤였다. 우치적이 황급히 원균이 있는 곳으로 내려왔다.

"피해야 하오이다. 어서 저 산을 넘어야 하오이다."

원사웅이 원균 오른팔을 우치적에게 넘기며 말했다.

"함께 달아나면 다 죽습니다. 먼저 아버지와 가십시오. 저는 이곳에 남아 시간을 벌겠습니다."

"아니 된다."

원균이 원사웅을 붙들었다. 원사웅은 웃는 얼굴로 원균의 손을 뿌리쳤다.

"아버지! 꼭 살아남으셔야 합니다. 오늘의 치욕을 씻을 수만 있다면 소자 죽어도 여한이 없사옵니다."

원사웅은 칼을 빼어 들고 언덕 아래로 뛰어 내려갔다. 그러곤 200년은 족히 되었을 아름드리 소나무 뒤로 몸을 숨겼다. 흠칫 뒤돌아보니 원균이 우치적과 천무직 부축을 받아 수풀로 들어서는 것이 보였다. 원사웅은 깊이깊이 심호흡을 하며 잠시 하늘을 올려다보는 여유를 부렸다.

'놈들이 코앞에 다다를 때까지 기다려야 한다. 먼저 나섰다간 한 놈도 죽이지 못하고 조총에 목숨을 잃을 것이다. 기다리자, 기다리자! 공포와 두려움이 코끝에 닿을 때까지 기다려야 한다.'

왜병들의 웅성거림이 점점 크게 들려왔다. 나뭇가지를 이리저리 헤치며 허공을 향해 총을 쏘는 놈도 있었다.

'일곱, 아니면 여덟?'

발소리로 왜병들 숫자를 가늠해 보았다. 확실히 셀 수 있는 것만 일곱이다. 인기척을 내며 다가서는 놈들 뒤로 박쥐 같은 눈을 번뜩이며 발소리를 죽인 채 다가오는 놈들이 더 있을 것이다.

'이 검 하나로 모두 벨 수 있을까. 놈들은 조총으로 무장하지 않았는가. 아, 힘들 것이다. 오늘 여기서 내 목숨이 끝날지 모른다. 그러나 마지막까지 싸워야 한다. 내 앞에 완전한 어둠이 찾아들 때까지 적의 목 하나라도 더 베어야 한다. 그래야만 아버지가 사실 수 있다. 조선 수군이 전멸한다손 치더라도 아버지가 건재하시면 언제든지 오늘의 치욕을 되갚을 수 있다. 아버지가 누군가? 조선 제일 장군, 삼도 수군 통제사 원균 장군이 아닌가!'

발소리가 뚝 멎었다. 왜군들은 아름드리 소나무 앞에서 잠시 좌우를 살피는 듯했다.

'오른쪽이냐 왼쪽이냐.'

원사웅은 발 끝에 힘을 잔뜩 주었다. 오른쪽에서 휘익 휘파람 소리가 들렸다. 그 순간 그의 몸이 허공으로 붕 떠서 오른쪽에 서 있던 왜병 목을 벴다. 하나, 둘, 셋, 빠르게 얽히는 칼날 끝에 왜병들의 피가 튀었다. 왼쪽에 있던 왜병들이 일제히 두어 걸음 물러서며 총구를 들었지만 몸을 휘돌리며 달려든 원사웅의 칼날이 먼저 그들 목을 찔렀다.

'일곱, 휴우!'

원사웅이 땅 위로 내려서며 호흡을 골랐다. 발소리를 내며 다가서던 일곱 명을 모두 처치한 것이다. 그러나 그 순간, 열 걸음 쯤 앞에서 번뜩이는 총신(銃身)이 보였다. 지독한 푸른빛이 원사웅 눈을 가득 채웠다.

탕.

몸을 날릴 틈도 없이 조총이 발사되었다. 총알은 정확하게 원사웅 이마에 박혔다. 십여 명의 왜병들이 몰려들었다.

'사웅아!'

총성을 듣는 순간 원균은 온몸이 굳어 버리는 것만 같았다. 직접 눈으로 확인하지는 못했지만 아들이 전사했다는 확신이 들었다. 팔을 끌던 우치적이 고개를 돌렸다.

"걱정 마십시오. 반드시 살아 있을 것입니다."

원균이 지휘검을 움켜쥐며 말했다.

"위로하지 말게……. 월인과 무옥도 죽었고 사웅도 죽었네. 내 사랑하는 삼도 수군의 장졸들도 죽었어……. 이억기도, 최호도 모두 죽었네. 이제 내가 죽을 차례야."

"아니옵니다. 장군! 장군은 불사신이옵니다."

"허허허……, 이보게, 치적이. 자네도 그딴 걸 믿나? 불사신 따윈 세상에 없다네. 다만 죽음을 조금 덜…… 겁낼 뿐이지."

우치적의 두 눈에 눈물이 그렁그렁했다.

"치적이! ……우리 좀더 솔직해지세. 난 결코 이 산을 넘어갈 수 없어. 자네도 그걸 알지?"

"장군!"

"자네 혼자라면 살 수 있을 게야……. 통제영으로 돌아가서 이순신에게 전해 주게……. 꼭 이 치욕을 대신 씻어 달라고……. 전우로서 부탁하는 것일세. 알겠는가?"

"장군!"

우치적 양 볼을 타고 눈물이 줄줄 흘러내렸다.

"자, 그럼 어서 가게! 무직이, 너도 우 장군을 따라가라."

"끝까지 장군을 지켜 드리겠우."

원균 입가에 웃음이 맴돌았다.

"예서 죽으면 꼽추 형님이 서운해할 게다. 가라, 어서 가."

원균이 우치적과 천무직 등을 힘껏 떼밀었다. 두 사람은 세 번
네 번 뒤돌아보며 산등성이를 올랐다. 원균은 천천히 장검을 빼
어 들었다. 몸을 꼿꼿하게 세운 채 발길을 돌려 성큼성큼 도랫굽
이(산이나 바위를 안고 돌아가도록 되어 있는 굽이)를 내려왔다.

나무와 수풀 사이를 오가며 뒤를 쫓던 왜병들은 그 모습에 주
춤했다. 적장이 검 하나에만 의지해서 걸어 내려온다는 사실이
믿기지 않았다. 그들은 잠시 산등성이를 살폈다. 복병이 숨을 만
한 곳을 샅샅이 훑었지만 아무런 인기척도 찾을 수 없었다.

원균이 걸음을 멈추는 것과 동시에 왜병들이 앞으로 튀어나왔
다. 그들은 원균을 삥 둘러쌌다. 조총을 쏘지 않는 것으로 봐서
생포할 작정인 듯했다.

"어림없다, 이놈들!"

원균이 장검을 머리 위로 치켜들었다. 칼을 빼 든 왜병 넷이
일제히 달려들었다. 원균은 검을 휘돌리며 단숨에 오른팔을 베었
다. 다시 세 명이 칼을 들고 달려 나왔지만 목이 떨어졌다.

왜병들 얼굴에 두려움이 서렸다. 우두머리가 왜말로 호령하자
조총 총구가 원균을 향했다.

"이놈들!"

원균이 장검을 쳐들며 덤벼들려 했지만, 왜병들은 두어 걸음 물러서서 총을 쏘았다.

"윽!"

비명과 함께 몸이 기우뚱했다. 그러나 원균은 아직 무릎 꿇지 않았다. 장검을 곧게 들고 성큼성큼 걸어 나갔다.

공을 탐낸 왜병 하나가 고함을 지르며 달려들었다. 원균이 왼쪽으로 한 발 비켜서며 놈의 어깨를 베었다. 이번에는 왜군 셋이 달려나와 원균을 에워쌌다. 그들이 땅을 박차고 동시에 뛰어오르는 순간, 원균이 허리를 숙이며 빙글 검을 돌려 허벅지를 훑었었다.

팔과 가슴에서 피를 흘리며 원균이 다가서자 왜병들이 슬금슬금 뒷걸음질을 쳤다. 고함이 오르고 다시 한 번 조총 총구가 원균을 겨누었다. 원균은 가슴을 쭉 펴며 소리쳤다.

"이놈들! 모가지를 분질러 줄 테다."

탕탕탕탕.

조총이 불을 뿜었다. 원균의 양 가슴에서 동시에 피가 뿜어져 나왔다. 비대한 원균의 몸뚱이가 끝내 벌렁 뒤로 나자빠졌다.

원균 목숨이 끊어진 후에도 왜병들은 한동안 접근하지 못했다. 마침내 왜병 하나가 소리를 치며 달려들어 원균의 목을 쳤다. 다른 자가 원균 손을 비틀어 대장검을 빼앗아 냈다.

이날 하루 사이에 삼도 수군은 완전히 궤멸되었다. 남아 있는 배라고는 경상 우수사 배설이 약삭빠르게 빼돌린 군선 여덟 척이 전부였다. 왜군은 이제 조선 수군이 영원히 사라졌다며 기뻐했다. 손쉽게 조선을 차지할 날도 멀지 않았다고 믿었다.

〈제8권으로 이어집니다.〉

# 부록

칠천량 해전 지도

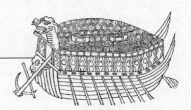

# 칠 천 량 해 전

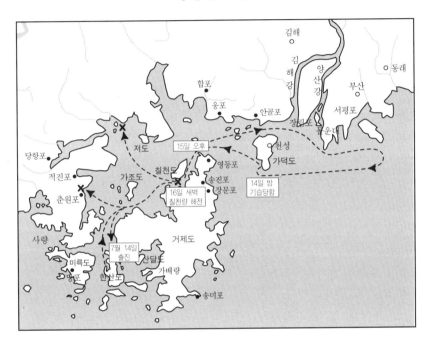

　　1597년 2월 부임 후 부산을 칠 것을 독촉받은 원균은 결국 7월 14일 함대를 총동원하여 출진한다. 부산 앞바다에서 풍랑에 시달려 물러난 조선 수군은 가덕도에서 기습당해, 일본 측 기록에 사상자가 400명에 이르렀다. 이튿날인 15일 저녁 칠천량에 들어가 쉬던 조선군을 왜군이 야음을 틈타 앞뒤로 포위하고 16일 새벽 공격을 개시하자, 아군은 통제 불능에 빠져 거의 궤멸되었다. 배설은 몇 척 전선을 이끌고 간신히 한산도로 귀영했으나 진해만과 춘원포 등지에 상륙했던 원균 등은 추격을 받아 소탕당했다.

# 불멸의 이순신 7

## 백의종군

1판 1쇄 펴냄 2014년 7월 18일
1판 2쇄 펴냄 2021년 4월 30일

지은이    김탁환
발행인    박근섭·박상준
펴낸곳    (주)민음사

출판등록  1966. 5. 19. 제16-490호
주소      서울특별시 강남구 도산대로1길 62(신사동)
          강남출판문화센터 5층 (우편번호 06027)
대표전화  02-515-2000 | 팩시밀리  02-515-2007
홈페이지  www.minumsa.com

© 김탁환, 2014, 2004. Printed in Seoul, Korea

ISBN 978-89-374-4147-9  04810
ISBN 978-89-374-4140-0  04810(세트)

* 잘못 만들어진 책은 구입처에서 교환해 드립니다.